De duivel komt naar Orekhovo

Van dezelfde auteur

Het 25ste uur
Stad der dieven

Wilt u op de hoogte worden gehouden van de romans en literaire thrillers van uitgeverij Signatuur? Meldt u zich dan aan voor de literaire nieuwsbrief via onze website www.uitgeverijsignatuur.nl.

David Benioff

De duivel komt naar Orekhovo

Vertaald door Sandra van de Ven

SIGNATUUR

2010

Omslagontwerp: Wil Immink Design
Typografie: Pre Press Media Groep, Zeist
Druk- en bindwerk: Koninklijke Wöhrmann, Zutphen

ISBN 978 90 5672 292 0
NUR 304

Het citaat in 'Leonard en ik' is afkomstig uit *Moby Dick*
van Herman Melville, vertaald door Barber van de Pol,
Athenaeum-Polak & Van Gennep, 2008.

Mixed Sources
Productgroep uit goed beheerde
bossen, gecontroleerde bronnen
en gerecycled materiaal.
www.fsc.org Cert no. CU-COC-802528
© 1996 Forest Stewardship Council

Dit boek is gedrukt op papier dat het keurmerk van de
Forest Stewardship Council (FSC) mag dragen. Bij dit
papier is het zeker dat de productie niet tot bosvernieti-
ging heeft geleid. Een flink deel van de grondstof is
afkomstig uit bossen en plantages die worden beheerd volgens de regels van FSC. Van het
andere deel van de grondstof is vastgesteld dat hiervoor geen houtkap in de laatste resten
waardevol bos heeft plaatsgevonden. Daarom mag dit papier het FSC Mixed Sources label
dragen. Voor dit boek is het FSC-gecertificeerde Munkenprint gebruikt. Dit papier is 100%
chloor- en zwavelvrij gebleekt en wordt geleverd door Arctic Paper Munkedals AB, Zweden.

Voor Amanda.
Ik hou van je.

Inhoud

Als de negens doorrollen

SadJoe is een rocker, betaalt zijn huur te laat
En als die nog veel hoger wordt, dan staat hij straks op straat
Altijd zit het tegen, steeds gaat hij op zijn bek
Van zijn teefje Candy staat een tattoo in zijn nek
Hij belt z'n meisje bij de nachtclub als hij zich verveelt
Ze laat hem gratis binnen als er weer een bandje speelt
Dus hef het glas op SadJoe, want hij gaat in vrije val,
Eenmaal, andermaal, hij gaat, maar met een knal!

De zangeres had uitstraling. Ze was geen schoonheid en ze raakte niet alle noten zuiver, maar ze had uitstraling. Tabatsjnik hield haar in de gaten. God, wat kon die meid gillen. Nu en dan bestudeerde hij de jonge gezichten in het publiek. De manier waarop de jongeren naar haar staarden – achterin sprongen ze zelfs op en neer om haar beter te kunnen zien – bevestigde zijn onderbuikgevoel. Dat meisje was een spaarvarken dat je alleen nog maar stuk hoefde te slaan.

Tabatsjnik en een stinkende Australiër stonden naast het podium voor een deur met het opschrift UITSLUITEND BESTEMD VOOR PERSONEEL VAN DE REDRÜM! De meeste jongeren in de Redrüm waren gekomen voor de hoofdact, Postfunk Jemimah, maar het voorprogramma, de Taints, dreigde de show te stelen. Er was geen sprake van slamdancen, crowdsurfen of stagediven – iedereen knikte mee op de beat van de drummer en keek naar de zangeres. Die sloop als een roofdier over het podium, gekleed in een met zilverdraad doorregen, flessengroene minijurk, die zo kort was dat Tabatsjnik zich telkens door zijn knieën liet zakken en zijn hoofd scheef hield om te zien of hij een glimp kon opvangen van haar slipje. Hij kon geen glimp opvangen van haar slipje.

Toen de band de song had afgerond, wendde Tabatsjnik zich tot de Australiër en vroeg: 'Hoe heet dat nummer?'

De Australiër had kortgeleden een onafhankelijk label opgericht onder de naam Loving Cup Records. De Taints was de eerste band die hij had gecontracteerd. Zijn hoofd was kaalgeschoren en zijn zwarte trainingspak stonk naar zweet en sigarettenrook.

'Mooi, hè? *Ballad of SadJoe*. SadJoe is de drummer. Hij heeft de band opgericht.'

'Wie schrijft de songs?'

'Molly,' zei de Australiër, wijzend naar de leadzangeres. 'Molly Minx.'

Ze zag er niet uit als een Molly Minx. Tabatsjnik wist niet goed hoe een Molly Minx er dan wel uit hoorde te zien, maar zo niet. Hij vermoedde dat ze Thais was. Haar haar was heel kort geknipt en geblondeerd. Een getatoeëerde zwarte draak kronkelde zich om haar pols.

'Het verhaal erachter,' ging de Australiër verder, 'is dat ze verliefd is op SadJoe en dat ze die song schrijft en op een avond voor hem zingt. Zomaar op straat, een serenade. Dus, je weet wel, liefde. Boem. En dan vraagt hij haar voor de band.'

Tot die avond had Tabatsjnik nog nooit van de Australiër gehoord, wat betekende dat die er in de muziekindustrie niet toe deed. Wat voor contract Loving Cup Records ook met de band had, het was waarschijnlijk een vod dat op een avond in elkaar was geflanst door een advocaat die stijf stond van de cocaïne en pas bij zijn derde poging was geslaagd voor het toelatingsexamen van de Orde van Advocaten. Dat vermoedde Tabatsjnik althans, en meestal had hij gelijk wat dergelijke zaken betrof.

Geld verdienen aan muzikanten was zo simpel dat derderangszwendelaars over de hele wereld dachten het te kunnen; ze zwermden om talentloze bandjes heen als dikke huisvrouwen om fruitautomaten, dronken goedkoop bier en wisselden geruchten uit over gigantisch hoge winsten. Derderangszwendelaars werden onherroepelijk belazerd door tweederangszwendelaars – tenzij ze de pech hadden ten prooi te vallen aan een echte prof.

Zodra de Taints de set hadden afgerond, trok Tabatsjnik zich met de Australiër terug in de viproom. Hij rekende erop dat de man een joint zou opsteken en hem een hijs zou aanbieden; toen dat inderdaad gebeurde, schudde Tabatsjnik zijn hoofd en nam hij nog een slokje mineraalwater.

'Groot gelijk,' zei de Australiër, die achteroverleunde op de gecapitonneerde bank. Hij nam een trek van de joint en hield de rook zo lang in zijn longen, dat het even leek of hij was vergeten dat hij ook weer moest uitademen. Uiteindelijk blies hij de rook door zijn neusgaten uit, in twee pluimpjes die naar het plafond kringelden. Het was een indrukwekkend gebaar en Tabatsjnik stelde het op prijs – Australiërs deden altijd van dat soort rare dingen – maar het had geen zin. Hij zou zich niet met Loving Cup Records inlaten tenzij het absoluut noodzakelijk was, en op dat moment betwijfelde hij dat.

'Groot gelijk,' herhaalde de Australiër. 'Je wilt het hoofd koel houden voor de onderhandelingen.'

'Welke onderhandelingen?'

De Australiër glimlachte sluw en bestudeerde de askegel van zijn joint. Hij had Tabatsjnik verteld hoe hij heette. Tabatsjnik vergat nooit een naam, maar voor hem was de Australiër gewoon 'de Australiër'. Hij wist zeker dat hij voor de Australiër gewoon 'een groot label' was, maar uiteindelijk zou hij 'die klootzak van een Tabatsjnik' worden.

'Oké,' zei de Australiër. 'Dan praten we gewoon wat.'

'Waar zullen we het over hebben?'

'Kom nou, kom nou. Hou op met die spelletjes. Je bent hier voor de band.'

'Ik begrijp het even niet. Heb jij Postfunk Jemimah onder contract?'

De Australiër tuurde door het waas van rook. 'De Taints.'

'Waar hebben we het dan over? Ik ben hier voor Postfunk Jemimah.'

'Je vindt de Taints goed,' zei de Australiër met een berispend vingertje, alsof Tabatsjnik een ondeugend kind was. 'Ik zag je wel naar het publiek kijken. Nou, wil je ze hebben of niet?'

'Wie?'

'De Taints.'

Tabatsjnik toonde zijn versie van een glimlach: lippen op elkaar, halvemaanvormig kuiltje in de linkerwang. 'We voeren een gesprek, maar we praten langs elkaar heen. Ik ben gekomen voor Postfunk Jemimah.'

'Te laat, gast. Ze hebben een contract voor zes plus één getekend bij Sphere.'

'Klopt,' zei Tabatsjnik; hij liet de ijsklontjes in zijn glas rammelen. 'En wij kopen Sphere op.'

De Australiër opende zijn mond, sloot hem en opende hem opnieuw. 'Jullie kopen Sphere op? Ik heb Greenberg twee dagen geleden nog gezien bij de VelVet. Hij heeft er geen woord over gezegd.'

'Wie is Greenberg?'

De Australiër lachte. 'De directeur van Sphere.'

'Greenspón. En hij is wettelijk verplicht zijn mond te houden. Ik overtreed de wet door het jou te vertellen, maar' – Tabatsjnik gebaarde met zijn vrije hand naar de lege kamer – 'ik weet dat ik je kan vertrouwen.'

De Australiër knikte plechtig en nam nog een lange hijs. Tabatsjnik schatte dat hij achtenveertig uur nodig had om het meisje binnen te halen. Als dat flutlabel er lucht van kreeg dat hij belangstelling voor haar had, konden ze haar aan de ketting leggen, haar contract aanpassen, en daar zat hij niet op te wachten. In dat geval moest hij Loving Cup namelijk uitkopen, en Tabatsjnik had er een hekel aan om tussenpersonen geld toe te schuiven. Als hij heel eerlijk was, moest hij toegeven dat de muzikanten de muziek maakten, dat de klanten de muziek kochten en dat iedereen die ertussenin zat, Tabatsjnik incluis, een tussenpersoon was. Maar Tabatsjnik geloofde niet in eerlijkheid. Er waren kleine oneerlijkheden en grote oneerlijkheden, maar eerlijkheid bestond niet.

'Ik kan je voorstellen aan Heaney,' zei de Australiër, wanhopig op zoek naar een manier om de situatie naar zijn hand te zetten.

'Hij is de manager van Postfunk Jemimah.'

'Ja, ik ben gisteren met hem uit eten geweest. Maar toch bedankt.' Opnieuw glimlachte Tabatsjnik met opeengeklemde lippen. Zo glimlachte hij altijd, want tot een paar maanden geleden had Tabatsjnik een beugel gehad. Twee jaar lang had hij dat ding gedragen, omdat zijn tanden zo scheef waren gaan staan dat hij tot bloedens toe de binnenkant van zijn wangen en lippen stukbeet wanneer hij at. Nu stonden zijn tanden recht en was de beugel eruit, maar hij had zichzelf aangeleerd om met zijn mond dicht te lachen en te glimlachen.

Eigenlijk was het de bedoeling dat hij op zijn twaalfde een beugel zou krijgen, zoals iedere gewone Amerikaan, maar zijn vader en moeder, die het jaar ervoor uit elkaar waren gegaan, bleven maar bekvechten over wie ervoor moest opdraaien. 'Straks ziet je enige zoon eruit als een Engelse bookmaker,' zei zijn moeder dan aan de telefoon, terwijl ze een sigaret rookte en naar Tabatsjnik zwaaide toen ze zag dat hij meeluisterde. 'Sorry hoor, sórry hoor, ik wil best werken, maar weet je waarom ik dat niet doe? Enig idee wie zich de afgelopen twaalf jaar om de opvoeding van onze zoon heeft bekommerd?'

Dus toen het geld voor de orthodontist eindelijk kwam, zei Tabatsjnik tegen zijn moeder dat hij het niet wilde. 'Liefje,' zei ze, 'wil je dan je hele leven met scheve tanden rondlopen?'

Tabatsjnik vond de onderhandelingen over zijn gebit zo vernederend dat hij weigerde er iets aan te laten doen. Nooit meer wilde hij afhankelijk zijn van andermans geld. Om zijn studie te bekostigen had hij in New Hampshire in het alumnikantoor kopietjes gemaakt en papieren gearchiveerd, tot hij een betere manier bedacht om geld te verdienen. Hij haalde de eigenaar van de plaatselijke chinees over om hem een bezorgdienst te laten opzetten in ruil voor twintig procent van de opbrengst; hij huurde medestudenten in die bereid waren te werken voor de fooi en gratis maaltijden, en een paar die menu's wilden rondbrengen. Tabatsjnik leefde er goed van, tot de restauranteigenaar besefte dat hij Tabatsjnik niet meer nodig had. Van dat incident leerde Tabatsjnik hoe belangrijk een goed contract was.

Hij werd manager van een band, de Johns, jongens uit de stad die als conciërge of beveiligingsbeambte op de universiteit werkten. De Johns trokken altijd volle zalen wanneer ze in de plaatselijke cafés optraden, en Tabatsjnik nam hen mee naar de Battle of the Bands in Burlington, Vermont, waar ze tweede werden achter een groep met de naam Young Törless. Young Törless werd Beating the Johns – 'de Johns verslaan' – en scoorde een hit met een cover van een oud nummer van de Zombies. Inmiddels had Tabatsjnik een abonnement op *Variety*, en daarin zag hij hoeveel geld Beating the Johns verdiende voor hun platenlabel, en hij dacht: jezus, en ze zijn niet eens goed. Op dat moment besefte hij dat het er niet toe doet of je goed bent, en als je dat eenmaal inziet, ligt de wereld aan je voeten.

Toen het optreden van Postfunk Jemimah begon, gingen Tabatsjnik en de Australiër luisteren, en na afloop voegden ze zich bij de band, hun manager Heaney en de Taints voor een jointje-na-het-optreden in het privévertrek van de clubeigenaar. De vviproom. Tabatsjnik had weleens meegemaakt dat er vier verschillende ruimtes waren, de ene nog exclusiever dan de andere, waar de kudde bij elke deur werd uitgedund door een gorilla met een klembord, die de kreupele exemplaren wegstuurde. Soms was het zo moeilijk om een bepaald vertrek binnen te komen, dat er een hele avond voorbijging zonder dat er iemand werd binnengelaten. Mensen die nog nooit waren weggestuurd, mensen die niet aan afwijzing gewend waren, basketbalspelers van 2,10 meter en lingeriemodellen die hun gevoel van eigenwaarde ontleenden aan hun boezem, snauwden de uitsmijter toe dat ze al hun leven lang met de eigenaar bevriend waren, waarop de uitsmijter knikte en nee zei. Tabatsjnik was geen vvvvip, maar dat kon hem niets schelen. Hij vermoedde dat, als je ooit die vierde kamer binnenkwam, je op een volgende gesloten deur zou stuiten, die naar een nog kleiner kamertje met nog minder mensen leidde; en als je de uitsmijter op de een of andere manier wist over te halen je binnen te laten, dan kon je een nog kleiner kamertje binnen enzovoorts, enzovoorts, tot je ten slotte uitkwam in een vertrek dat zo klein was dat alleen jij erin paste, waarop de laatste uitsmijter, de grootste en gemeenste van allemaal, grijnzend de vurenhouten deur zou dichtslaan en je in de grond zou laten zakken.

Tabatsjnik vroeg Heaney of ze in de andere kamer even onder vier ogen konden praten; ze trokken zich terug in een hoekje van de viproom met één V en negeerden de wannabe's die hen aanstaarden en zich afvroegen wie ze waren.

'Gefeliciteerd,' zei Tabatsjnik. 'Ik heb gehoord dat jullie hebben getekend bij Sphere.'

'Ja, ze hebben ons voorgoed in hun zak, maar dat vinden we niet erg.'

'Ik wil je om een gunst vragen ...'

Toen ze terugkeerden naar de vviproom staarde de Australiër hen ongelukkig aan. Heaney trommelde zijn band op, en ze vertrokken in opperbeste stemming naar het Kiev om *pierogi* te gaan eten. Tabatsjnik bleef achter, samen met de Taints en de Australiër, die met de misnoegdheid van de kleine man zijn schouders liet hangen.

'Nou,' zei de Australiër, die een joint doorgaf aan SadJoe, 'volgend jaar in de Budokan.'

Er waren geen stoelen of banken in het vertrek, alleen reusachtige roze kussens. Daar hing iedereen onderuitgezakt in een kring op, waardoor Tabatsjnik zich voelde als een onwelkome volwassene op een pyjamafeestje. Alleen Molly Minx zat met stramme rug keurig rechtop. Haar benen lagen op een kussen en Tabatsjnik bestudeerde ze: ze liepen taps toe, als kippenpootjes, met volle, gespierde bovenbenen en slanke enkels. Ze droeg enkelbandjes met paarse kralen en zwarte slippers van het type dat Bruce Lee in zijn films altijd aanhad. Haar handen lagen gevouwen op de strakgespannen schoot van haar groene jurk; haar brede gezicht was sereen onder haar gebleekte stekeltjes. Thaise of Filippijnse? Ze glimlachte naar Tabatsjnik en hij glimlachte terug; hij bedacht dat een goede fotograaf de indruk kon wekken dat ze beeldschoon was.

De gitarist begon te snurken. De bassist maakte piepkleine soldaatjes van kartonnen lucifers; naast hem lag een stapel luciferboekjes van de Redrüm, en hij stalde zijn leger uit op het grijze tapijt. De poppetjes waren erg knap gemaakt; ze hadden speertjes en er was zelfs een generaal bij op een paard gemaakt van een luciferboekje, en Tabatsjnik keek toe, zich afvragend wanneer de oorlog zou beginnen.

SadJoe droeg geen shirt. In zijn zwarte hanenkam zaten grote vlokken roos. In zijn hals had hij een grove tatoeage van de kop van een rottweiler, met onder de halsband met metalen punten in groene inkt de naam Candy. De geur van wietrook en ongewassen lijven was indringend. SadJoe lurkte tevreden aan zijn joint, tot Molly hem een por met haar elleboog gaf.

'Eerlijk zullen we alles delen, schat.'

Hij gromde en gaf haar de joint; ze nam er een hijs van en gaf hem door aan Tabatsjnik; Tabatsjnik nam een trek, hield de rook even in zijn mond en blies hem toen weer uit. Hij gaf de joint aan de bassist en vroeg aan de drummer: 'Hoe kom je aan de naam SadJoe?'

SadJoe vormde een pistool met zijn duim en wijsvinger en stak dat in zijn mond.

Molly zei: 'Hij heeft er genoeg van om telkens dat verhaal te vertellen.'

Als je jezelf SadJoe noemt, dacht Tabatsjnik, moet je niet gek opkijken als mensen nieuwsgierig worden.

'Ik zal het je wel vertellen,' zei de Australiër. Het wit van zijn ogen was nu grotendeels rood. Een straaltje snot kroop uit een van zijn neusgaten, en Tabatsjnik stond op het punt er iets van te zeggen, maar bedacht zich toen.

'SadJoe is opgegroeid in New Jersey,' begon de Australiër. 'In welke plaats?'

'In de buurt van Elizabeth,' zei SadJoe.

'In de buurt van Elizabeth. En in de straat waar hij woonde – kennelijk was het een rustig plaatsje – speelden alle kinderen met elkaar. Voetbal en zo.'

'Straathockey,' zei SadJoe. 'Straathockey was toen heel populair. Ik was altijd de doelman. De doelman is de meest atletische van het hele team.' Hij stootte Molly Minx aan, en ze glimlachte naar hem.

'Dus ze speelden samen straathockey. Dat was nog voordat SadJoe zijn bijnaam kreeg. Toen heette hij nog gewoon Joe.'

'Sommige mensen noemden me Joey.'

'Oké. Toen kwam er een nieuw gezin wonen, met een zoontje. Dat jongetje was helaas niet helemaal goed. Bijzonder, zo noem je het toch?'

'Het was een mongooltje,' zei SadJoe. Molly wierp hem een vuile blik toe, en SadJoe haalde zijn schouders op. 'Wat is het nette woord voor een mongooltje?'

Iedereen keek naar Tabatsjnik. Iets aan zijn gezicht gaf mensen het idee dat hij dingen wist die niemand anders het weten waard vond.

Hij zei: 'Een kind met het syndroom van Down, lijkt me.'

'Mon-gool-tje,' zei SadJoe zangerig in Molly's oor, elke lettergreep apart uitsprekend. 'Mon-gool-tje.'

'Maar een lief jochie,' ging de Australiër verder. 'Altijd vrolijk, altijd lachen.'

'Soms kuste hij me op de lippen,' zei SadJoe, krabbend aan zijn oksel. 'Maar ik geloof niet dat hij homo was. Soms weten debielen gewoon niet hoe het hoort.'

'Jezus,' zei Molly.

'Maar goed,' zei de Australiër, 'dat jongetje heette Joe. Maar de kinderen konden hem geen Joe noemen, omdat onze vriend hier al zo heette. Dus noemden ze hem Happy Joe.'

'Het was een goeie jongen,' zei SadJoe.

'En als de ene Joe "Happy Joe" wordt genoemd,' besloot de Australiër, 'dan is het een kwestie van tijd voordat de andere "Sad Joe" wordt.'

'Tada,' zei Molly, die nog een joint opstak.

'En ze leefden nog lang en gelukkig,' zei de Australiër met een hongerige blik op de verse wiet.

'Nou, nee,' zei SadJoe. 'Happy Joe is doodgereden door een vrachtwagen van UPS.'

Iedereen staarde hem aan. Zuchtend streek hij met zijn vlakke hand over zijn stijve hanenkam. 'De eerste dooie die ik ooit heb gezien.'

'Dat heb je me nooit verteld,' zei Molly fronsend.

'De dood maakt me somber, schatje.'

De club sloot om vier uur 's nachts, maar Tabatsjnik en de

Taints bleven tot vijf uur, toen de manager kwam zeggen dat ze gingen afsluiten. Ze schuifelden naar buiten en bleven rillend op de hoek van de straat staan.

'Weet je wat we moeten doen?' vroeg SadJoe. 'Over een paar minuten gaat de vismarkt aan Fulton Street open. Daar moeten we naartoe.'

'Waarom?' vroeg Molly. Ze droeg een oude bontjas. Er zat een scheur in een van de mouwen, maar zo te zien was het echt bont.

'Omdat de vis dan nog heel vers is,' legde SadJoe uit.

De Australiër, de bassist en de gitarist namen met een stoned gemompel afscheid, hielden een taxi aan en vertrokken richting Brooklyn. Eindelijk, dacht Tabatsjnik.

'Hebben jullie zin in een kop koffie? Ik wil graag een paar dingen met jullie doorspreken.'

'Nee, ik denk dat ik naar huis ga,' zei SadJoe. 'De eerste trein vertrekt zo al.'

Molly staarde eerst naar Tabatsjnik en toen naar SadJoe. 'Misschien moeten we inderdaad een kop koffie gaan drinken.'

'Ik niet, schoonheid. Vis of helemaal niks.' Hij gaf Tabatsjnik een hand. De drummer had een stevige handdruk. 'Later, pelgrim.'

'Nodig hem anders uit voor het feestje,' zei Molly, die SadJoe nog steeds nadrukkelijk stond aan te staren.

SadJoe keek haar aan, trok zijn wenkbrauwen op en schokschouderde. 'Ik geef morgenmiddag een feestje. In Jersey.'

'We kunnen wel samen gaan,' zei Molly tegen Tabatsjnik. 'Zijn huis is moeilijk te vinden.'

Tabatsjnik gaf haar een visitekaartje van het hotel waar hij logeerde, met zijn kamernummer al in keurige, vierkante cijfers boven aan de rand geschreven. 'Bel me maar. Ik wil graag mee.'

SadJoe volgde de uitwisseling zwijgend, bijtend op zijn lip. Uiteindelijk zei hij: 'Zeg nog eens hoe je ook alweer heette, gast.'

'Tabatsjnik.'

'Ja, oké. Tot kijk dan.'

SadJoe en Molly Minx liepen weg, en Tabatsjnik keek hen na.

SadJoe kloste op zijn zware, zwarte laarzen over de stoep; het achterpand van zijn oude legerjas was beklad met woorden in vervaagde zwarte viltstift.

De volgende middag haalde Tabatsjnik Molly op bij de esoterische boetiek in de East Village waar ze werkte. Ze namen de metro naar Penn Station. Tabatsjnik was al jaren niet meer met de metro geweest. Hij verlangde terug naar Los Angeles, waar naar verluidt miljoenen mensen woonden, al zag je ze nooit. In zijn buurt kon hij drie kilometer over brede stoepen onder hoge palmbomen lopen zonder iemand tegen te komen, behalve een oude vrouw in een gele broek en een jongetje op een skateboard. Alle andere mensen zaten veilig ergens opgesloten.

Tabatsjnik en Molly Minx hielden zich vast aan een metalen stang terwijl de trein trillend door de tunnel raasde. Hij droeg een zwarte wollen broek, een coltrui van zwart kasjmier en een lange, geklede double-breasted zwarte jas. Molly droeg een lichtblauwe catsuit met een rits op de rug. De winter was nog niet eens voorbij, en dan trok ze zoiets aan. De stof zat ogenschijnlijk permanent klem tussen haar billen. Dat was alle mannen die haar konden zien al opgevallen. Een oude man die op een aardappel-*kniesj* stond te kauwen staarde naar haar kont, wierp een vluchtige blik op Tabatsjnik en staarde toen weer naar haar kont. De andere mannen deden alsof ze niet naar haar kont staarden, deden alsof ze alleen op gepaste momenten even opkeken – toen de conducteur een onverstaanbare mededeling deed, bijvoorbeeld – om vervolgens een stiekeme blik te werpen op haar kont. Wanneer Tabatsjnik zo iemand betrapte, wendde die snel zijn blik af, maar Tabatsjnik wilde juist dat iedereen naar haar kont keek. Hij wilde dat de hele wereld geil werd van Molly Minx.

Ze stapten in de trein van 16.12 uur vanuit Penn Station en gingen in het achterste rijtuig zitten. Tabatsjnik bladerde vier verschillende muziektijdschriften door die hij die ochtend had gekocht. Molly speelde spelletjes op haar mobieltje.

Toen de trein onder de Hudson vandaan schoot, leek het bleke zonlicht van New Jersey vreemd en vijandig. Ze raasden door vlakke industriegebieden, langs schoorstenen die als de vingers van een reuzenhand naar de hemel wezen. Toen de trein vaart minderde, zei Molly: 'Hier moeten we eruit', en Tabatsjnik dacht dat ze een grapje maakte. Hier woonden geen mensen.

Ze liepen langs chemische-industriecomplexen omringd door gaashekken met prikkeldraad erbovenop. Om de paar meter stonden waarschuwingsborden. NIET BETREDEN en STRENG VERBODEN TOEGANG en VERBODEN TOEGANG VOOR ONBEVOEGDEN. Overal stonk het naar methaan.

De straat waar SadJoe woonde was doorsnee en burgerlijk – twee parallelle rijen bungalows met aluminium gevelbeplating – behalve dat het de enige woonstraat was op dat hele industrieterrein. Voor elk huis lag een keurig gazonnetje. Aangelijnde honden grauwden. Tabatsjnik en Molly liepen onder de overhangende takken van kale rode esdoorns door.

SadJoe's huis was het laatste in het rijtje. In de achtertuin was een barbecue in volle gang. SadJoe stond bij de barbecue met een flesje bier in de ene hand en een vleestang in de andere. Hij droeg een zwarte joggingbroek en geen shirt, hoewel het nog geen tien graden was. Voor het eerst viel het Tabatsjnik op dat SadJoe's borst en armen waren bedekt met een fijn maaswerk van dunne, bleke littekentjes. Candy de rottweiler zat aan de voeten van haar baasje. Wanneer SadJoe haar stukjes aangebrand vlees toewierp, griste de hond ze uit de lucht en likte ze haar zwarte lippen af.

Tabatsjnik liep achter Molly aan naar de barbecue en keek toe terwijl ze SadJoe een kus op de lippen gaf en de drummer met de hand waarmee hij het flesje bier vasthield over haar kont streek. Toen ze elkaar loslieten, knikte SadJoe Tabatsjnik toe en gebaarde hij met zijn vleestang en flesje bier, ten teken dat hij hem geen hand kon geven.

'Nou,' zei SadJoe met zijn blik gericht op de hamburgers die boven de kooltjes lagen te roosteren, 'welkom in de buurt.'

Er viel een lange stilte, tot Tabatsjnik naar de littekentjes op SadJoe's borst wees en vroeg: 'Hoe kom je daaraan?'

'Hè?' SadJoe boog het hoofd en bestudeerde zijn huid. 'O. Littekens van scheermesjes.'

Tabatsjnik wachtte op de rest. Toen hij besefte dat er niet meer kwam, vroeg hij: 'Waarom heb je littekens van scheermesjes op je borst?'

'Uit de tijd dat ik nog op de middelbare school zat. Hoe eet je je hamburger het liefst?'

Tabatsjnik schudde zijn hoofd en legde uit dat hij al had gegeten. In een rood plastic teiltje stond een fust bier op ijs. Op een picknicktafel met een zwart-wit geblokt tafelkleed stonden schalen met aardappelsalade en koolsla, flessen cola en een chocoladetaart met in geel glazuur het getal 200.000! erop. De meeste mannen droegen zware werkschoenen, een spijkerbroek en een flanellen ruitjeshemd. Ze stonden in kleine kringetjes bier te drinken uit papieren bekertjes en tegen SadJoe te schreeuwen dat hij die fokking hamburgers moest bakken, niet cremeren. Elke keer stak SadJoe zijn middelvinger naar hen op, waarop de mannen lachten en hun gesprek voortzetten. De vrouwen zaten aan de picknicktafel. Ze keken naar Tabatsjnik en Molly en praatten op gedempte toon met elkaar.

Een oudere man met felblauwe ogen onder witte wenkbrauwen als woeste penseelstreken zat bij de vrouwen. Hij had een footballshirt van de Jets aan met achterop boven het nummer 12 de naam NAMATH. Toen hij Molly zag, stond hij op en hinkte op haar af. Hij kuste haar op de wang.

'Dit is SadJoe's vader,' zei ze tegen Tabatsjnik. 'We noemen hem OldJoe.'

'Niet waar ik bij ben.'

OldJoe grijnsde en gaf Tabatsjnik een hand. Zijn handdruk was net zo stevig als die van zijn zoon. 'Pak een biertje, vriend. Ik ga even kijken hoe het met Joeys moeder gaat.'

Hij hinkte naar het huis, opende de hordeur en verdween naar binnen. Het begon donker te worden. Iemand deed de tuinlampen aan, en iedereen at hamburgers en dronk bier of cola, en Tabatsjnik vroeg zich af of hij de enige was die dreigde te sterven aan onderkoeling. Het was de eerste week van maart. Wie organiseerde er nou een barbecue in de eerste week van maart?

Na het eten verzamelde iedereen zich in de voortuin. SadJoe

en zijn vader en enkele vrienden van SadJoe waren in de garage. Er brulde een motor, en de mensen op het gazon juichten.

Molly glimlachte. 'Hier kijkt hij al drie jaar naar uit.'

Een zwarte Ford Galaxie 500 reed de garage uit, met een verse waslaag die glansde in het licht van de schijnwerpers. Iedereen behalve Tabatsjnik joelde van pret. SadJoe zat achter het stuur, en zijn zwarte hanenkam streek langs het dak van de auto. Naast hem zat zijn vader. Vier andere mannen hadden zich op de achterbank geperst. Alle raampjes waren open en uit de autospeakers schalde een song die Tabatsjnik herkende. *Ballad of SadJoe.*

SadJoe gebaarde dat zijn vrienden naar zijn raampje moesten komen, en een voor een kwamen ze. Allemaal staken ze hun hoofd naar binnen, keken naar iets op het dashboard en gaven SadJoe een hand. Toen Molly aan de beurt was, stak ze haar hoofd naar binnen om haar vriendje een lange kus te geven, waarop iedereen floot en smakgeluiden maakte. Ze rechtte haar rug en gebaarde dat Tabatsjnik moest komen. Tabatsjnik wilde zijn hoofd niet naar binnen steken, en hij vermoedde dat SadJoe dat ook liever niet wilde. Maar Molly bleef hem maar wenken met haar gekromde vinger, en iedereen leek af te wachten en zich af te vragen wie hij was, dus liep Tabatsjnik naar de auto toe en liet zich op zijn hurken zakken, zodat zijn gezicht op gelijke hoogte was met dat van SadJoe.

SadJoe wees naar de kilometerteller. 'Wat staat daar, pelgrim?'

Tabatsjnik tuurde naar de cijfertjes, wit op een zwarte achtergrond. 'Negenennegentigduizend negenhonderdnegenennegentig.'

'En negen tiende. Er hoort nog een 1 voor, maar zo ver gaat de meter niet. Ik zit bijna aan de tweehonderdduizend mijl.'

'Wauw,' zei Tabatsjnik. 'Wauw' klonk belachelijk, maar wat moest hij dan zeggen?

Hij gaf SadJoe een hand en liep achteruit weg. SadJoe hees zichzelf half het raampje uit en riep zijn verzamelde vrienden toe: 'Iedereen die me in de loop der jaren met deze auto heeft geholpen, Gary, Sammy en Gino, bedankt. Lisa, bedankt voor de wieldoppen. Molly, bedankt voor mijn song. Mama, als je me kunt horen daar binnen, bedankt dat je nooit hebt geklaagd als ik op mijn drumstel zat te oefenen. En bovenal wil ik pa bedanken, omdat hij deze auto voor me kocht toen ik op de middelbare school zat, met maar negentigduizend mijl op de teller.'

Iedereen klapte en floot, en SadJoe zette de Galaxie in z'n vooruit en reed de straat op. Hij sloeg links af en reed heel langzaam, en al zijn vrienden liepen achter hem aan. Candy, zijn trouwe vazal, draafde naast de auto mee. Tabatsjnik liep helemaal achteraan. Hij keek naar SadJoe's huis en zag een oude vrouw achter het raam staan, met het opengeschoven gordijn in haar hand geklemd. Ze keek toe terwijl de auto statig wegreed. Ze zag er veel ouder uit dan SadJoe's vader.

Halverwege de straat trapte SadJoe op de rem, drukte de claxon in en begon te schreeuwen en door het raampje met zijn linkervuist in de lucht te pompen. De vier mannen achterin sprongen eruit en gaven elkaar high fives alsof de Jets eindelijk weer eens de Super Bowl hadden gewonnen. De aanwezigen juichten en begonnen a capella *Ballad of SadJoe* te zingen. Een paar jongens van middelbareschoolleeftijd staken vuurwerk af. Iedereen keek toe terwijl de vuurpijlen boven de felverlichte straat uit de donkere lucht in schoten, steeds hoger en hoger en hoger, met het gezicht naar de nachtelijke hemel gekeerd, wachtend tot de vuurpijlen uiteen zouden spatten, tot er bloemblaadjes van blauw vuur naar beneden zouden dwarrelen. Een volle minuut lang bleef iedereen staan kijken, tot duidelijk werd dat de vuurpijlen blindgangers waren.

In de trein terug naar Manhattan vroeg Tabatsjnik aan Molly of ze van SadJoe hield. Dat was geen vraag die hij van plan was te stellen, en hij vond het ook geen slimme vraag, maar hij wilde het graag weten.

Ze staarde door het raam naar buiten. Ze zei: 'Weet je, er was een Shell-benzinestation vlak bij waar hij is opgegroeid. En hij en zijn vrienden hadden een geweer, en nu en dan dronken ze zich een stuk in de kraag en dan schoten ze de S en de L kapot. Om er HEL van te maken, snap je. En een week later waren de S en de L vervangen, en dan ging Joe er met zijn vrienden naartoe om ze weer stuk te schieten. Uiteindelijk zijn ze betrapt. En de rechter zei: "Ach, dit is de eerste keer dat je met de politie in aanraking bent gekomen" en hij liet SadJoe gaan. Zijn vrienden hadden al een strafblad, dus die werden naar de jeugdgevangenis gestuurd. Maar goed, een week later schoot hij de S en de L weer stuk. En hij moest weer voor de rechter verschijnen, en toen zei SadJoe: "Ik wil bij mijn vrienden zijn.""

Tabatsjnik knikte en bestudeerde de lijst met namen van de plaatsjes in New Jersey die op zijn treinkaartje stond. Hij geloofde niets van het verhaal. Het was te romantisch, te perfect voor een opstandige punkrocker. Maar hij dacht aan de straat waar SadJoe was opgegroeid, met het prikkeldraad en de stank van methaan, en hij dacht aan de littekens van scheermesjes, en aan de moeder achter het raam met haar hand om het gordijn geklemd, en hij dacht aan de vrienden die zich op de achterbank hadden geperst zodat ze erbij konden zijn op het moment dat hij de tweehonderdduizend mijl bereikte, en hij dacht: als er iemand is die de S en de L van een Shell-tankstation stuk zou schieten om bij zijn vrienden in de jeugdgevangenis te kunnen zijn, dan is het SadJoe.

Tabatsjnik wilde daar niets over zeggen tegen Molly, dus zei hij: 'De hel, dat zijn de anderen.'

Molly wendde zich van het raam af en staarde hem aan. 'Meen je dat?'

'Nee, ik bedoel, dat is een citaat. Ik heb het niet zelf verzonnen.'

Ze legde haar hoofd op zijn schouder en zei: 'Die had ik nog niet gehoord.'

Tabatsjnik staarde door het raam, maar het was buiten te donker om iets te kunnen zien. Hij zag zijn eigen gezicht weerspiegeld in het glas, en Molly's gebogen hoofd, en de lege zitplaatsen om hen heen.

Ze gingen naar een Turks restaurant aan Houston dat vierentwintig uur per dag open was, dronken bittere zwarte koffie uit kleine kopjes en aten zoete, stroperige baklava. De Turk achter de kassa had de puzzel uit de *Daily News* tussen zijn ellebogen

op de balie liggen. Hij kauwde op het gummetje aan het uiteinde van zijn potlood.

'Ik ga een ster van je maken,' zei Tabatsjnik tegen Molly. Hij
glimlachte nooit wanneer hij die woorden zei; hij maakte er
nooit een grapje van. Hij sprak de zin heel eenvoudig uit, arti-
culeerde elke lettergreep zorgvuldig en keek de luisteraar recht
in de ogen. Iedere jongere in Amerika wilde die woorden graag
horen, wist hij, of in elk geval iedere jongere die er wat hem
betrof toe deed. Ze wilden hem geloven. Daar hadden ze
behoefte aan.

Molly haalde diep adem. Glimlachend keek ze naar haar vingers, waarmee ze het bladerdeeg uit elkaar pulkte. Opeens leek
ze heel jong, heel verlegen, als een blozend meisje tijdens haar
eerste afspraakje.

'Ik ben toch al van plan met je te neuken,' zei ze. 'Je hoeft me
geen veren in m'n kont te steken.'

Tabatsjnik maakte oogcontact met de Turk achter de kassa.
De Turk grijnsde.

'De rekening, graag,' zei Tabatsjnik.

Ze had een klein kamertje in een appartement in Alphabet City,
dat ze deelde met vijf andere muzikanten en acteurs. Bij de hand
voerde ze hem mee door de schemerige gangen, langs stapels
vuile was, een slapende hond en een bong die op z'n kant in een
plasje bongwater lag.

Zodra ze in haar kamer waren, deed ze de deur dicht en schoof
de grendel ervoor. Ze zag Tabatsjniks opgetrokken wenkbrauwen en zei: 'Er gebeuren hier rare dingen. Op oudejaarsavond is
er nog een man neergestoken.'

Tabatsjnik wilde het niet weten. Hij legde zijn handen om
haar gezicht en kuste haar op de lippen, en ze maakte zijn riem
los en ritste zijn broek open, en hij dacht: jezus, heb je haast of
zo? Toen besefte hij dat hij heel, heel oud was. Nog even en hij
wist niet eens meer wat jongeren op de radio wilden horen.
Talentenscouts – A&R's – maakten het niet lang in de muziekindustrie – óf je ging hogerop, óf je vloog eruit. Tabatsjnik was
goed, hij haalde altijd wel een mooie oogst binnen, maar een

grote klapper had hij nooit gemaakt. Hij had nooit een groep gecontracteerd die was uitgegroeid tot een supergroep, een Nirvana of een R.E.M. of een Pearl Jam. De mannen die een supergroep hadden gecontracteerd, waren niet langer A&R's. Ze waren vvvvips.

Hij maakte de rits op de rug van haar catsuit open. Haar huid was prachtig, bruin als een kaneelstokje, en er ontstonden blosjes op de plekken waar zijn lippen bleven rusten. Ze wurmde zich uit de catsuit en stond naakt voor hem, met haar handen quasibedeesd voor haar kruis. Tabatsjnik kuste haar hals, haar borsten en haar buik, en liet zich steeds verder zakken, tot hij op zijn knieën zat.

Toen het voorbij was, lagen ze op hun rug op het bed te luisteren naar de hond in de gang, die kreunde in zijn slaap.

'Ik wil je meenemen naar LA om een paar demo's met je op te nemen.'

'We hebben al demo's,' zei Molly, wijzend naar een zwarte boombox met een stapel cassettebandjes erop.

'Ik wil dat het goed gebeurt. We kunnen morgen het vliegtuig nemen.'

'En de anderen dan? Ik laat ze niet zomaar achter.'

Jawel hoor, wilde Tabatsjnik zeggen, maar in plaats daarvan beschreef hij met het topje van zijn vinger kringetjes om haar tepel en zei: 'Ik heb niet genoeg geld om de hele band mee te nemen. We brengen jou naar LA, stellen je aan wat mensen voor en laten de anderen later overkomen.'

'Dat zal SadJoe niet leuk vinden. De Taints is zijn band.'

'Zal ik je eens wat vertellen, Molly? De Taints mag dan zijn band zijn, maar jij bent degene die de mensen willen zien. Jij bent degene die de songs schrijft. Op de avond van jullie optreden heb ik eens goed gekeken naar al die jongeren in de club, naar wie zíj keken, en alle ogen waren op jou gericht. Niemand geeft iets om de drummer.'

'Ik geef wel iets om de drummer.'

Tabatsjnik werkte al tien jaar in deze business en was tot de conclusie gekomen dat er alleen sprake was van loyaliteit wanneer het alle betrokken partijen uitkwam. Nog nooit was hij een band tegengekomen die hij niet uiteen kon laten vallen. Hij vond het niet leuk om die mensen van elkaar te scheiden, hij was geen sadist; toch voelde hij zich er ook niet schuldig over. Ze geloofden allemaal dat ze voorbestemd waren om een ster te worden, en het deed hun veel verdriet hun vrienden te moeten achterlaten, maar ze kwamen er vlot overheen. Ze begrepen best dat niet iedereen een ster kon worden.

Tabatsjnik keek naar Molly Minx en zag dat ze hem aankeek. Ze wachtte op de rest van het verhaal. Ze zou tegenstribbelen, maar niet met volle overtuiging.

'Jij bent degene met talent,' zei hij. 'Ik mag SadJoe graag, hij is een goeie jongen, maar jij bent degene met talent.'

'Ik weet niet eens wat dat betekent, talent,' zei ze. Ze wachtte tot hij verder zou gaan; hij hield echter zijn mond, hij wilde dat ze er iets meer moeite voor zou doen. Ze had nota bene een song geschreven voor die arme knul, het minste wat ze kon doen was een beetje voor hem opkomen.

'Ik geloof eigenlijk niet eens in talent,' zei ze uiteindelijk.

Tabatsjnik geloofde wel in talent. Een band die hij aan het scouten was, had een tijdje geleden in Atlanta in het voorprogramma gespeeld van Buddy Guy, en Tabatsjnik was gebleven voor de hoofdact, had geluisterd naar Buddy Guy die gitaar speelde. Op de terugweg naar zijn hotel dacht Tabatsjnik: zo goed zal ik nooit ergens in zijn. Dat was geen ramp – de meeste mensen zouden nooit ergens zo goed in zijn als Buddy Guy in gitaarspelen. Het stemde je droevig te beseffen dat je bij 'de meeste mensen' hoorde, maar het was geen ramp.

Toch begreep hij wel wat Molly Minx bedoelde. Hij wilde haar niet contracteren vanwege haar talent; door die bullshit prikte ze meteen heen. Hij wilde haar omdat ze platen zou verkopen. Dat betekende niet automatisch dat ze talent had, en ook niet dat ze geen talent had. Talent had er gewoon niets mee te maken.

'Moet je horen,' zei hij, 'ik breng je in een lastig parket, dat begrijp ik. Maar zo ingewikkeld is het niet. Ga met me mee naar LA en je zult het helemaal maken.'

Ze staarde naar het batikkleed dat met punaises aan het plafond hing en zei niets.

'O,' voegde hij eraan toe, 'heb je ergens een kopie van je opnamecontract liggen?'

'Dat denk ik wel. Hoezo?'

'Ik wil er even naar kijken.'

Ze verliet het bed, en hij ging rechtop met zijn rug tegen het hoofdeinde zitten om naar haar te kijken terwijl ze op haar hurken naast een blauw melkkrat in een dossiermap vol bonnetjes, rekeningen en certificaten zocht. De efficiënte contouren van haar lichaam bevielen hem. Ze zag eruit alsof ze uren op haar hurken kon blijven zitten, als een boerenmeid die erwten dopte.

Toen ze het contract had gevonden, pakte hij het van haar aan en bestudeerde het zorgvuldig. Het was afgedrukt met een matrixprinter waarvan het lint bijna op was. Eén bladzijde. De bruine kring van een koffiebeker omcirkelde keurig de handtekeningen. Tabatsjnik zuchtte. Mensen konden zo stom zijn dat hij niet eens meer kon lachen om hun stommiteit.

'Wat is je echte naam, Molly?'

'Jennifer.' Ze zat op de rand van het bed naar hem te kijken.

'Je volledige naam.'

'Jennifer Serenity Prajadhikop.'

'Waar kom je vandaan?'

'Uit Toronto.'

'Echt waar? Oké. Serenity. Dat is mooi. Molly Minx moet maar eens met pensioen.'

Hij vouwde het contract dubbel en gaf het aan haar terug. Ze wuifde zichzelf er koelte mee toe en zei: 'Dat kan. Ik begon het toch al een beetje zat te worden. Ik ben al sinds de middelbare school Molly Minx.'

De volgende dag trakteerde hij haar op een lunch, waarna ze naar het kantoor van het platenlabel in New York gingen. De receptioniste zat achter een hoefijzervormige balie met een toplaag van zwart graniet. Achter haar boden zeven meter hoge ramen uitzicht op de rivier de Hudson.

'Goedemiddag, meneer Tabatsjnik. Goedemiddag, Serenity.'

Molly keek de vrouw met samengeknepen ogen aan, alsof ze

haar uit haar middelbareschooltijd kende maar haar niet helemaal kon plaatsen, en vervolgens zei ze 'Hé!' en trok ze aan de mouw van Tabatsjniks jasje. 'Ze weten al wie ik ben!'

Hij bracht haar naar een lege vergaderruimte, waar hij haar alleen liet, starend naar de platina platen en de reusachtige foto's van breed grijnzende artiesten aan de muur. In een ongebruikt kantoor belde hij Steinhardt, de directeur van het label, en wachtte terwijl diens assistente hem doorverbond.

'Tabatsjnik? Hoe gaat het met ons meisje?'

'We hebben haar. Die sukkels hadden met de band een contract afgesloten voor twee plus één, maar zowel in het contract zelf als bij de ondertekening staat haar artiestennaam.'

'Ha, prachtig. Maar ze kunnen natuurlijk een rechtszaak aanspannen op grond van schending van goede trouw.'

'Ik heb al een kopie naar Lefschaum gefaxt. Ze kunnen ons niets maken.'

'Ja, goede trouw, m'n linkerbal. Haal haar hiernaartoe. Zorg dat ze haar krabbel zet onder een contract voor zes plus één, en dan zorgen wij dat dat meisje doorbreekt.'

'Ze blijkt Canadees te zijn.'

'Hm-hm,' zei Steinhardt. 'Iedereen blijkt tegenwoordig Canadees te zijn.'

Tabatsjnik wist niet wat hij daarmee bedoelde. Als je de baas was, kon je ondoorgrondelijke opmerkingen maken, en dan knikte iedereen alsof Confucius was gereïncarneerd, en geen moment te vroeg.

'Hoe gaat het met je vrouw?'

'Lenis?' vroeg Steinhardt, alsof het woord 'vrouw' te vaag was. 'Die is dit weekend met de honden naar Montana. Ik moet ophangen, kerel. Hé, goed gedaan. Je bent mijn topper.'

Tabatsjnik hing op en staarde naar de Hudson. Een boot van de Circle Line zwoegde in noordelijke richting over het grijze water. Aan stuurboord verdrongen toeristen zich langs de reling om foto's te maken van de skyline van Manhattan. Tabatsjnik zwaaide. Hun flitsers flitsten, volkomen overbodig, en Tabatsjnik zwaaide met beide handen, wetend dat hij nooit op een van die foto's te zien zou zijn.

Er ging niets mis. Hij vloog terug naar LA met Molly Minx. Ze begon zichzelf voor te stellen als Serenity – 'Gewoon Serenity', zei ze dan – maar zelf noemde hij haar in gedachten nog steeds Molly Minx. Hij stuurde haar met een van de meisjes van het label uit winkelen in Melrose Avenue, en die avond showde ze haar nieuwe kleren voor hem. Hij zei dat vinyl haar goed stond, en ze vroeg: 'Zijn mijn borsten te klein?'

Waarschijnlijk wel, dacht hij, maar hij schudde zijn hoofd en zei: 'Wat mij betreft niet.'

Ze besloten dat ze een paar weken bij hem in zijn appartement zou blijven wonen, tot ze de stad een beetje kende. Hij was er niet aan gewend om een huisgenoot te hebben. Hij vond het vreselijk om samen te ontbijten, te moeten vragen 'Wil je me het sinaasappelsap even aangeven?', te luisteren naar de dromen boordevol symboliek die ze die nacht had gehad. Maar het viel Tabatsjnik ook op dat het appartement leeg aanvoelde wanneer ze er niet was. Het viel hem op dat hij bijna blij was als hij haar sleutel in het slot hoorde. Nog even en haar gezicht zou op televisie te zien zijn, en op cd-hoesjes en promotieposters en reclameborden, maar op dat moment was hij de enige die naar haar keek.

Ze ondertekende een contract dat het label het exclusieve recht gaf om zes albums met haar uit te brengen, plus een optie op een zevende. Toen ze haar voorschot kreeg, hield ze de cheque tussen twee handen vast, alsof ze bang was dat de nullen er als verdwaalde Cheerio's af zouden rollen. Die avond trakteerde ze Tabatsjnik op sushi in een restaurant aan Ocean Avenue en dwong ze hem het ene glaasje sake na het andere met haar te drinken. Voor het eerst in jaren werd hij dronken. Later, thuis, ging hij op zijn knieën voor de wc zitten om de vis terug te geven aan de zee, terwijl zij op de rand van het bad songteksten schreef in een spiraalblokje.

De volgende ochtend was hij vreselijk chagrijnig. Hij verliet het appartement zonder haar wakker te maken en ging rechtstreeks naar zijn werk. Zijn assistente was er al. Ze begroette hem opgewekt, en Tabatsjnik glimlachte zoals altijd met opeengeklemde lippen en sloot de deur van zijn kantoor achter zich.

Hij bladerde vluchtig de vakbladen door, wierp een blik op alle koppen en noteerde namen en bedragen. Hij las slecht geschreven rapporten van junior A&R-vertegenwoordigers en maakte een paar notities op geeltjes, die hij op de juiste demobandjes plakte die op zijn bureau lagen opgestapeld: *Mooie jongens + goede dansers; Leadzang: mooie zwarte meid; Leadzang: zoon van Marc Bolan.* Vervolgens controleerde hij snel zijn e-mail. Hij wiste berichten met hoge prioriteit van agenten en managers, nam een saai epistel van Steinhardt vluchtig door, wiste een lange lijst moppen over dode advocaten van de vestiging in Londen, maakte een bijlage open en staarde naar een foto van zijn pasgeboren neefje. Hij zag geen familiegelijkenis, daar had die knul wat hem betrof dan weer geluk mee, en hij wiste het bestand.

Het laatste bericht was afkomstig van Joseph Paul Bielski. Die naam had Tabatsjnik nog nooit gehoord. Hij opende het bericht en las: DIT IS TABATSJPIK HIJ HEEFT EEN KOGEL IN ZIJN KOP •:(DIT IS TABATSJPIK HIJ HEEFT EEN SPEER IN ZIJN KNAR --->:(DIT IS TABATSJPIK HIJ HEEFT EEN KOGEL IN ZIJN KOP MAAR HIJ VINDT HET NIET ERG •:) EN DIT ZIJN MIJN GESPREIDE BILLEN)*(DIE ZEGGEN: LIK ME, TABATSJPIK! TOT GAUW, SADJOE.

Hij riep zijn assistente, en toen ze het kantoor binnenkwam, wees hij naar zijn beeldscherm en vroeg: 'Hoe komt die kerel aan mijn e-mailadres?'

Ze las het bericht en lachte. 'Tabatsjpik? Hoe oud is hij eigenlijk, vijf?'

'Ik geef dit adres nooit aan vreemden. Heeft er soms iemand gebeld die erom vroeg?'

Ze sloot haar ogen en tikte met haar knokkels tegen haar voorhoofd. 'Even denken, even denken ... Ja! Er heeft iemand gebeld.'

Tabatsjnik staarde naar zijn assistente en wenste dat hij een vrouw was, een uit de kluiten gewassen vrouw, zodat hij dat kleine domme wicht in elkaar kon rammen.

'Ik heb het al zo vaak gezegd: gewoon een boodschap aannemen, dan neem ik wel contact met ze op. Oké? Ga er altijd van uit dat iedereen die belt een psychopaat is. Goed, dag-dag.'

En laat het niet weer gebeuren, ja? Nog even en je geeft die klootzakken mijn privéadres.'

Zijn assistente had de deur al half open. Ze bleef staan en keek hem over haar schouder aan; haar mond vormde een kleine o. 'O', zei ze. 'O-o.'

Tabatsjnik vroeg aan Molly of SadJoe dat geweer nog had waarmee hij de S'en en de L'en had stukgeschoten. Dat wist ze niet. Hij vroeg haar of SadJoe iemand was die op gewelddadige wijze wraak zou nemen. Ze tuitte haar lippen, dacht er even over na en zei toen: 'Nee.'

Met dat antwoord was Tabatsjnik niet tevreden. Als die knul zichzelf met een scheermesje had bewerkt, wat zou hij dan doen met de man die zijn vriendinnetje had afgepakt en zijn band kapot had gemaakt? Dus trok Tabatsjnik een week lang samen met Molly in het Chateau Marmont. Hij liet haar de kamer zien waarin John Belushi aan een overdosis was gestorven en de lounge waarin gitarist Slash op een glazen tafel met zijn vriendin had liggen neuken tot het glas brak, waarop ze allebei met gillende sirenes naar de Eerste Hulp waren gebracht.

Ze dronken iets op de met flagstones geplaveide patio – whisky met gingerale voor haar, mineraalwater voor hem – en ze zei: 'En dit is de patio waar SadJoe Tabatsjnik heeft vermoord.'

Dat vond ze ontzettend grappig, en ze kon maar niet ophouden met lachen. Haar haar was tegenwoordig vuurrood.

Na een week besloot Tabatsjnik dat hij weigerde zich te laten intimideren door een stuk tuig uit New Jersey dat nog bij zijn ouders woonde en roos in zijn hanenkam had. Hij en Molly gingen terug naar het appartement in Santa Monica. Hij liet een nachtslot op zijn voordeur maken. Hij haalde zijn naamplaatje weg bij de intercom van het gebouw. Hij leende een pitbull van een agent die twee weken naar Cannes moest, maar de hond weigerde te eten en jankte de hele nacht, en uiteindelijk liet Tabatsjnik het beest ophalen door de assistente van de agent.

Hij wachtte en wachtte, en eindelijk was het dan zover. Tabatsjnik en Molly lagen in bed te roken en naar een oude aflevering van The Jeffersons te kijken. Het was net na één uur 's nachts. Alle lampen in het appartement waren uit. Tabatsjnik hield Molly's hand niet vast, maar hun schouders en heupen drukten tegen elkaar. Inmiddels kon ze zich natuurlijk makkelijk een eigen huis veroorloven, maar hij vergat steeds om dat tegen haar te zeggen.

George Jefferson stak van wal met een van zijn befaamde tirades – zijn ogen waren groot van verontwaardiging over al het onrecht in de wereld – en werd onderbroken door luid tromgeroffel. Tabatsjnik fronste. Dat tromgeroffel hoorde niet bij de serie. Dat tromgeroffel was niet van de tv afkomstig. Hij keek naar Molly, en Molly sloot haar ogen en glimlachte.

Ze luisterden. SadJoe speelde op de stoep. Heel hard. Hij geselde de vellen, en het geluid echode door de stille straat. *Padaboemboem*BOM, *padaboemboem*BOM, *padaboemboem*BOM-BOMBOM, *padaboemboem*BOM. Het was geen muziek, het was geweld met een ritme.

Tabatsjnik vroeg zich af of die knul een goede drummer was. Dat was moeilijk vast te stellen. Wie luisterde er bij punkrock nou naar de drumsolo's? Hij betrapte zichzelf erop dat hij nerveus met zijn vlakke handen op de sprei tikte, op de maat van de muziek, en hij staarde naar zijn handen alsof ze hem hadden verraden.

'Die klootzak,' zei Molly lachend. 'Die kleine klootzak.'

SadJoe speelde zo hard dat de ramen ervan rammelden. Hij speelde zo hard dat hij George Jefferson overstemde. Hij speelde zo hard dat elke hond in de straat begon te janken, met het laatste spoortje wolvenbloed in zijn mollige, gedomesticeerde lijf.

Tabatsjnik stak nog een sigaret op. 'Het zal wel als serenade bedoeld zijn.'

Molly bedekte haar gezicht met een kussen, en Tabatsjnik vroeg zich af waarom. Zat ze te lachen? Te huilen? Hier en daar werd er al tegen SadJoe geschreeuwd. 'Hou op!' werd er gebruld. 'Hé! Klootzak! Hou op! Hé!'

Tabatsjnik stapte uit bed en trok de gordijnen open. Hij opende de glazen schuifdeur en stapte het smalle balkonnetje op, waarvandaan je de stoep kon zien. Overal in de straat stonden mensen op hun balkon of leunden ze uit het raam om te kijken. Midden op de stoep zat SadJoe achter zijn drumstel op de drums en *toms* te rammen, zonder acht te slaan op het fluit-concert. De kale hoofdhuid aan weerszijden van zijn hanenkam glom in het licht van de straatlantaarns. Zijn bovenlichaam was ontbloot, en de spieren van zijn schouders en onderarmen spanden en ontspanden zich onder zijn bleke huid.

Tabatsjnik nam een trek van zijn sigaret en zette zijn ellebogen op de betonnen balustrade. De Galaxie 500 stond geparkeerd bij een brandkraan. SadJoe's legerjas lag op het dak. Twee gouden bogen – twee gele M'en van McDonald's van een meter hoog – stonden rechtop tegen de achterbumper van de zwarte auto.

SadJoe keek op en zag Tabatsjnik op het balkon staan. Hij sprong van zijn krukje en wees met een drumstok naar zijn vijand. 'FUCK YOU, TABATSJNIK! FUCK YOU!'

Tabatsjnik tikte zijn as af en zuchtte. SadJoe was de goeierik in deze situatie. Als je de gebeurtenissen uit het verleden bij elkaar optelde, was er eigenlijk geen andere conclusie mogelijk.

'WAAR IS MOLLY? MOLLY! MOLLY!'

Tabatsjnik draaide zich om en keek de slaapkamer in. 'Je wordt geroepen.'

Molly haalde het kussen voor haar gezicht weg en ging recht-op in bed zitten. 'Jezus, Joe. Wat doe je me aan?'

Een hele tijd staarde Tabatsjnik naar het gloeiende uiteinde van zijn sigaret, voordat hij weer naar SadJoe keek. 'Ze wil dat je weggaat.'

'FUCK YOU, TABATSJNIK!'

Recht onder Tabatsjnik vloog de voordeur open, en een forse man in een wit T-shirt, een geruite boxershort en zwarte basket-balschoenen stormde op SadJoe en zijn drumstel af. SadJoe zag hem aankomen en zei: 'Dit heeft niets met jou te maken, pel-grim.'

Tabatsjnik herkende de man als een van zijn onderburen. Een stuntman – nee, niet echt een stuntman, een stuntcoördinator. Iets met stunts in elk geval. Hij had het een keer uitgelegd. Soms kwam Tabatsjnik hem en zijn vriendin tegen bij de brievenbus-sen, en dan wisselden ze beleefdheden uit, en één keer had de man verteld over zijn beroep, dat hij regelde dat auto's over ingestorte bruggen heen vlogen of langs steile hellingen naar beneden rolden. Hij was altijd vriendelijk geweest, maar kennelijk had hij er een hekel aan om door drumsolo's te worden gewekt.

SadJoe zei: 'Rustig nou, broer', maar de stuntman luisterde niet. Hij rende om het drumstel heen, nam SadJoe in een hoofdklem en begon de drummer in zijn gezicht te stompen. *Bam. Bam. Bam.*

Tabatsjnik rookte zijn sigaret en keek toe. De stuntman smeet SadJoe tegen het drumstel, en het hele zaakje viel om; standaarden kletterden op de betonnen stoep, koperen bekkens tolden rinkelend op hun rand heen en weer.

Tabatsjnik kromp ineen. Hij draaide zich om en zei tegen Molly: 'Hij wordt ingemaakt.'

Ze sprong het bed uit en liep met haar vuisten gebald naast haar lichaam naar het balkon.

'Je bent naakt,' zei Tabatsjnik.

Midden in een pas bleef Molly staan om haar naakte lichaam te bekijken. Ze leek verbaasd, alsof ze haar borsten en haar buik nooit eerder had gezien.

Ze kruiste haar armen voor haar borsten en keek Tabatsjnik bedroefd aan. 'Hij heeft me nodig.'

Tabatsjnik drukte zijn sigaret uit op de balustrade en liep de slaapkamer weer in om een broek en een sweatshirt aan te trekken.

'Waar ga je naartoe?' vroeg ze.

'Ik ga naar buiten voordat die kerel zijn nek breekt.'

'Waarom?'

Tabatsjnik haalde zijn schouders op. Het lag ingewikkeld. Hij verliet het appartement, draafde de trap af, duwde de voordeur van het gebouw open en haastte zich naar de vechtende mannen toe. Alleen was het gevecht al voorbij. SadJoe lag op de stoep, bloedend uit zijn neus en mond. De stuntman was het drumstel aan het vernielen: hij trapte dwars door het vel van de basdrum heen, sloeg een *floortom* stuk op de stoep en brak de standaarden over zijn knie doormidden.

'Hé!' schreeuwde Tabatsjnik. 'Genoeg!'

De stuntman wierp Tabatsjnik een vluchtige blik toe en liep

toen met het kapotte uiteinde van een bekkenstandaard in zijn hand naar de Galaxie 500. Hij haalde woest uit naar de gele M'en van McDonald's.

Op zijn blote voeten stapte Tabatsjnik om de overblijfselen van het kapotgeslagen drumstel heen en greep de stuntman bij zijn arm. 'Genoeg,' zei hij.

De stuntman draaide zich met een ruk om en stompte hem tegen zijn neus. Tabatsjnik ging tegen de vlakte. Hij verraste zichzelf door snel op te staan. Hij haalde zelfs naar de stuntman uit. Dat leek hem de juiste beslissing. Hij sloeg zo hard als hij kon, legde zijn hele lichaamsgewicht erin en raakte de stuntman vol op zijn wang. De stuntman fronste en sloeg Tabatsjnik nog een keer, en deze keer kon hij niet meer overeind komen.

Onderuitgezakt bleef Tabatsjnik met zijn rug tegen de brand-kraan zitten. De stuntman nam vluchtig de schade op en liep toen terug naar het gebouw; in het voorbijgaan stampte hij nog even op een snaredrum.

De stoep was bezaaid met stukjes gele kunststof. De gouden bogen lagen op straat, met de glanzende aluminium achterkant naar boven. In de verte hoorde Tabatsjnik politiesirenes. Toen hij naar SadJoe keek, zag hij dat die tussen de restanten van zijn drumstel door kroop.

'Gaat het wel?'

'Fuck you, Tabatsjnik.'

'Dat was voor het eerst sinds groep zeven dat ik heb gevoch-ten.'

SadJoe veegde zijn neus af met de rug van zijn hand en staar-de naar het bloed. 'Noem je dat vechten?'

'Ik heb hem één keer teruggeslagen.'

SadJoe ging in kleermakerszit zitten met de basdrum op zijn schoot. Hij liet zijn vingers over het kapotte vel glijden. Bloed stroomde uit zijn neusgaten, liep in stroompjes over zijn borst en trok in de band van zijn camouflagebroek. Hij legde zijn hoofd in zijn nek en staarde naar de hemel. 'Dat drumstel heeft me tweeduizend dollar gekost.'

'Ik koop wel een nieuw voor je.'

'Hé, fuck you, gast. Je kan de pot op met je geld.'

Er stonden nog steeds mensen uit het raam te kijken. Een jongeman in een strakke witte onderbroek en met een Dodgerspetje op zijn hoofd stond het tafereel vanaf zijn balkon aan de overkant van de straat te filmen. Tabatsjnik controleerde zijn tanden met het puntje van zijn tong. Ze zaten er allemaal nog.

'Ik wil met Molly praten,' zei SadJoe, nog steeds met zijn hoofd in zijn nek en zijn basdrum op schoot. 'Ik wil haar de M'en geven.'

'Weet je wat het is, het is voorbij. Ze wil niet met je praten.'

SadJoe snoof luidruchtig en spuugde een klodder bloed en slijm op de stoep. Hij zag er doodmoe uit zoals hij daar onder de flakkerende straatlantaarn zat. Natuurlijk ziet hij er moe uit, dacht Tabatsjnik. Zijn vriendinnetje heeft hem in de steek gelaten, zijn beste kans om beroemd te worden is in rook opgegaan, hij is dwars door het land gereden om zijn meisje terug te krijgen en hij is zojuist in elkaar geslagen door een stuntman. Een stuntcoördinator.

'Ze had jou niet nodig,' zei SadJoe. 'Ze had in New York een ster kunnen worden, ze had in Toronto een ster kunnen worden. Ze was hoe dan ook een ster geworden. De room komt altijd bovendrijven.'

'Nee,' zei Tabatsjnik. 'Dat is niet waar.' Wat er ook bovenop dreef, het was geen room.

'Ze had jou niet nodig,' herhaalde SadJoe met een klap op de zijkant van de kapotte drum. 'Het was mijn band, maar zij was de ster en dat vond ik prima. Het kan me geen reet schelen of je me gelooft of niet. Ik wilde gewoon rustig achter op het podium zitten en de beat aangeven en naar haar kijken. Straks zet jij een of andere studiomuzikant bij haar neer die klinkt als een fokking drumcomputer. Waarom, gast? Ik ben niet hebberig. Ik wil er alleen maar van kunnen leven, ik vraag niet zoveel. Dus wat is er nou? Ben ik niet goed genoeg? Is dat het? Vind je me niet goed genoeg?'

'Dat weet ik niet,' zei Tabatsjnik. Dat was het eerlijkste antwoord dat hij kon geven. 'Ik weet helemaal niets over drummen. Ik vind het prima klinken.'

'Wat is er dan?'

'Het had niets met jou te maken.'

SadJoe lachte. 'Jezus, Tabatsjnik. Heb je dan helemaal geen fantasie, gast? Heb je helemaal geen fokking fantasie? Denk je nu echt dat ik gewoon verdwijn zodra je je hebt omgedraaid?'

Tabatsjnik staarde tussen de gevederde bladeren van de palmbomen naar boven. Het was bijna vollemaan, en de wolken waren schuimig als kokende melk. Dichter bij de aarde stapte Molly Minx het balkon op en leunde over de balustrade. Ze had een veel te groot ijshockeyshirt aangetrokken. Haar rode stekeltjes leken wel piepkleine vlammetjes die aan haar hoofdhuid likten.

SadJoe zag haar en krabbelde snel overeind. 'Molly!' riep hij. En toen zachter: 'Molly.' Hij wees naar de kapotte gouden bogen. 'Ik had twee M'en voor je meegenomen, maar die grote kerel heeft ze stukgeslagen.'

'Maakt niet uit,' zei ze. 'Ik heet tegenwoordig Serenity.'

'Oké.' Hij knikte en wreef met zijn onderarm langs zijn neus. 'Serenity is een mooie naam.'

'Je moet naar huis, Joe. Je kunt me niet blijven stalken.'

'Stalken? Ik stalk je helemaal niet.' Hij keek Tabatsjnik aan, zoekend naar steun. Tabatsjnik haalde zijn schouders op.

'Ga naar huis, Joe.' Ze liep het appartement weer in en schoof de glazen deur dicht.

Een hele tijd bleef SadJoe naar het lege balkon staan staren. Uiteindelijk draaide hij zich om naar Tabatsjnik en haalde in een gebaar van overgave zijn schouders op.

'Volgend jaar in de Budokan,' zei hij. Hij pakte zijn legerjas, stapte in de Galaxie 500 en reed weg; het kapotte drumstel en de versplinterde M'en liet hij achter. Tabatsjnik keek de auto na tot de achterlichten uit het zicht waren verdwenen. Zijn neus deed niet zoveel pijn, en hij vermoedde dat de stuntman zich had ingehouden. Over een paar minuten zou hij opstaan, teruglopen naar het gebouw, de trap op gaan naar de eerste verdieping, zijn appartement binnengaan en naast Serenity in bed kruipen. Maar nu nog niet. Hij wilde nog even blijven zitten om na te denken.

Alle balkons in de straat waren nu leeg, de ramen waren weer donker. De voorstelling was voorbij. Hij vroeg zich af hoe ver SadJoe zou doorrijden, waar hij zou overnachten. Niemand kon in één ruk van Los Angeles naar New Jersey rijden, maar Tabatsjnik kon zich niet voorstellen dat SadJoe bij een motel zou stoppen om even te slapen. In zijn verbeelding reed de drummer gewoon door, met zijn handen op het stuur, meetikkend op de maat van een song op de radio. Rijdend langs bergen, woestijnen, winkelstraten en akkers, zonder te stoppen, zonder te stoppen, alleen in zijn zwarte Galaxie, terwijl de teller de een tiende mijlen aftelde.

De duivel komt
naar Orekhovo

De honden waren verwilderd. In troepen zwierven ze over het platteland; hun nagels waren lang geworden, hun vacht was dik en ongeborsteld en zat vol met klitten van distels. Toen de soldaten bij zonsopgang aan hun mars begonnen, telde Leksi alle honden die hij zag, een spelletje om de tijd te verdrijven. Na veertig hield hij op. Ze waren overal: ineengedoken en alert in de sneeuw, rennend door de schaduwen van torenhoge dennen, in het spoor van de soldaten, snuffelend aan hun laarsafdrukken, hopend op etensrestjes.

De honden maakten Leksi nerveus. Nu en dan draaide hij zich om, wees naar de dichtstbijzijnde honden en fluisterde: 'Blijf.' Dan staarden ze hem aan, zonder met hun ogen te knipperen. Hun ogen hadden iets merkwaardig ongedomesticeerds. Deze honden misten de onderdanige meegaandheid van hun tamme broeders; ze waren niet gebonden aan de huishoudelijke geboden: niet in de keuken schijten. Geen mensen bijten. Een zilverharig teefje droeg nog een paars halsbandje, en Leksi stelde zich voor dat de andere honden haar uitlachten om dat teken van slaafsheid.

Van de drie soldaten was Leksi met zijn achttien jaar de jongste. Ze marcheerden in ganzenpas met een onderlinge afstand van tien meter, Leksi als laatste, Nikolai in het midden, Soerchov voorop. Ze droegen hun grijs-met-witte winteruniformen, en hun parka's waren over hun overvolle rugzakken gedrapeerd om alles droog te houden als het ging sneeuwen. We zien eruit als een stel oude gebochelde mannetjes, dacht Leksi. De riem van zijn geweer gleed telkens van zijn schouder, dus na een tijdje hield hij het wapen maar gewoon in zijn geschoeide handen. Hij was nog altijd niet aan het geweer gewend. Als hij het 's ochtends opraapte leek het nooit zo zwaar, maar tegen de middag, wanneer zijn onderhemd ondanks de kou doorweekt was van het zweet, deden zijn armen pijn van het dragen.

Net als zijn schoolvrienden had Leksi gretig uitgekeken naar de dag dat hij zou worden opgeroepen voor het leger. Al vanaf hun veertiende waren alle meisjes uit zijn klas gek op soldaten. Soldaten droegen geweren en uniformen en reden in militaire voertuigen. Hun hoge zwarte laarzen glansden wanneer ze op het terras hun benen over elkaar sloegen. Als je achttien was en geen soldaat, was je een vrouw; als je geen soldaat was en ook geen vrouw, was je gehandicapt. Sinds hij in dienst was gegaan, was Leksi niet meer in zijn woonplaats geweest. Hij vroeg zich af wanneer hij eindelijk eens zijn benen over elkaar zou mogen slaan op een terras en het glas mocht heffen naar de giechelende meisjes.

In plaats daarvan had hij dit: sneeuw, sneeuw, nog meer sneeuw, sneeuw. In Leksi's ogen zag alles er hetzelfde uit, en er kwam geen eind aan. Hij lette nooit op waar ze naartoe gingen; hij liep gewoon achter de andere soldaten aan. Stel dat hij een keer zou opkijken en ze waren verdwenen, dan zou Leksi verdwaald zijn in de wildernis en met geen mogelijkheid de weg terug kunnen vinden. Hij begreep niet waarom iemand hier zou willen wonen, laat staan erom zou willen vechten.

De eerste keer dat hij de Tsjetsjeense hooglanden had gezien was een maand geleden, toen het konvooi waarmee zijn infanteriedivisie over de centrale Kaukasus werd vervoerd op het hoogste punt van de Darjalpas halt hield, zodat de mannen een sanitaire stop konden houden. De soldaten stonden in een lange rij langs de kant van de weg als gekken op en neer te springen, tegen de wind in te pissen en dreigementen en scheldwoorden te schreeuwen naar hun verborgen vijanden in de uitgestrekte, besneeuwde verte.

Die middag had hij het al koud gehad, sindsdien had hij het

elke ochtend en elke avond koud gehad, en ook nu had hij het koud. Zo koud dat zelfs zijn tanden koud waren. Als hij door zijn mond ademde, deed het pijn aan zijn keel; als hij door zijn neus ademde, deed het pijn aan zijn hoofd. Maar hij was de jongste, en hij was soldaat, dus hij klaagde nooit.

Soerchov en Nikolai daarentegen klaagden aan één stuk door. De hele ochtend schreeuwden ze naar elkaar, over en weer. Leksi wist dat zich in deze heuvels gewapende guerrilla's ophielden; hij had gehoord dat ze een premie kregen voor iedere vijand die ze meenamen naar hun hoofdman, de *vor v zakone*, de 'dief aan de macht'. De lichamen van Russische soldaten werden soms gekruisigd aan telefoonpalen aangetroffen, met hun genitaliën in hun mond gepropt. Hun afgehakte hoofden werden achtergelaten bij de voordeur van etnische Russen in Grozny en Vladikavkaz. Leksi begreep niet waarom Soerchov en Nikolai zo roekeloos hard praatten, maar zij waren al jaren soldaat. Allebei hadden ze veel ervaring met gevechtssituaties. Leksi vertrouwde op hen.

'Als je Chlebnikov de leiding zou geven,' zei Soerchov, 'dan zou hij hier de boel binnen twee weken op orde hebben. Er zijn hier twaalf varkensneukers die de andere varkensneukers vertellen wat ze moeten doen. Geef Chlebnikov de leiding en hij schakelt die twaalf zó uit: ping, ping, ping.' Soerchov beeldde met zijn duim en wijsvinger een pistool uit en schoot daarmee op de onzichtbare twaalf. Hij had geen handschoenen aan. Nikolai ook niet. Leksi kreeg het nog kouder als hij alleen maar naar hun blote, rode handen kéék.

Soerchov was mager, maar onvermoeibaar. Hij kon urenlang zonder onderbreking door de diepe sneeuw banjeren, aan één stuk door mopperend en zingend. Zijn gezicht zag er asymmetrisch uit, alsof zijn ene oog wat hoger zat dan het andere. Daardoor leek hij altijd een beetje sceptisch te kijken. Zijn woeste, bruine haardos stak onder zijn witte bivakmuts uit. De bivakmutsen waren omkeerbaar – de binnenkant was zwart, voor nachtelijke manoeuvres. Leksi, wiens hoofd nog steeds volgens de militaire voorschriften was geschoren, voelde zich kwetsbaar zonder zijn helm, die hij had achtergelaten omdat Soerchov en Nikolai er telkens steentjes tegenaan gooiden. De andere soldaten droegen allemaal geen helm. Helmen waren niet stoer, net zomin als veiligheidsgordels. Alleen VN-waarnemers en Franse journalisten droegen een helm.

Nikolais haar was nog langer dan dat van Soerchov. Nikolai zag eruit als een Amerikaanse filmster, met zijn krachtige lijf en blauwe ogen, tot hij zijn mond opendeed, die vol stond met scheve tanden. Als zijn tanden hem stoorden, liet hij er niets van merken; hij lachte ze om de haverklap bloot, alsof hij mensen uitdaagde de gaten aan te wijzen. Wat niemand ooit deed.

'Ze sturen Chlebnikov nooit hiernaartoe,' zei Nikolai. 'Bij jou is het altijd maar Chlebnikov dit, Chlebnikov dat, nou en? Nooit. Chlebnikov is een tank. Ze willen hier geen tanks. Dit' – Nikolai gebaarde naar zichzelf en Soerchov, de mars, maar negeerde Leksi – 'dit is helemaal niet relevant. Het is een spelletje. Wil je weten hoe het echt zit? Moskou heeft liever dat we doodgaan. Als we doodgaan, wordt er in de kranten tekeergegaan, dan komen er politici op tv die erover tekeergaan, en misschien dat ze dan een keer in alle ernst gaan vechten.'

Telkens wanneer Nikolai of Soerchov het woord 'Moskou' zeiden, klonk het als een vloek. Krachttermen stroomden vrijelijk en ongehinderd over hun lippen, maar aan 'Moskou' voegden ze het venijn van een echte verwensing toe. De meeste andere soldaten spraken er net zo over, en de intensiteit van hun emoties verraste Leksi. Nikolai en Soerchov namen bijna niets serieus. Soerchov las de brieven die hij van zijn vriendin kreeg hardop voor, waarbij hij een hoog, bevend stemmetje opzette: 'Ik verlang naar je, schat, als ik 's ochtends wakker word verlang ik al naar je', en dan barstten hij en Nikolai in lachen uit. Op een avond beschreef Nikolai hoe zijn vader langzaam en pijnlijk was gestorven aan botkanker, waarna hij zijn schouders ophaalde en een slok nam van zijn koffie met een scheut wodka. 'Ach, hij was toch al langer in leven gebleven dan we wilden.'

Een week eerder marcheerden ze over een onverharde weg. Ze liepen in de sporen van een gepantserd infanterievoertuig, omdat hun laarzen op de platgedrukte, gegroefde sneeuw meer grip hadden. Ze kwamen een magere dode hond tegen, en Soerchov sleepte hem bij de voorpoten naar het midden van de weg. Merels hadden de ogen en testikels eruit gepikt. Met één hand in het nekvel van de hond zette Soerchov het bevroren lijk als een buiksprekerpop op zijn achterpoten en zong met falsetstem een oud liedje van Zjana Matvejeva.

'Waarom loop je weg, mijn liefste, waarom loop je weg? Ik heb alleen oog voor jou, mijn liefste, ik heb alleen oog voor jou.'

Nikolai lachte, voorovergebogen en met zijn handen op zijn knieën, zo hard dat de merels die boven hen cirkelden wegvlogen. Leksi glimlachte, omdat het onbeleefd zou zijn om het niet te doen, maar hij kon zijn blik niet losrukken van de oogloze kop van de hond. Iemand had hem door het voorhoofd geschoten; het kogelgat was zo rond als een muntstuk. Een van de soldaten in het infanterievoertuig, die wilde oefenen.

Leksi was erg bijgelovig. Zijn oma had hem geleerd dat het op de aarde wemelde van de dieren en dat alle dieren elkaar kenden. In het wild werden geheime bijeenkomsten gehouden waar de zaken van alle afzonderlijke dieren werden besproken en bepleit. Een jongen bij hem op school had een duif op de korrel genomen met zijn slinger en hem in één keer gedood. Een jaar later was de oudere zus van diezelfde jongen bij een auto-ongeluk om het leven gekomen. Leksi geloofde niet dat het een ongeluk was geweest; hij was ervan overtuigd dat de andere vogels hadden samengespannen om hun dode kameraad te wreken.

'Aleksandr!'

Leksi rukte zijn blik los van de sneeuw en besefte dat hij een heel eind achterop was geraakt. Hij zette het op een rennen, waarbij hij bijna struikelde. Het geweer in zijn handen verstoorde zijn evenwicht. Zodra hij weer tien meter achter Nikolai was, bleef hij staan en knikte hij, maar Nikolai wenkte hem met gekromde vingers. Soerchov liet zich op zijn hurken zakken en keek vanuit die houding grijnzend toe.

'Wie geeft me rugdekking?' vroeg Nikolai toen Leksi voor hem stond.

'Ik. Het spijt me.'

'Nee, ik vraag het nog een keer. Wie geeft me rugdekking?'

'Ik.'

Nikolai schudde zijn hoofd en wierp een blik op Soerchov, die zijn schouders ophaalde. 'Niemand geeft me rugdekking,' zei Nikolai. 'Je kijkt naar de sneeuw, je kijkt naar de honden, je kijkt naar de hemel. Dus, oké, je bent kunstenaar, denk ik. Misschien ben je in gedachten een schilderij aan het maken. Dat snap ik wel. Maar vertel me eens, terwijl jij met dat schilderij bezig bent, wie geeft mij dan rugdekking?'

'Niemand.'

'Aha. Dat is een probleem. Zie je, ik geef Soerchov rugdekking. Niemand kan Soerchov van achteren aanvallen, want ik zou hem beschermen. Maar wie beschermt mij? Terwijl jij dat meesterwerk van je aan het schilderen bent, wie beschermt mij dan?'

'Sorry.'

'Ik ben niet van plan in dit shitland dood te gaan, Aleksandr. Hoor je me? Ik weiger hier dood te gaan. Jij beschermt mij, ik bescherm Soerchov, en zo komen we levend de dag door. Begrepen?'

'Ja.'

'Geef me rugdekking.'

Pas toen ze verder marcheerden en Soerchov en Nikolai Beatles-liedjes begonnen te zingen, maar dan met obscene teksten, vroeg Leksi zich af wie hém eigenlijk rugdekking gaf.

De drie soldaten hielden minder dan een kilometer bij het landhuis vandaan op de flank van de heuvel halt, aan de rand van een dicht dennenbosje. Om het gebouw heen stond een hoge muur van steen en mortel; alleen de dakspanen en de schoorstenen waren zichtbaar vanaf de plek waar de soldaten stonden. Tussen hen en het huis lag een lang, besneeuwd veld. In de laatste minuten van zonneschijn strekten de schaduwen van de hoge bomen zich over dat veld uit.

Soerchov pakte zijn verrekijker uit Leksi's handen en tuurde erdoorheen. 'Van daaruit kunnen ze de hele vallei in de gaten houden. Geen rook uit de schoorstenen. Maar ze weten dat we alert zouden zijn op rook.'

Nikolai had een plastic zak met shag en vloeitjes uit Soerchovs rugzak gehaald; met zijn rug tegen een boomstam stond hij een sjekkie te draaien. Leksi kon een redelijk sjekkie draaien als hij lekker warm binnen zat met de vloeitjes plat op een tafel. Het verbaasde hem altijd weer dat Nikolai er overal een kon draaien, in minder dan een minuut en zonder ook maar één draadje shag te morsen, hoe winderig of donker het ook was. Nikolai kon nog een sjekkie draaien terwijl hij een auto over een zand-weg stuurde en met de radio meezong.

Hij klemde het eindproduct tussen zijn lippen terwijl hij de plastic zak terugstopte in Soerchovs rugzak. Leksi stak het sjek-kie voor hem aan, en hij nam zo gretig een trek dat zijn stop-pelige wangen naar binnen werden gezogen. Hij blies de rook uit en gaf het sjekkie door aan Leksi.

'Volgens Inlichtingen heeft er de afgelopen drie nachten bin-nen geen licht gebrand,' zei Nikolai.

Soerchov spuugde op de grond. 'Inlichtingen zou mijn lul nog niet kunnen vinden als die in hun reet zat. Ze kunnen de pot op, en hun beschermheiligen erbij. Alesjkovski wist me te vertellen dat er afgelopen weekend een paar van Inlichtingen per heli-kopter naar Pitsoenda zijn gevlogen, voor de hoeren. Onze bal-len vriezen er zowat af en zij gaan naar de hoeren.'

'Dus,' zei Nikolai, 'ze sturen er drie mannen op af. In hun ogen kan het op twee manieren aflopen; mogelijkheid A: er is nie-mand, we nemen het huis in beslag, prima, dan hebben we een goede observatiepost voor de vallei. Mogelijkheid B: het halve terroristenleger zit binnen, wij zijn dood, ook goed. Opeens zijn we belangrijk. Zijn we martelaren. Het echte gevecht kan begin-nen.'

'Ik wil helemaal niet belangrijk zijn,' zei Leksi terwijl hij het sjekkie doorgaf aan Soerchov. De andere soldaten keken hem even verrast aan en begonnen toen te lachen. Het duurde even voor Leksi besefte dat ze met hem meelachten in plaats van om hem.

'Nee,' zei Nikolai, die hem een vriendschappelijke dreun op zijn rug gaf. 'Ik ook niet.'

Toen het donker werd, rolden ze hun slaapzakken uit en gin-gen om beurten even slapen terwijl er één de wacht hield. Leksi had de eerste wacht, maar kon niet in slaap komen toen Nikolai hem had afgelost. Om de paar minuten jankte er een hond, en dan antwoordden zijn broeders, tot het in de heuvels galmde van de eenzame honden die naar elkaar riepen. Vlakbij in een boom kraste een uil. Liggend in zijn slaapzak keek Leksi tussen de dennentakken door naar boven. De hemel werd verlicht door een halvemaan, en hij keek naar de wolken met de lichte randen die voorbijgleden. Hij had zijn knieën tot aan zijn borst opgetrokken om warm te blijven en kromp ineen, telkens wanneer de wind een verdwaalde dennennaald in zijn gezicht blies. Hij luisterde naar Nikolai, die weer een sjekkie stond te roken, en naar Soerchov, die tandenknarste in zijn slaap.

Over een paar uur zou hij misschien moeten vechten om een huis dat hij nooit eerder had gezien, tegen mannen die hij nooit had ontmoet. Hij had niemand beledigd, had niet met de vriendin van een ander geneukt, geld gestolen of iemands auto in elkaar gereden, en toch zouden die mannen, als ze er waren, proberen hem te doden. Dat vond Leksi een heel bizarre gedachte. Vreemden wilden hem doden. Ze kenden hem niet eens, maar toch wilden ze hem doden. Alsof alles wat hij ooit had gedaan, alles wat er in zijn hoofd was opgeslagen, helemaal niets te betekenen had: de meisjes die hij had gezoend, de jacht-uitjes met zijn vader, de koe die hij als jongetje van zeven voor zijn moeder had getekend en die nog steeds in een lijstje aan de muur van haar slaapkamer hing; of die keer dat hij was betrapt toen hij tijdens een wiskundeproefwerk over Katja Zoebritska-ja's schouder had gegluurd en de oude Loekonin hem had bevolen op te staan en ter plekke te herhalen, steeds luider terwijl de andere leerlingen lachten en op hun tafeltjes trommelden: 'Ik ben Aleksandr Streltsjenko en ik heb afgekeken, maar ik kan er niks van.' Dat waren de herinneringen van Aleksandr Strel-tsjenko, maar wat deed dat ertoe? Helemaal niets. Niets was nog echt, behalve het hier en nu, de sneeuw, de soldaten naast hem, het huis op de heuvel. Waar hadden ze het huis voor nodig? Om de vallei te kunnen observeren. Wat viel er te observeren? Bomen, sneeuw en wilde honden, het Kaukasusgebergte dat in de verte opdoemde. Leksi maakte zich zo klein mogelijk in zijn slaapzak en stelde zich voor dat zijn afgehakte hoofd in Grozny voor een voordeur lag, met ogen als die van een dode vis op een bed van ijs.

De nachtdienst was waarschijnlijk net begonnen in de bottelfabriek in zijn woonplaats, waar zijn oudere broer werkte. Als Leksi niet bij het leger was gegaan, zou hij daar nu ook werken, in een warm gebouw met stoffige glas-in-loodramen en de zachte, rustige, gelige gloed van de lampen aan het plafond. Misschien ging er een lopende band stuk en moest Leksi hem repareren; hij zag voor zich hoe hij een gebarsten roller verving en de rubberen band er weer op legde. De radio stond zachtjes aan, en Leksi babbelde met de voorman over politiek. Iedereen kende iedereen; ze waren allemaal samen opgegroeid. Er waren vrienden en er waren vijanden, maar iedereen had zo zijn redenen. Bobo zou hij bijvoorbeeld aardig vinden omdat die de doelman was van de plaatselijke ijshockeyclub; maar aan Timoer zou hij een hekel hebben omdat Timoers vrouw bloedmooi was en Timoer zelf spijkerbroeken droeg van Levi's, die zijn broer vanuit Amerika naar hem opstuurde. Dat zou logisch zijn. Dat zou een leven zijn waar hij iets van begreep. En misschien zou hij dan 's nachts dromen van avontuur, van slapen in de sneeuw met zijn geweer aan zijn zijde, van het bestormen van huizen op heuvels en vechten tegen de Tsjetsjeense terroristen, maar het zou slechts een droom zijn, en de volgende ochtend zou hij zijn kop koffie drinken en de krant lezen en droevig met zijn tong klakken bij het lezen van het bericht dat er in Tsjetsjenië weer drie jongens waren gesneuveld.

Om drie uur die nacht klommen ze tegen de heuvel op. Hun rugzakken lieten ze achter, strak in waterdicht zeildoek gewikkeld en onder de sneeuw begraven, gemarkeerd met afgebroken takjes en dennenappels. De maan was zo helder dat zaklantaarns overbodig waren. Soerchov en Nikolai leken nu compleet andere mensen; sinds ze wakker waren geworden, hadden ze nauwelijks een woord gezegd. Ze hadden eerst elkaars gezicht en toen dat van Leksi zwart gemaakt, hun horloges in hun zak gestopt en hun bivakmutsen binnenstebuiten gekeerd.

Ze bereikten de stenen muur en liepen eromheen naar de poort aan de achterzijde. Als er waakhonden waren geweest, zouden die allang zijn aangeslagen. Dat was een goed teken. Ze ontdekten dat de poort niet op slot was en krakend heen en weer zwaaide in de wind. Ook dat was een goed teken. Ze slopen het terrein op. De tuin was groot, maar slecht onderhouden. Bij een oude put stond een witte belvedère; het dak was doorgezakt onder het gewicht van de sneeuw.

Om de grote ramen van het huis zaten koperen randen. Er brandde geen licht. De soldaten namen op basis van handgebaren hun posities in: Soerchov liep op de achterdeur af, terwijl Nikolai en Leksi op hun buik gingen liggen en hun geweren op een punt voor hem richtten. Soerchov keek hen even aan, haalde zijn schouders op en draaide aan de deurknop. De deur ging open.

Er was niemand thuis. Ze maakten hun zaklantaarn vast aan de loop van hun geweer en verspreidden zich om de beide verdiepingen en de kelder te controleren, langzaam, langzaam, alert op de zilveren glans van een struikeldraad, het matte grijs van een geïmproviseerde mijn. Ze zochten onder de bedden, in de kasten, in de douchehokjes, in de wijnrekken in de kelder, in het waterreservoir van de moderne wc. Toen Leksi de deur van de koelkast opende, slaakte hij een verrast kreetje. Het lampje ging aan.

'Elektriciteit,' fluisterde hij. Hij kon zijn ogen niet geloven. Hij liep naar de lichtschakelaar en duwde die omhoog. De keuken glom: de gele tegels op de vloer, het houten aanrechtblad, het grote zwarte fornuis. Soerchov rende naar binnen met laarzen die roffelden op de tegels. Hij deed het licht uit en gaf Leksi een klap in zijn gezicht.

'Idioot,' zei hij.

Toen het hele huis was doorzocht, nam Nikolai via de radio contact op met de basis. Hij luisterde even naar de instructies, knikte ongeduldig, meldde zich af en keek naar de andere twee, die bij hem in de bibliotheek stonden. 'We moeten hier blijven wachten.'

De muren gingen helemaal schuil achter boekenplanken, waar meer boeken op stonden dan ze eigenlijk konden torsen, verticale stapels boven op horizontale rijen. Opgestapeld in de hoeken stonden boeken, verspreid over de leren bank lagen boeken, op de marmeren schoorsteenmantel stonden boeken in wankel evenwicht schuin tegen elkaar aan.

Leksi's gezicht was nog rood van schaamte. Hij wist dat hij de klap had verdiend, dat hij iets stoms had gedaan, maar toch was hij woedend. Hij stelde zich voor dat Soerchov zijn vriendinnetjes ook zo sloeg als hij hen erop betrapte dat ze geld van hem stalen, en het vrat aan Leksi dat hij met zo weinig respect werd behandeld, alsof hij geen vuistslag waard was.

Nikolai nam hem aandachtig op. 'Hoor eens,' zei hij, 'je begrijpt toch wel waarom Soerchov boos was?'

'Ja.'

'Heb je de koelkast gecontroleerd voordat je hem opende?' vroeg Nikolai. 'Heb je gekeken of er geen draden uitstaken? En vervolgens doe je het licht aan! Nu weet iedereen in de vallei dat we er zijn. Je moet opletten. Je let nooit op en dat wordt nog eens je dood, wat op zich geen probleem is, maar het wordt ook ónze dood, en dat is wel een probleem.'

Soerchov glimlachte. 'Zeg dat het je spijt, Leksi, dan bied ik ook mijn verontschuldigingen aan. Kom. Geef me een hand.'

Leksi kon niet lang een wrok koesteren. Hij stak zijn hand uit en zei: 'Het spijt me.'

'Sukkel,' zei Soerchov zonder acht te slaan op Leksi's hand. Hij en Nikolai lachten en liepen de bibliotheek uit.

Ze wasten het zwartsel van hun gezicht in een blauwbetegelde badkamer, met zeep in de vorm van zeeschelpen, en ze droogden zich af met groene handdoeken. Daarna doorzochten ze de kamers, op zoek naar buit. Leksi nam de eerste verdieping, blij dat hij even alleen kon zijn, en richtte zijn zaklantaarn op alles wat hem interessant leek. In een luxe kamer, waar naar hij aannam de heer des huizes vroeger had geslapen, keek hij vol verwondering naar het bed. Het was het grootste bed dat hij ooit had gezien. Hij en zijn oudere broer hadden samen in een bed geslapen dat drie keer zo klein was, tot zijn broer trouwde.

Op de nachtkastjes stonden lampen van blauw porselein. Bij een van die lampen stond een kopje op een schoteltje. Op de rand van het kopje zat een veeg rode lippenstift, en er was wat thee op het schoteltje gemorst.

Tegen de muur stond een zware zwarte ladekast met koperen grepen. Op de ladekast stonden potjes pillen, een borstel met lange grijze haren erin, een porseleinen kom vol munten, een kristallen parfumflesje, een pot scherp ruikende gezichtscrème en enkele foto's in zilveren lijstjes. Een van de foto's, een oude zwart-witafdruk, trok Leksi's aandacht, en hij pakte hem op. Een vrouw met ravenzwart haar keek in de camera. Ze keek een beetje verveeld, maar bereid het spelletje mee te spelen, net als alle jonge, mooie echtgenotes die Leksi ooit in zijn woonplaats had gezien. Haar donkere wenkbrauwen waren een beetje gefronst, maar raakten elkaar niet.

Terwijl Leksi de foto bestudeerde, bekroop hem het griezelige gevoel dat de vrouw had geweten dat er ooit zo naar haar zou worden gekeken. Alsof ze toen al wist dat er op een dag, vele jaren nadat de sluiter had geklikt, een moment zou komen dat een vreemde met een geweer over zijn schouder zijn zaklantaarn op haar gezicht zou richten en zich zou afvragen hoe ze heette.

Hij doorzocht de andere kamers op die verdieping en liep weer naar beneden, niet beseffend dat hij de ingelijste foto nog steeds in zijn hand had, tot hij de donkere bibliotheek binnen liep. Hij zag een lucifer opvlammen en richtte zijn zaklantaarn erop. Soerchov en Nikolai hadden hun laarzen en sokken uitgetrokken en zaten nu onderuitgezakt op de leren bank met hun blote stinkvoeten op de glazen salontafel. Ook hun parka en trui hadden ze uitgetrokken; hun onderhemd was groezelig van de zweetvlekken. Ze rookten allebei een sigaar. Naast hen op de grond lag een berg zilver, die even koel als de maan glansde toen Leksi zijn zaklantaarn erop richtte: dienbladen en kandelaars, terrines en soeplepels, servetringen en karaffen. Leksi vroeg zich af hoe ze al die spullen mee naar huis dachten te nemen. Misschien waren ze dat helemaal niet van plan, misschien genoten ze gewoon van de aanblik van die berg kostbaarheden. Nikolai had een zestig centimeter lange pop met een porseleinen gezicht, blond haar en een witte nachtjapon op schoot. Met één hand masseerde hij de bovenbenen van de pop. Hij knipoogde naar Leksi.

'Heb je het niet warm?'

Inderdaad, Leksi had het warm. Hij had het al zo lang koud dat de warmte een welkome afwisseling was geweest, maar nu zette hij zijn geweer rechtop tegen een boekenkast, plaatste de ingelijste foto zorgvuldig op de schoorsteenmantel en trok zijn parka uit.

'Kennelijk zijn ze er halsoverkop vandoor gegaan,' zei Soerchov. 'Ze hebben het elektra aangelaten, de verwarming aangelaten.' Hij inspecteerde de gloeiende askegel van zijn sigaar. 'De sigaren achtergelaten.'

Nikolai boog naar voren en pakte een houten sigarenkistje van de salontafel. 'Hier,' zei hij tegen Leksi. 'Kies er maar een uit.'

Leksi pakte een sigaar, beet het puntje eraf, stak hem aan en ging op het tapijt voor de uitgedoofde open haard liggen. Hij zette zijn zaklantaarn uit. In het donker rookten ze hun sigaren, zonder iets te zeggen. Het was erg prettig om daar te liggen, in dat warme huis, en een goede sigaar te roken. Ze luisterden naar het razen van de wind buiten. Leksi had zich in weken niet zo veilig gevoeld. De andere twee pakten hem hard aan, dat wel, maar ze wisten waar ze mee bezig waren. Ze maakten een betere soldaat van hem.

'Leksi,' zei Soerchov slaperig. 'Leksi.'

'Ja?'

'Toen je de deur van de koelkast openmaakte, wat zag je toen?'

Leksi dacht dat hij waarschijnlijk weer voor de gek werd gehouden. 'Hoor eens,' zei hij, 'het spijt me van de ...'

'Nee, wat stond er in de koelkast? Heb je dat gezien?'

'Van alles. Een kip.'

'Een kip,' zei Soerchov. 'Rauw of gebraden?'

'Gebraden.'

'Zag hij er lekker uit?'

Om de een of andere reden vond Leksi dat een bijzonder grappige vraag, en hij begon te lachen. Nikolai moest ook lachen, en al snel lagen ze alle drie te schuddebuiken.

'Oi,' zei Nikolai. Hij zoog aan zijn sigaar om te voorkomen dat hij zou uitdoven.

'Nee, echt,' zei Soerchov. 'Zag hij eruit alsof hij er al maanden stond?'

'Nee. Eigenlijk zag hij er erg smakelijk uit.'

Leksi ging liggen met zijn handen onder zijn hoofd en dacht aan de kip. Toen dacht hij aan zijn voeten. Hij maakte zijn veters los en trok zijn schoenen uit, en zijn natte sokken. Hij scheen met zijn zaklantaarn op zijn tenen en wiebelde ermee. Ze zaten er allemaal nog aan. Het was lang geleden dat hij ze had gezien.

'Nou,' zei Soerchov, die rechtop ging zitten. 'Laten we die kip gaan halen.'

Ze aten van echte porseleinen borden, met zilveren vorken en messen met een houten handvat, aan de lange eettafel. De zon kwam op. De kristallen kroonluchter boven de tafel brak het licht en wierp veelkleurige patronen op het lichtblauwe behang. Nikolais blonde pop zat naast hem op een stoel.

De geroosterde kip was droog omdat hij al een tijdje in de koelkast stond, maar nog niet bedorven. Ze kraakten de botten en zogen het merg eruit. De soldaten hadden een bijna volle fles wodka in de vriezer aangetroffen, en ze dronken uit zware tumblers, terwijl ze door de ramen staarden naar de vallei die zich voor hen ontvouwde.

De sneeuw en de bomen, het bevroren meer in de verte, alles zag er schitterend, harmonieus en onbedorven uit. Nikolai zag een adelaar en wees hem de anderen aan; samen keken ze naar de vogel, die hoog boven de vallei zweefde. Toen ze klaar waren met eten, schoven ze de borden naar het midden van de tafel en leunden wrijvend over hun buik achterover in hun stoel. Ze wisselden een salvo van boeren uit en grijnsden naar elkaar.

'Zeg, Aleksandr,' zei Nikolai, terwijl hij met zijn duimnagel tussen zijn tanden peuterde. 'Heb je een vriendinnetje?'

Leksi nam nog een slok en liet de alcohol even in zijn mond branden voordat hij hem doorslikte en antwoordde: 'Niet echt.'

'Wat betekent dat, "niet echt"?'

'Het betekent nee.'

'Maar je hebt het weleens met een vrouw gedaan?'

Leksi boerde en knikte. 'Een paar keer.'

'Maagd,' zei Soerchov, die met zijn dolk zijn naam in het mahoniehouten tafelblad kerfde.

'Nee,' zei Leksi, maar zonder verontwaardiging. Hij was geen leugenaar, en uiteindelijk drong dat altijd tot anderen door. Op het moment had hij het te lekker warm en was hij te verzadigd om zich op de kast te laten jagen. 'Ik heb het met drie meisjes gedaan.'

Nikolai trok zijn wenkbrauwen op alsof hij van dat aantal onder de indruk was. 'Dan moet je wel een plaatselijke legende zijn.'

'En ik heb er elf gekust.'

Soerchov stak zijn dolk in de tafel en schreeuwde: 'Dat lieg je!' Toen giechelde hij en dronk nog wat wodka.

'Elf,' herhaalde Leksi.

'Tel je dan je moeder mee?' vroeg Soerchov.

'Ik kan erg goed zoenen,' zei Leksi. 'Dat zeiden ze allemaal.'

Nikolai en Soerchov keken elkaar aan en lachten. 'Te gek,' zei Nikolai. 'We mogen van geluk spreken dat we zo'n groot expert bij ons hebben. Wil je ons een demonstratie geven?' Hij pakte de pop bij het haar en smeet haar naar Leksi toe, die haar opving en in haar ogen van blauw glas keek.

'Ik val niet op blondines,' zei Leksi. De andere mannen lachten, en Leksi was erg in zijn nopjes met zijn grapje. Hij lachte zelf ook en nam nog een slok uit zijn glas.

'Toe,' zei Nikolai. 'Leer ons hoe het moet.'

Leksi ondersteunde het achterhoofd van de pop en boog naar voren om haar geverfde porseleinen lippen te kussen. Hij hield zijn ogen dicht. Hij dacht aan het laatste echte meisje dat hij had gekust, de elfde, op de avond voordat hij het leger in ging.

Toen Leksi zijn ogen opendeed, stond Nikolai met zijn handen in zijn zij en een frons op zijn voorhoofd naar hem te kijken. 'Nee,' zei hij. 'Waar is de hartstocht?' Hij pakte de pop bij de schouders vast en trok haar uit Leksi's handen. Boos keek hij de pop in het gezicht. 'Van wie hou je, pop? Van Aleksandr? Nee? Van mij? Ik geloof je niet. Hoe kan ik je vertrouwen?' Hij omvatte het gezicht van de pop met beide handen en gaf haar een machtige kus.

Leksi was onder de indruk. Het was een veel betere kus, daar was geen twijfel over mogelijk. Hij wilde nog een kans, maar Nikolai smeet de pop weg. Ze kwam op haar rug op een eiken buffetkast terecht. Soerchov klapte en floot alsof Nikolai zojuist het winnende doelpunt voor hun team had gescoord.

'Dat is pas een kus,' zei Nikolai nadat hij zijn lippen met de rug van zijn hand had afgeveegd. 'Je moet een meisje altijd kussen alsof het vanaf zonsopgang verboden is.' Hij pakte de wodkafles van de tafel en zag dat die leeg was. 'Soerchov! Dronken klootzak die je bent, je hebt hem leeggemaakt!'

Soerchov knikte. 'Goeie wodka.'

Droevig staarde Nikolai door de fles heen. 'Lag er nog meer in de vriezer?'

'Nee.'

'In de kelder ligt nog al die wijn,' zei Leksi. Zijn blik was gericht op de zwarte schoentjes van de pop, die over de rand van de buffetkast bungelden.

'Ja!' zei Nikolai. 'De kelder.'

Leksi liep achter Nikolai aan de smalle trap af; allebei waren ze nog altijd blootsvoets. Er zaten geen ramen in de kelder, dus deed Nikolai het licht aan. In de hoeken van de ruimte zaten spinnenwebben. Tegen de muur stond een poolbiljart met een stuk plastic eroverheen. Op het krijtbord erboven stond nog de score van het laatste potje. Midden op de vloer lag een gele speelgoedkiepwagen op zijn kant. Leksi raapte hem op en liet de wielen draaien; het zou een mooi cadeautje zijn voor zijn kleine neefje.

Een hele wand ging schuil achter een wijnrek, een reusachtige honingraat van kleibruine achthoekige vakjes. Uit elk vakje stak een in folie gewikkelde flessenhals. Nikolai pakte een fles en bestudeerde het label.

'Frans.' Hij gaf de fles aan Leksi. 'De Fransen zijn de hoeren van Europa, maar ze maken goede wijn.' Hij pakte nog twee flessen, waarop ze zich omdraaiden om weg te gaan. Halverwege de trap zette Nikolai zijn twee wijnflessen een tree hoger, trok zijn pistool uit de holster om zijn middel en laadde het door. Leksi had geen pistool. Zijn geweer stond nog in de bibliotheek. Hij had een fles in de ene hand en de speelgoedkiepwagen in de andere. Hij keek naar Nikolai, niet goed wetend wat er aan de hand was.

'Leksi,' fluisterde Nikolai. 'Hoe kun je pool spelen op een tafel die strak tegen de muur staat?'

Leksi schudde zijn hoofd. Hij had geen idee waar de oudere man op doelde.

'Ga Soerchov halen. Neem jullie geweren mee en kom hiernaartoe.'

Tegen de tijd dat Leksi Soerchov uit de eetkamer had opgehaald, ze hun wapens uit de bibliotheek hadden gepakt en ze de trap naar de kelder bereikten, was Nikolai er niet meer. Ze hoorden hem naar hen roepen. 'Kom maar, kom maar, het is al achter de rug.'

Ze troffen hem staand bij een open luik in de vloer aan, met zijn pistool alweer in de holster. Hij had de loodzware biljarttafel opzijgeschoven om bij het luik te komen, en pas een paar minuten later zou het tot Leksi doordringen wat een knap staaltje spierballenwerk dat eigenlijk was. De drie soldaten staarden in het piepkleine schuilkeldertje. Daar zat een oude vrouw op een kale matras. Ze keek niet naar hen op. Haar dunne grijze haar zat in een knotje en haar vlekkerige handen lagen bevend op haar knieën. Ze droeg een lange zwarte jurk. Om haar hals hing een zwarte camee aan een dun zilveren kettinkje. Afgezien van de matras en een tafeltje met een kookplaatje erop stonden er geen meubels. Tegen de muur stond een piramide van ingeblikt voedsel, naast een paar grote plastic flessen water. Tegen een andere muur stond een aluminium huishoudtrapje.

'Is dit uw huis, moedertje?' vroeg Soerchov.

De vrouw gaf geen antwoord.

'Ze zegt niks,' zei Nikolai. Hij hurkte, greep de randen van de opening vast en liet zich in de bunker zakken. De vrouw keek hem niet aan. Nikolai fouilleerde haar, voorzichtig maar grondig. Hij schopte de piramide van blikken omver, keek onder het kookplaatje en klopte op de muren voor het geval dat ze hol waren.

'Oké,' zei hij. 'We halen haar hier weg. Kom, moedertje, opstaan.' De vrouw verroerde zich niet. Hij pakte haar bij de ellebogen en sleurde haar overeind. Soerchov en Leksi pakten haar ieder bij een arm en hesen haar naar boven. Nikolai klom de bunker uit; met z'n drieën gingen de mannen om de oude vrouw heen staan en staarden ze haar aan.

Nu beantwoordde ze hun blik wel, met grote, amberkleurige ogen vol woede. Leksi herkende haar. Zij was ooit de jonge vrouw op de foto geweest.

'Dit is míjn huis,' zei ze in het Russisch, terwijl ze de mannen een voor een aankeek. Ze had een zwaar Tsjetsjeens accent, maar sprak de woorden duidelijk uit. 'Míjn huis,' herhaalde ze.

'Ja, moedertje,' zei Nikolai. 'En wij zijn uw gasten. Toe, kom met ons mee naar boven.'

Ze leek verbijsterd door zijn beleefdheid en liet zich meevoeren naar de trap. Toen Nikolai de wijnflessen pakte, wees ze ernaar. 'Dat is jouw wijn niet,' zei ze. 'Leg terug.'

Hij knikte en gaf de flessen aan Leksi. 'Leg ze terug waar we ze hebben gevonden.'

Toen Leksi boven kwam, hoorde hij hen praten in de bibliotheek. Hij liep ernaartoe en zag dat de oude vrouw op de bank zat en over de zwarte camee wreef. Het was moeilijk te geloven dat ze ooit mooi was geweest. De slappe huid van haar gezicht en keel was gerimpeld en gevlekt. Aan haar voeten lag de berg zilver te glinsteren in het zonlicht dat door de ramen naar binnen scheen.

Soerchov had een in leer gebonden boek van een plank gehaald en bladerde erdoorheen; telkens wanneer hij een bladzijde omsloeg, bevochtigde hij eerst zijn vingertoppen. Nikolai zat tegenover de vrouw op de grond met zijn rug tegen de marmeren ombouw van de open haard. Hij had een ijzeren pook in zijn handen. De foto in de zilveren lijst stond nog steeds op de schoorsteenmantel. Leksi wachtte in de deuropening en vroeg zich af of de oude vrouw haar foto al had opgemerkt. Had hij hem maar nooit meegenomen. Het had iets vreselijk beschamends om de mooie jonge vrouw te dwingen getuige te zijn van haar toekomst. De wodka, die Leksi nog maar een paar minuten geleden met zoveel genoegen had gedronken, brandde nu in zijn maag.

'Niet doen,' zei de oude vrouw. De soldaten keken haar nietbegrijpend aan. 'Dit,' zei ze boos, en net als Soerchov likte ze aan haar vingertoppen. 'Straks verpest je het papier nog.'

Soerchov knikte, glimlachte naar haar en zette het boek terug op de plank. Nikolai ging staan, met de pook nog in zijn hand, en gebaarde naar Leksi. Hij nam hem mee naar de gang en deed de deur van de bibliotheek achter zich dicht. Ze liepen naar de eetkamer. Daar stonden de vieze borden vol gekraakte kippenbotjes nog midden op de tafel. Door het hoge raam keken Nikolai en Leksi naar de besneeuwde vallei.

Nikolai zuchtte. 'Het is geen pretje, maar ze is oud. Haar leven zou van nu af aan heel zwaar worden. Geef haar terug aan haar Allah.'

Leksi draaide zich om en staarde de oudere soldaat aan. 'Ikke?'

'Ja,' zei Nikolai terwijl hij de pook in zijn hand liet ronddraaien. 'Het is heel belangrijk dat jij het doet. Heb je weleens iemand doodgeschoten?'

'Nee.'

'Mooi. Dan wordt zij de eerste. Ik weet, Aleksandr, dat je een oude vrouw niet wilt doden. Dat willen we geen van allen. Maar denk eens goed na. Als je soldaat bent, kun je niet alleen de mensen doden die je wilt doden. Dat zou fijn zijn, hè? Als we alleen de mensen hoefden dood te schieten die we haatten. Deze vrouw is de vijand. Ze heeft vijanden gebaard, en zij zullen er op hun beurt nog meer baren. Ze koopt wapens en voedsel voor hen, en zij slachten onze mannen af. Deze mensen,' zei hij, wijzend naar het plafond, 'zijn de rijkste in dit gebied. Ze financieren de terroristen al jaren. Zelf slapen ze tussen hun zijden lakens, terwijl de benen van onze vrienden worden afgerukt door de mijnen waarvoor zij hebben betaald. Zelf drinken ze Franse wijn, terwijl hun bommen ontploffen in onze kroegen, onze restaurants. Ze is niet onschuldig.'

Leksi wilde iets zeggen, maar Nikolai schudde zijn hoofd en tikte zachtjes met de pook op Leksi's arm. 'Nee, dit is niet iets waarover te praten valt. Dit is geen gesprek. Neem haar mee naar buiten en schiet haar dood. Niet op het terrein, want ik wil niet dat de merels hier komen. Die brengen ongeluk. Neem haar mee naar het bos, schiet haar dood en begraaf haar.'

Een tijdje bleven ze zwijgend staan kijken naar het meer in de verte, naar de sneeuw die, opgejaagd door de wind, boven de dennenbomen wervelde. Uiteindelijk vroeg Leksi: 'Hoe oud was jij? De eerste keer?'

'De eerste keer dat ik iemand doodschoot? Negentien.'

Leksi knikte en opende zijn mond, maar wist niet meer wat hij had willen zeggen. Ten slotte vroeg hij: 'Tegen wie vochten we toen?'

Nikolai lachte. 'Hoe oud denk je dat ik ben, Aleksandr?'

'Vijfendertig?'

Nikolai lachte zijn scheve tanden bloot. 'Vierentwintig.' Hij drukte de punt van de pook in Leksi's nek, vlak onder de schedel. 'Hier moet de kogel komen.'

Toen ze haar meenamen naar de droogruimte en haar opdroegen haar schoenen aan te trekken, staarde ze de soldaten met haar bevende handen langs haar zij aan. Een hele tijd bleef ze staan staren, en Leksi vroeg zich af wat ze met haar zouden hebben gedaan als ze nog jong en mooi was geweest. Toen vroeg hij zich af wat ze zouden doen als ze domweg weigerde haar schoenen aan te trekken. Waar konden ze haar mee onder druk zetten? Moesten ze haar dan ter plekke doodschieten en naar het bos dragen? Hij hoopte dat dat zou gebeuren, dat ze zich op de grond zou laten vallen en zou weigeren op te staan, zodat Nikolai of Soerchov gedwongen zou zijn haar dood te schieten. Maar dat deed ze niet, ze staarde slechts naar hen en knikte uiteindelijk, alsof ze ergens mee instemde. Ze ging op het bankje bij de deur zitten en trok een paar met bont gevoerde laarzen aan. Ze leken te groot voor haar, alsof ze een kind was dat de schoenen van haar moeder paste. Ze stopte de zwarte camee aan de zilveren ketting weg in haar jurk en trok een bontjas aan, gemaakt van de donkere pelzen van een dier dat Leksi niet kon benoemen.

Aan de muur hing een zware sneeuwschop met het blad naar boven tussen twee beugels. Soerchov pakte hem en gaf hem aan de oude vrouw. Zonder een woord te zeggen pakte ze hem aan en liep de deur uit. Leksi keek zijn twee kameraden aan in de hoop dat die zouden zeggen dat het een grapje was, dat er vandaag niemand hoefde te worden doodgeschoten. Nikolai zou hem een stomp tegen zijn arm geven en hem zeggen dat hij een dwaas was, en dan zouden ze allemaal lachen; de oude vrouw zou lachend de droogruimte weer binnenkomen – ze wist ervan, het was allemaal één grote grap. Maar Soerchov en Nikolai stonden, nog steeds op blote voeten, met een uitdrukkingsloos gezicht te wachten tot hij zou weggaan. Leksi liep de deur uit en deed hem achter zich dicht.

De oude vrouw sleepte de sneeuwschop als een slee achter zich aan. De sneeuw kwam tot aan haar knieën; om de minuut moest ze even blijven staan om op adem te komen. Dan ademde ze een paar keer diep in en uit, om vervolgens door te lopen; zodat de schop over haar voetafdrukken achter haar aan stuiterde. Ze keek niet één keer om. Leksi liep drie passen achter haar met zijn geweer in zijn handen. Achter haar aan liep hij de poort door, waar hij haar opdroeg naar rechts te gaan, wat ze deed, en ze liepen om de muur heen naar de voorkant van het huis en daarvandaan de heuvel af.

Telkens wanneer ze bleef staan, keek Leksi naar haar achterhoofd, naar dat grijze knotje dat met een paar spelden op zijn plaats werd gehouden, en hij werd steeds bozer. Waarom was ze in het huis achtergebleven, terwijl verder iedereen was weggegaan? Ze was niet achtergelaten. Iemand had haar de bunker in geholpen; iemand had de biljarttafel over het luik heen geschoven. Het moest pure hebzucht zijn geweest, een weigering om de kostbaarheden op te geven die ze in de loop van de jaren had vergaard, haar kristal en haar zilver en haar Franse wijn en de rest. De anderen hadden er vast op aangedrongen dat ze met hen mee zou gaan. Ze was koppig; ze wilde niet luisteren; ze was een fanaticus.

'Waarom bent u hier gebleven?' vroeg hij uiteindelijk. Hij was helemaal niet van plan geweest met haar te praten; de vraag was er al uit voor hij er erg in had.

Ze draaide zich langzaam om en keek hem aan. 'Het is míjn huis,' zei ze. 'Waarom zijn jullie hier gekomen?'

'Oké,' zei hij. Hij richtte het geweer op haar. 'Doorlopen.' Hij verwachtte niet dat ze zou gehoorzamen, maar dat deed ze wel. Ze naderden de plek waar de drie soldaten hun rugzakken hadden verstopt, ongeveer een kilometer verderop; Leksi zou ze op de terugweg meenemen, zodat Soerchov en Nikolai ze niet speciaal hoefden te gaan halen. Het zou zwaar worden om met drie rugzakken de heuvel op te lopen, maar hij vermoedde dat het al met al een stuk makkelijker zou zijn dan deze wandeling heuvelafwaarts. Want Leksi twijfelde er geen seconde aan dat het een doodzonde was die hij op het punt stond te begaan. Dit was wreed. Hij ging een oude vrouw in het achterhoofd schieten, toekijken terwijl ze voorover in de sneeuw viel en haar vervolgens begraven. Daar was maar één woord voor: een doodzonde.

Al een hele tijd vermoedde hij dat hij een lafaard was. Zijn oudere broer vertelde hem 's avonds altijd griezelverhalen, en dan lag Leksi nog uren wakker. Soms schudde hij zijn broer wakker en eiste van hem dat hij zou zweren dat de verhalen verzonnen waren. Dan zei zijn broer: 'Natuurlijk, Leksi, natuurlijk zijn het maar verhaaltjes,' en dan hield hij Leksi's hand vast tot die in slaap viel.

'Ze hebben jou aangewezen omdat je de jongste bent,' zei de oude vrouw, en Leksi kneep zijn ogen samen om haar ondanks de felle reflectie van het zonlicht op de sneeuw te kunnen aankijken.

'Gewoon doorlopen.'

Maar ze was helemaal niet blijven staan, en ze praatte door. 'Ze stellen je op de proef. Ze willen zien hoe sterk je bent.'

Leksi zei niets, maar keek naar de schop die over de helling naar beneden stuiterde.

'Het kan hun niets schelen of ik doodga of niet, dat weet jij ook wel. Wat maakt het ook uit? Kijk nou naar me, wat kan ik uitrichten? Ze stellen je op de proef. Begrijp je dat niet? Je bent slim, je begrijpt het vast wel.'

'Nee,' zei Leksi. 'Ik ben niet slim.'

'Ik ook niet. Maar ik leef al zeventig jaar tussen de mannen. Ik weet hoe mannen denken. Ze houden ons in de gaten.'

Leksi keek tegen de heuvel op, naar het landhuis op de top. Hij vermoedde dat ze gelijk had, dat Nikolai door zijn verrekijker naar hen keek. Toen hij zich weer omdraaide, sjokte de oude vrouw nog steeds voort; haar adem steeg in wolkjes op boven haar hoofd. Ze leek nu makkelijker vooruit te komen, en Leksi concludeerde dat haar conditie stukken beter was dan ze aanvankelijk had doen voorkomen, dat haar constante getreuzel niets te maken had met uitputting, maar dat ze gewoon probeerde het onvermijdelijke uit te stellen. Dat begreep hij wel. Zelf zag hij ook als een berg tegen het einde op.

'Maar als we onder aan de heuvel zijn,' zei de oude vrouw, 'kunnen ze ons niet zien. Dan kun je me laten gaan. Dat verwachten ze van je. Als ze echt wilden dat je me doodschoot, zouden ze jou er dan in je eentje opuit hebben gestuurd? Waarom willen ze dat je me zo ver weg brengt, uit het zicht?'

'Ze willen niet dat de merels bij het huis in de buurt komen,' zei Leksi, maar op het moment dat hij het zei, besefte hij dat het nergens op sloeg. Hij ging haar begraven. Waarom zouden de merels er dan op afkomen? En bovendien was Nikolai niet bijgelovig.

De oude vrouw lachte zo hard dat het knotje op haar achterhoofd op en neer bewoog. 'De merels? Zeiden ze dat, de merels? Dit is één grote grap, jongen. Word wakker! Ze spelen een spelletje met je.'

'Moedertje,' zei Leksi, maar hij wist niet wat hij moest zeggen. Weer bleef ze staan en draaide ze zich naar hem om, glimlachend. Ze had al haar tanden nog, maar ze waren lang en vergeeld. De aanblik van die tanden maakte Leksi woest; hij rende de heuvel af en porde met de loop van zijn geweer in haar buik.

'Doorlopen!' schreeuwde hij haar toe.

Toen ze halverwege de helling waren, vroeg ze: 'Hoe weten mijn kleinkinderen straks waar ze naartoe moeten?'

'Hè?'

'Als ze mijn graf komen bezoeken, hoe weten ze dan waar het is?'

'Ik zet er wel een gedenkbordje bij,' zei Leksi. Hij was helemaal niet van plan om er een gedenkbordje bij te zetten, maar wat moest hij anders op zo'n vraag antwoorden? Zijn woede was alweer weggetrokken, en hij ergerde zich omdat hij zich zo gemakkelijk had laten gaan.

'Nu?' vroeg ze. 'Wat heeft dat voor zin? Als de sneeuw smelt, valt het bordje om.'

'Dan zet ik er in de lente wel een neer.' Hij wist dat dit de oude vrouw net zo belachelijk in de oren moest klinken als hemzelf, maar als ze zijn verzekering absurd vond, liet ze het niet blijken.

'Met mijn naam erop,' zei de oude vrouw. 'Tamara Sjasjani.' Ze spelde zowel haar voornaam als haar achternaam en droeg Leksi toen op haar na te zeggen.

Leksi kende een meisje van school dat Tamara heette. Ze was dik, zat onder de sproeten en lachte als een balkende ezel. Ongelooflijk dat deze vrouw en dat meisje dezelfde naam hadden.

'En mijn geboorteplaats,' voegde de oude vrouw eraan toe. 'Zet die er ook bij. Djovchar Ghaala.'

'Grozny, bedoelt u.'

'Nee, ik bedoel Djovchar Ghaala. Ik ben er geboren, ik weet hoe het heet.'

Leksi haalde zijn schouders op. Vier dagen geleden was hij nog in de stad geweest. De Tsjetsjenen noemden hem Djovchar Ghaala; de Russen noemden hem Grozny; de Tsjetsjenen waren verdreven; de stad heette dus Grozny.

'Goed,' zei de oude vrouw. 'Weet je het allemaal nog?'

'Tamara Sjasjani. Uit Djovchar Ghaala.'

Met zijn ogen half toegeknepen liep Leksi achter haar aan. Het felle licht van de zon bezorgde hem hoofdpijn. Het blad van de schop sneed twee smalle voren uit in de sneeuw, en hij probeerde precies in het spoor te lopen, niet wetend waarom dat zo belangrijk was, maar bang om met zijn voeten over de parallelle lijnen te komen.

'Ken je het verhaal van de duivel die naar Orekhovo kwam?'

'Nee,' zei Leksi.

'Het is een oud verhaal. Mijn opa heeft het me verteld toen ik nog maar een klein meisje was. De duivel was eenzaam. Hij wilde een bruid. Hij wilde iemand die hem in zijn paleis in de hel gezelschap zou houden.'

Aan de manier waarop de oude vrouw sprak, kon Leksi horen dat ze het verhaal al heel vaak had verteld. Ze hoefde niet één keer na te denken hoe het verderging of naar de juiste woorden te zoeken. Hij stelde zich voor hoe ze op de rand van het bed van haar kinderen en later haar kleinkinderen had gezeten om hun lievelingsverhaal te vertellen, over de duivel die naar Orekhovo kwam.

'Dus verzamelde hij zijn volgelingen, alle demonen die de wereld over zwierven om tweedracht te zaaien. Hij nam ze mee naar de vergaderzaal en vroeg hun hem te vertellen wie de mooiste vrouw ter wereld was. Natuurlijk ruzieden de demonen daar uren over. Ze waren het nooit ergens over eens. Er braken gevechten uit, waarbij ieder zijn eigen favoriet verdedigde. Verveeld keek de duivel toe, tikkend met zijn lange nagels op de armleuning van zijn troon. Maar eindelijk, nadat er her en der staarten waren afgehakt en hoorns waren afgebroken, trad een van de oudste demonen naar voren om te melden dat ze een keuze hadden gemaakt. Ze heette Aminah, en ze woonde in het stadje Orekhovo.'

Leksi glimlachte. Dit verhaal had hij al eerder gehoord, alleen woonde de mooie vrouw in de versie die hij kende in Petrikov en heette ze Tatjana. Hij probeerde zich te herinneren wie hem het verhaal had verteld.

'De duivel besteeg zijn grote zwarte paard en reed naar Orekhovo. Het was een winterdag. Toen hij aankwam, vroeg hij een passerend kind waar de mooie Aminah woonde. Nadat de jongen hem de weg had gewezen, greep de duivel hem in zijn kraag, sneed hem de keel door, plukte zijn blauwe ogen uit en stopte die in zijn zak. Het lichaam van de jongen gooide hij in een greppel, waarna hij verder reed.'

Dat deel herinnerde Leksi zich. Niet met vreemden praten, dat was de les. Hij keek tegen de heuvel op en zag dat het landhuis uit het zicht was verdwenen. Als hij de vrouw liet gaan, zou niemand het merken. Maar ze zou bekenden opzoeken en hun vertellen dat drie Russen haar huis in beslag hadden genomen. Misschien zou er dan een tegenaanval volgen, en zou Leksi sterven in de wetenschap dat hij zijn noodlot over zichzelf had afgeroepen.

'Zodra de duivel het huis van Aminah had gevonden, bond hij zijn paard vast aan een paaltje en klopte op de deur. Een dikke vrouw deed open en nodigde hem uit binnen te komen, want de duivel was als een heer gekleed. Ze roerde in een pot met stoofschotel, die boven het vuur hing te pruttelen. "Wat zoekt u, reiziger?" vroeg ze.

"Ik zoek Aminah," antwoordde de duivel. "Ik heb verhalen gehoord over haar oogverblindende schoonheid."

"Dat is mijn dochter," zei de dikke vrouw. "Bent u gekomen om om haar hand te vragen? Vele mannen hebben haar het hof gemaakt, maar ze heeft ze allemaal afgewezen. Wat hebt u te bieden?"

De duivel haalde een buidel tevoorschijn en maakte het koordje los. Hij liet een hoopje gouden munten op de grond vallen.

"Ai," zei Aminahs moeder. "Eindelijk ben ik rijk! Ga maar naar haar toe, ze is bij het meer. Zeg tegen haar dat ik je huwelijksaanzoek goedkeur."

Toen de vrouw op de vloer ging zitten om haar goud te tellen, besloop de duivel haar van achteren en sneed haar de keel door. Hij plukte haar blauwe ogen uit en stopte ze in zijn zak. Vervolgens schepte hij een kom stoofschotel voor zichzelf op en at tot hij verzadigd was, waarna hij het huis verliet en zijn zwarte paard besteeg.'

Nooit een vreemde binnenvragen, dacht Leksi. En nooit je goud tellen terwijl er iemand achter je staat. Hoe meer hij erover nadacht, hoe meer hij eraan begon te twijfelen dat de Tsjetsjenen het huis zouden aanvallen. Waarom zouden ze? Een directe aanval zou leiden tot een snelle vergelding, dus zelfs als ze het huis wisten te veroveren, konden ze het niet vasthouden. Het risico was te groot voor zo'n schamele beloning: drie Russische soldaten zonder voertuigen of artillerie.

'De duivel kwam bij het meer en zag zijn toekomstige bruid. Zijn demonen hadden goed werk geleverd: Aminah was zelfs nog mooier dan de engelen met wie hij in het verleden omgang had gehad. Het meer was bevroren en Aminah zat op het ijs haar schaatsen aan te trekken.

"Goedemiddag," zei de duivel. "Mag ik me bij je voegen?"

Aminah knikte, want de duivel was knap en kleedde zich als een heer. Hij liep terug naar zijn paard, maakte de zadeltas open en haalde er een paar schaatsen uit van gepoetst zwart leer met scherpe, glanzende messen eronder.'

Toen Leksi het verhaal als kind voor het eerst hoorde, had hij gevraagd hoe de duivel had geweten dat hij zijn schaatsen moest meebrengen. Aan wie had hij dat gevraagd? Aan zijn moeder! Opeens zag hij het weer voor zich: ze had op de rand van het bed gezeten terwijl Leksi en zijn broer vochten om de deken. Hij vroeg hoe de duivel had geweten dat hij die schaatsen moest meebrengen, en zijn broer kreunde en noemde hem een idioot. Maar zijn moeder knikte alsof het een heel wijze vraag was. Uit die zadeltas had hij alles kunnen halen wat hij maar wilde, vertelde ze aan Leksi. Het was de zadeltas van de duivel. Als hij een trombone nodig had gehad, zou hij die daar hebben gevonden.

'Aminah hield de duivel scherp in de gaten,' ging de oude vrouw verder. 'Ze keek toe terwijl hij op het ijs ging zitten en zijn laarzen uittrok, en ze zag zijn gespleten hoeven. Snel wendde ze haar blik af, zodat hij niet zou zien dat ze hem bespioneerde. Ze schaatsten naar het midden van het meer. De duivel was fantastisch. Hij kraste volmaakte achtjes uit, hij maakte sierlijke pirouettes, hij snelde over het ijs en sprong en draaide in de lucht. Toen hij weer bij Aminah was, haalde hij een ketting met grote blauwe diamanten uit zijn zak. "Deze is voor jou," zei hij terwijl hij de ketting om haar hals hing en vastmaakte. "Kom mee naar mijn land, waar ik koning ben. Ik zal jou tot mijn koningin maken, en je zult nooit meer hoeven werken. Al mijn onderdanen zullen voor je buigen, overal waar je loopt zullen ze rozenblaadjes aan je voeten strooien. Alles wat je verlangt, kun je krijgen, op één ding na: zodra je mijn hand vastpakt en met me meegaat naar mijn land, kun je nooit meer naar huis."'

Inmiddels liepen Leksi en de oude vrouw in een smalle geul over glibberige stenen. De sneeuw smolt in de zon en sijpelde zwakjes over de stenen. Het was een verraderlijke ondergrond, maar de oude vrouw had er zo te zien helemaal geen moeite mee; ze was zo behendig als een berggeit.

'Aminah glimlachte en knikte en deed alsof ze het overwoog. In een rustig tempo schaatste ze weg, en de duivel volgde haar. Ze schaatste en schaatste en schaatste, met in haar kielzog de duivel, die met zijn gevorkte tong zijn scherpe tanden likte. Maar hij kende het meer niet, en Aminah wel. Ze wist hoe het er was in de zomer, wanneer de vissen uit het water sprongen om vliegen en motten te vangen, en ze wist hoe het er was in de winter, wanneer het ijs op sommige plaatsen dik en op andere plaatsen dun was. Zelf was ze een slank meisje, maar de duivel was een forse man; ze hoopte maar dat hij zo zwaar was als hij eruitzag.'

Terwijl hij naar het verhaal luisterde, herinnerde Leksi zich opeens weer hoe het afliep, en hij had medelijden met de duivel. Was hij dan echt zo slecht? Ja, hij had dat onschuldige jongetje op de weg vermoord. Maar Aminahs moeder had haar verdiende loon gekregen, omdat ze haar dochter zo makkelijk had verkocht. En wat het verlangen van de duivel betrof, wie kon hem dat kwalijk nemen? Hij wilde trouwen met de mooiste vrouw ter wereld. Wat was daar mis mee?

Laat de oude vrouw gewoon gaan, dacht Leksi. Laat haar gewoon weglopen. De kans is groot dat ze voor het donker niet eens een schuilplaats weet te vinden. Maar dan geef ik haar in elk geval een kans, en meer kan ze toch niet van me vragen? Het zou barmhartig zijn om haar te laten lopen. Toen moest Leksi echter aan Nikolai denken. Nikolai zou vragen hoe het was gegaan, en dan zou Leksi gedwongen zijn te liegen. Alleen kon hij zich niet voorstellen dat hij tegen Nikolai zou liegen. Leksi loog nooit; hij was er niet goed in. Hij stelde zich Nikolais gezicht voor, en hij wist dat hij de oudere soldaat nooit voor de gek zou kunnen houden. En hij kon ook niet teruggaan naar het landhuis en toegeven dat hij een rechtstreeks bevel had genegeerd.

'Eindelijk hoorde Aminah het ijs onder haar schaatsen kraken. De duivel reed vlak achter haar, met zijn handen naar haar uitgestrekt en zijn nagels slechts een paar centimeter bij haar haren vandaan. Op het moment dat hij haar wilde grijpen, begaf het ijs het en viel hij met een kreet in het ijskoude water.

"Aminah!" schreeuwde hij. "Help me!"

Maar Aminah schaatste weg, zo snel als ze kon. Ze bereikte de oever van het meer, trok haar schaatsen uit en haar laarzen aan en verliet het stadje, om nooit meer terug te keren.'

De diamanten heeft ze gehouden, dacht Leksi. Misschien waren ze weer terugveranderd in oogbollen. Hij herinnerde zich nog dat hij als kind teleurgesteld was geweest dat de duivel zich zo makkelijk had laten verschalken. Waarom had hij geen vuur gespuwd om het ijs te doen smelten?

Het water van de smeltende sneeuw had in de geul een ondiep beekje gevormd, dat tot halverwege Leksi's laarzen kwam. Hij was bang dat hij zou vallen en zijn enkel zou verzwikken – hoe moest hij met een verstuikte enkel de heuvel weer op komen? Aan de andere kant was dit minder vermoeiend dan door de natte sneeuw sjokken. Hij dacht eraan dat hij en zijn broer in de zomer 's ochtends vroeg wakker werden om in het bos onder stenen te zoeken naar slakken en kevers, die ze aan hun vishaakjes deden, waarna ze de vervuilde rivier in waadden en hun hengels uitwierpen. Ze vingen nooit iets, want de vissen waren vergiftigd door het afval dat door de nabijgelegen papierfabriek werd geloosd, maar Leksi's broer vertelde de hele ochtend moppen, en daarna gingen ze aan de oever van de rivier liggen praten over ijshockeysterren die in Amerika speelden, en over actrices op tv.

'Wat gebeurde er toen?' vroeg Leksi aan de oude vrouw. Hij kon zich niet herinneren of het verhaal een epiloog had.

De oude vrouw bleef staan en keek naar de hemel. Boven hen,

op de tak van een dennenboom, zat een krassende merel. 'Dat weet niemand. Sommigen beweren dat de duivel onder het ijs door terugzwom naar de hel. Ze zeggen dat hij elke winter terugkeert om Aminah te zoeken en keer op keer haar naam roept.'

De duivel hield echt van haar, besloot Leksi. Hij was altijd voor de slechteriken in sprookjes en films, niet omdat hij ze bewonderde, maar omdat ze geen schijn van kans hadden. De slechteriken waren de echte underdogs. Ze wonnen nooit.

Roerloos bleven Leksi en de oude vrouw staan, terwijl de dampslierten van hun adem als djinns om hun hoofd kronkelden. Leksi hoorde gegrauw en draaide zich om om te zien waar het vandaan kwam. In de schaduw van een groot rotsblok, twintig meter verderop, deden drie honden zich te goed aan de nog dampende darmen van een hert. De honden leken op hetzelfde moment te voelen dat Leksi naar ze keek; ze tilden hun kop op en staarden hem aan tot hij zijn blik afwendde.

Leksi keek heuvelopwaarts en besefte dat ze niet langer op een heuvel stonden. In paniek zocht hij naar voetafdrukken, maar die waren er niet op de natte stenen van de geul. Hoe lang hadden ze door het beekje gelopen? Waar waren ze erin gestapt? Al die hoge dennenbomen zagen er in zijn ogen hetzelfde uit; ze strekten zich uit zo ver als zijn oog reikte. Niets dan bomen en smeltende sneeuw bezaaid met afgebroken takjes en dennenappels. De honden keken naar hem en de merel kraste en Leksi wist dat hij verdwaald was. Hij hing het geweer aan de riem over zijn schouder en zocht in de zakken van zijn parka naar zijn kompas. De oude vrouw draaide zich om en keek naar hem, en Leksi deed zijn best om zo kalm mogelijk te blijven. Hij haalde het kompas tevoorschijn en tuurde ernaar. Hij berekende het geografische noorden, maar sloot toen zijn ogen. Het deed er niet toe. Hij had geen idee in welke richting het huis lag. Dus had hij er ook niets aan te weten waar het geografische noorden was.

De oude vrouw glimlachte naar hem toen hij zijn ogen opende. 'Het is een oud verhaal. Natuurlijk,' zei ze terwijl ze de lange steel van de sneeuwschop op de natte stenen liet vallen, 'beweren sommigen dat de duivel helemaal niet bestaat.'

Leksi ging op de oever van het inmiddels druk kabbelende beekje zitten. Als hij zijn gedachten maar op een rijtje kon zetten, zou alles weer goed komen, geloofde hij. Tenzij hij zijn gedachten op een rijtje kreeg, zou hij hier in het donker sterven, zou de sneeuw zijn lichaam bedekken en zouden alleen de honden weten waar ze hem konden vinden. Hij staarde naar zijn schoot om zijn ogen respijt te gunnen van het oogverblindende licht. Omdat hij het warm had, legde hij zijn geweer op de grond en trok hij zijn parka uit. De zon scheen fel op zijn gezicht, en hij voelde dat zijn bleke wangen begonnen te verbranden. Hij luisterde naar de natuur om zich heen: de honden die grauwden naar de merels, de merels die met hun vleugels klapperden, het stromende water, het gekraak van de dennentakken. Hij zat in de sneeuw en luisterde naar de natuur om zich heen.

Toen hij eindelijk opkeek, was de oude vrouw verdwenen, zoals hij al had verwacht. Haar schop lag half onder water in het beekje, het handvat zat klem tussen twee stenen, en de metalen schep blonk onder het oppervlak als de schub van een reusachtige vis. De zon klom aan de hemel en de sneeuw begon uit de bomen te vallen. Leksi stond op, trok zijn parka aan, raapte zijn geweer op en waadde stroomopwaarts, speurend naar de plek waar zijn sporen ophielden.

Hij had nog maar een klein stukje gelopen, toen hij iemand hoorde fluiten. Hij ging op zijn hurken zitten, prutsend met het geweer in een poging zijn geschoeide vinger om de trekker te krijgen.

'Rustig maar, Leksi.' Het was Nikolai, die op zijn hurken bij de stronk van een dode dennenboom zat. De kale takken van de boom reikten naar de blauwe hemel. Nikolai tikte de as van de sigaar die hij aan het roken was. Hij was in hemdsmouwen en de riem van zijn geweer hing over één schouder.

'Je bent me gevolgd,' zei Leksi.

De oudere soldaat antwoordde niet. Met samengeknepen ogen tuurde hij naar een plek achter Leksi, en Leksi volgde zijn blik, maar er was niets te zien. Even later galmde er een geweerschot over de bodem van de vallei. Nikolai knikte, stond op en strekte zijn armen boven zijn hoofd. Hij plukte een draadje tabak van zijn tong en waadde door de sneeuw naar het beekje. Leksi, nog steeds op zijn hurken, keek toe terwijl hij dichterbij kwam.

Nikolai haalde de schep uit het water en hield die omhoog. 'Kom hier, vriend.'

Achter zich hoorde Leksi gezang. Toen hij zich omdraaide, zag hij dat Soerchov op hen afkwam terwijl hij *Here Comes the Sun* zong en een zwarte camee aan een zilveren ketting liet ronddraaien.

Glimlachend stak Nikolai de schop uit. 'Kom hier, Aleksandr. Je moet aan de slag.'

Zoantropie

Telkens wanneer er een leeuw werd gesignaleerd die door de avenues sloop, namen de autoriteiten contact op met mijn vader. Hij had een merkwaardig talent voor het opsporen van roofdieren; zijn hele leven lang had hij hun gewoonten bestudeerd; hij miste nooit als hij een vrije schietkans had.

In het Carl Schurz-park staat een standbeeld van hem, een kolos van brons. Hij staat daar met zijn geweer nonchalant over zijn schouder en één gelaarsde voet op de lendenen van een dode leeuw. Op het marmeren voetstuk staat een eenvoudige inscriptie: MACGREGOR BONNER, BESCHERMER VAN DE STAD. De verhoudingen zijn een tikje te heldhaftig – geen enkele Bonner heeft ooit zulke onderarmen gehad – maar de beeldhouwer heeft de hoekige kaak van mijn vader, zijn platte neusbrug en de scherpe blik van een man die nooit een vrije schietkans heeft gemist uitstekend getroffen.

Vroeger werkten de media samen met de autoriteiten – niemand wilde paniek zaaien door het nieuws te verspreiden dat er grote katachtigen op straat rondliepen. Maar die houding is uiteraard allang verleden tijd. Iedere fotograaf in het land herinnert zich de beroemde foto in de *New York Post* van de dode leeuw die languit over de dubbele gele doorgetrokken streep van Twenty-third Street ligt, met zijn ogen weggerold in de kassen, bloed dat uit zijn open muil sijpelt, omringd door grijnzende politiemannen, onder een paginabrede kop: KAT IN 'T BAKKIE! Mijn vader had het dier geschoten; de grijnzende politiemannen waren er om het publiek op afstand te houden.

Het is misschien heiligschennis om het toe te geven, maar ik hoopte altijd vurig dat de katachtige zou ontsnappen. Een bekentenis die gelijkstaat aan verraad, alsof de zoon van een matador de stier steunt, en ik weet niet wat ervoor heeft gezorgd dat ik zo'n afkeer kreeg van de broodwinning van mijn vader. Een zeker ontzag voor verbannen koningen, denk ik, voor gevallen giganten. Ik wilde dat de leeuwen een kans kregen. Ik wilde dat ze in leven zouden blijven.

Alle goede verhalen beginnen op een maandag, zei mijn vader altijd graag, een uitspraak die hij had overgenomen van zíjn vader, een in Glasgow geboren geestelijke die als legerpredikant voor de Britse troepen in Noord-Afrika had gewerkt en later was verhuisd naar Rhodesië, waar mijn vader werd geboren. Wat mijn grootvader betrof was er maar één verhaal dat de moeite van het lezen waard was, en dat was het heilige verhaal, in de King James Version. Mijn vader verwierp de God uit de Bijbel ten faveure van de empirische waarheid. Hij heeft nooit iets begrepen van mijn obsessie met fictie, van de barbaren, sterrenschepen, detectives en cowboys die in mijn jeugd de boekenplanken in mijn slaapkamer vulden. Zelf ontdeed hij zijn ziel van alle fantasie, om vervolgens te moeten toezien dat zijn enige kind weer wegzakte in de modder.

Dit verhaal begint op een dinsdag. Ik was twintig jaar. Op slechte dagen kwam ik 's middags soms ergens terecht waar ik helemaal niet naartoe had willen gaan: liggend op het dode gras van Bryant Park met een flesje frisdrank met selderiesmaak in wankel evenwicht op mijn borst; in een Chinees kruidenwinkeltje waar ik exotisch stof inademde; in de metro naar het eindstation, Far Rockaway, en weer terug. De slechte dagen kwamen als Churchills 'zwarte honden' (*black dogs*, zoals hij zijn depressies noemde): ze ijsbeerden door de gang voor mijn slaapkamer en sleten met hun klauwen voren uit in het tapijt. De slechte dagen kauwden op de hoeken. Als ze me zo ver hadden afgekloven dat ik niet meer kon lopen, nam ik de taxi naar het Frickmuseum, ging voor Bellini's Sint-Franciscus staan en wachtte tot de rechte hoeken terugkeerden.

Op deze slechte dinsdag staarde ik naar Sint-Franciscus en staarde Sint-Franciscus naar de hemel, zijn geopende handen langs zijn zij, zijn hoofd in zijn nek, zijn lippen vaneengeweken, terwijl hij wordt overspoeld door de genade van de Heer. Bellini heeft de man afgebeeld op het moment dat hij de stigmata ontvangt, op het moment dat de eerste bloeddruppels uit zijn handen opwellen. Ik vind niet dat ik me vulgair of onnauwkeurig uitdruk wanneer ik zeg dat de gezichtsuitdrukking van de heilige orgastisch is – de verrukking van goddelijke penetratie. De dieren wachten op hem: de wilde ezel, het konijn, de reiger met zijn dunne poten – ze willen met hem praten, ze zien dat Franciscus in extase verkeert en ze maken zich zorgen. Vanuit het oogpunt van een dier kan iets waarvan je gaat bloeden nooit goed zijn, lijkt me. Met name het konijn bekijkt het tafereel met grote scepsis.

Na een uur kwam de chaos in mijn hoofd enigszins tot rust, begonnen de gedachten weer relatief ordelijk te stromen en zwol mijn blaas pijnlijk op. Op het toilet sloot ik mezelf op in het hokje, leegde mijn blaas, deed de klep van de wc naar beneden en ging zitten om een sigaret te roken.

De wanden van het hokje waren volgekalkt met namen en data, graffiti van de hele wereld: Rajiv uit Londen, Thiago uit São Paulo, Sikorsky uit Brooklyn.

Iemand klopte op de deur. 'Bezet,' zei ik.

'Wilt u uw sigaret doven, meneer? Er mag in het museum niet worden gerookt.'

Ik nam nog één flinke hijs, tilde de klep van de wc op en spoelde de peuk door. Toen ik de deur opendeed stond de bewaker er nog, een moe ogende jongen van ongeveer mijn leeftijd met oren als vleermuisvleugels, smalle schouders en een roodbruine blazer die twee maten te groot was. Hij keek me droevig aan, met zijn handen in zijn zakken.

'U rookt Lucky Strikes,' zei hij. 'Ik kon het vanaf de gang ruiken. Die rookte ik vroeger ook.' Dat zei hij een beetje weemoedig, alsof hij eigenlijk wilde zeggen: je bent met Cindy naar bed geweest. Vroeger was ze mijn vriendinnetje. 'Hé,' voegde hij er glimlachend aan toe, 'de Sint-Franciscus-liefhebber.'

Ik keek hem met samengeknepen ogen aan, en hij knikte blij.

'Jij bent degene die altijd bij dat schilderij van Sint-Franciscus gaat staan. Wat is er, vind je de rest niet mooi?'

'*De Poolse ruiter* vind ik wel mooi.'

Ik kwam hier te vaak. Dankzij mijn studentenkorting kostte het niet zoveel om een middagje naar het Frick te gaan – ik was na één trimester al met mijn studie aan de NYU gestopt, maar mijn studentenkaart had ik gehouden. Ik vond het een afschuwelijke gedachte dat ik in de gaten werd gehouden. Misschien was ik te afhankelijk geworden van Sint-Franciscus. Ik liep naar de wastafel om mijn handen te wassen.

'Ik ook, die vind ik ook mooi. Hé, luister, sorry dat ik je zo op de huid zat. Het lijkt de middelbare school wel. Nablijven! Maar ik werk hier pas een paar weken, dus je snapt ...'

Hij hield de deur voor me open, en met een bedankje verliet ik het toilet, terwijl ik mijn handen afdroogde aan het zitvlak van mijn corduroy broek. De bewaker liep achter me aan, stoer en met O-benen, alsof hij twee revolvers om zijn middel had. 'Weet je wat het is met Lucky Strikes, ze hebben iets zoets, iets ... Ik kan het niet omschrijven.'

'Je komt niet uit New York, hè?'

'Hè?'

'Waar kom je vandaan?'

Hij grijnsde en liet de zware sleutelbos rammelen die aan zijn riem bungelde. 'Bethlehem, Pennsylvania. Hoezo, heb ik hooi in m'n haar?' Zijn Bethlehem bestond uit twee lettergrepen: Bethlem.

Inmiddels stonden we in de binnentuin, een schitterende ruimte met zuilen, een lichtkoepel met een sierraster van metaal en een fontein in het midden, met waterspuwende stenen kikkers aan weerszijden van een reusachtig lelieblad. Ik ging op een bankje zitten en keek naar de kikkers. De bewaker stond achter me te prutsen aan zijn zwarte stropdas. Hij leek eenzaam. Of homo. Of allebei.

'Ben je soms kunstenaar?' vroeg ik. 'Studeer je hier?'

'Neuh. Na een dag in dit museum kan ik geen verf meer zien. Nee, da's niks voor mij.'

'Acteur?'

'Nee hoor, ook niet. Het is ...'

Op hetzelfde moment zagen we de leeuw, die soepel door de

zuilengalerij aan de andere kant van de binnentuin liep, met gele ogen die glinsterden in de schaduw en klauwen die op de vloer klikklakten. Hij schurkte tegen een zuil voordat hij naar de fontein hinkte. De leeuw zag er niet goed uit. Zijn manen waren een en al klitten; een open, rode wond ontsierde zijn schouder; het was alsof zijn ribben elk moment door zijn schurftige vacht heen konden prikken. Secondelang bleef hij naar ons staan staren voordat hij zijn muil naar het water bracht om te drinken, om met zijn enorme roze tong het kikkerspeeksel op te likken. Zijn staart zwiepte als een gehypnotiseerde cobra heen en weer. Nadat hij zijn dorst had gelest, keek hij ons opnieuw aan, en ik zweer je dat hij knipoogde. Hij ging weg zoals hij was gekomen.

'Leeuw,' zei de bewaker. Wat kon hij anders zeggen?

Een hele tijd verroerden we ons geen van tweeën. In andere vertrekken hoorden we gegil. Mensen renden kriskras door de binnentuin, schreeuwend in vreemde talen. Een klein meisje in een jurkje met een patroon van enorme zonnebloemen stond in haar eentje in de zuilengang met haar handen over haar oren en haar ogen stijf dicht.

Het museum werd voor de rest van de middag gesloten, en alle getuigen moesten urenlang vragen beantwoorden – van de politie, de rangers van de Park Service, de tv- en krantenjournalisten. Ik werd voor de camera geïnterviewd en bleef vervolgens hangen om naar andere ooggetuigenverslagen te luisteren. Een groep schoolkinderen en hun begeleiders uit Buffalo hadden gezien dat de leeuw via de voordeur het museum had verlaten, de hemel had afgespeurd als een boer die hoopt op regen, en langzaam in oostelijke richting was weggelopen. Een fietskoerier had de leeuw op Park Avenue gesignaleerd en was prompt met zijn voorwiel in het rooster van een riooldeksel blijven hangen, over zijn fiets heen gevlogen en met zijn hoofd tegen de stoeprand gekomen. Hij praatte met de journalisten terwijl een ambulanceverpleegkundige verbandgaas om zijn hoofd wikkelde. Een speciale politie-eenheid had de omringende straten afgespeurd en niets gevonden. De New Yorkers werd aangeraden tot nader order binnen te blijven, een raad die niemand opvolgde.

Toen alle interviews achter de rug waren, trof de bewaker me zittend op het bankje bij de kikkerfontein aan. 'Dat was me wat,' zei hij. 'Ik kan wel een biertje gebruiken. Zin om ergens een biertje te gaan drinken?'

'Ja,' zei ik. 'Heel graag.'

We gingen naar de Madison Pub, een oude, donkere kroeg waar de muren bedekt waren met de namen van allang overleden stamgasten in gouden letters. Tijdens het eerste biertje zeiden we niet veel, we stelden ons zelfs pas voor toen het eten werd gebracht.

'Louis Butchko,' zei ik hem na, om de naam beter te kunnen onthouden. Dat was een foefje dat ik van mijn vader had geleerd.

'Mmm.' Hij had net een hap genomen van een doorbakken cheeseburger. 'De meeste mensen noemen me Butchko.'

'Hij knipoogde naar ons. Is je dat opgevallen? De leeuw, hij knipoogde.'

'Hm?'

'Ik zweer je dat ik hem zag knipogen. Hij keek ons recht aan en toen knipoogde hij.'

'Misschien. Ik heb het niet gezien. Eén ding is zeker,' zei hij, zijn lippen aflikkend, 'ze hebben niets over leeuwen gezegd toen ik solliciteerde. Ze zijn vooral bang dat mensen de schilderijen aanraken.'

'Hij knipoogde.'

'Een gek die gele verf over de Titianen heen gooit, daar kan ik me iets bij voorstellen, maar een leeuw? Daar moet ik, hoe heet dat, risicogeld voor vragen? Gevarengeld?'

De barkeeper, een oude Cyprioot met zwartgeverfd haar die al in de Madison Pub werkte sinds ik er als kind voor het eerst met mijn vader naartoe was gegaan, poetste de zinken bar op met een doekje en een spuitflacon. Hij floot iets wat ik niet kon plaatsen, een beroemd melodietje. Ik werd er gek van, van dat simpele, niet te plaatsen deuntje.

'Hoe lang ben je hier nu?' vroeg ik aan Butchko.

'In New York? Negen maanden. Ik woon aan Delancey.'

'Leuke buurt. Mag ik vragen wat je betaalt?'

Hij haalde de augurk van zijn broodje en gaf die aan mij. Het was een lekkere augurk. 'Honderdvijftig.'

'Honderdvijftig? Hoe bedoel je?'

'Honderdvijftig dollar. Per maand.'

Ik staarde hem aan, wachtend op een verklaring.

'Kom een keer langs, dan laat ik je zien waar ik woon. Ik heb echt geboft. Ik heb de huisbewaarder gesproken en we hebben een deal gesloten. Weet je, New York is erg duur.'

'Ja,' zei ik.

'Ik had eigenlijk niet genoeg geld om hier te komen wonen, maar het is een van de voorwaarden. Voor de titelhouder.'

'Wat voor titel?' Ik bestudeerde zijn magere nek, zijn kleine witte handen. 'Je bent toch geen bokser?'

'Nee.' Hij glimlachte. Hij had zwartgeblakerde stukjes rundvlees op zijn lippen en tussen zijn tanden. 'Nee, zeker niet.'

'Moet ik er echt naar raden? Ben je Anastasia, de dochter van de tsaar?'

'Het is iets wat ik niet aan de grote klok mag hangen. Geen publiciteit.'

Ik zuchtte en wachtte af.

'Goed dan,' zei hij, 'goed dan. Maar je mag het niet rondbazuinen. Dat hoort erbij, ik moet het stilhouden. Ik ben de Minnaar,' zei hij, onwillekeurig een beetje stralend.

'Oké,' zei ik. 'Wiens minnaar?'

'Nee, dé Minnaar. Met een hoofdletter M.'

'Aha,' zei ik. Ik dronk het laatste restje bier op. De barkeeper sneed limoenen in vieren en bleef datzelfde liedje fluiten. 'Je bent pornoster.'

'Nee,' zei hij beledigd. 'Helemaal niet.' Hij keek om zich heen in de schemerige bar om te controleren of er niemand binnen gehoorsafstand zat. 'De Minnaar van de Oostkust. Ik ben de Beste Minnaar van de Oostkust. Florida niet meegerekend, dat is onafhankelijk.'

Vrolijk glimlachte ik naar hem. Dat is het mooie aan New York: hoe gestoord je ook bent, er is altijd wel iemand die twee keer zo gek is als jij.

'Hoe wordt dat vastgesteld?' vroeg ik. 'In een toernooi?'

'Er zijn geen wedstrijden of zo,' zei Butchko. 'Het is meer zoiets als de dichter des vaderlands. Degene vóór mij, Gregory Santos, woont in de Bronx, vlak bij de Mosholu Parkway. Heel aardige kerel. Hij heeft me op een biertje getrakteerd toen ik de titel kreeg en me verteld hoe ik met bepaalde situaties moest omgaan. Hij zei dat het mijn hele leven zou veranderen. De druk is ... Ik bedoel, vrouwen verwáchten nu iets van me. Het is alsof je de New York Yankees bent.'

Daar moest ik even over nadenken. De New York Yankees? Er waren verder geen andere klanten in het café, alleen wij tweeën en de fluitende barkeeper. Ik stelde me voor dat de Cyprioot met de metro naar zijn werk was gekomen, met zijn gezicht begraven in de krant, terwijl naast hem een klein meisje met zwarte ogen een deuntje floot dat ze die ochtend tijdens het ontbijt van de rauw geschoren lippen van haar vader had horen rollen, en dat hij op zijn beurt had gehoord toen hij de vorige avond in een overvolle lift had staan kijken naar de verlichte nummers van de verdiepingen die werden afgeteld.

Ik concentreerde me op Butchko's vale gezicht, de paarse vlekken onder zijn ogen. Als je iemands gezicht bestudeert, blijft het gegarandeerd een tijdje stil. Ik probeerde me voor te stellen dat dit de man was over wie miljoenen vrouwen aan de Oostkust fantaseerden terwijl ze doelloos tekeningetjes maakten in de kantlijn bij een kruiswoordpuzzel. Ik probeerde me voor te stellen dat hij van het noordelijkste puntje van Maine tot aan Georgia gelukzalig kijkende vrouwen besteeg en in hun oor fluisterde tot ze in de greep leken van een epileptische aanval en hun huid zich zo strak over hun muitende zenuwen spande dat er maar één aanraking op de juiste plek voor nodig was om ze als een doorgeprikte ballon dwars door de kamer te laten vliegen.

Ik kon me dergelijke in opperste verrukking verkerende vrouwen voorstellen omdat ik over ze had gelezen in boeken en ze in films had gezien, maar ik had er nog nooit een in mijn armen gehouden. Sinds de dag dat mijn moeder stopte met borstvoeding had ik geen blote borst meer aangeraakt. Het enige contact dat ik met vrouwen had, was onopzettelijk: de aanraking van de vingers van een caissière die me in de supermarkt mijn wisselgeld gaf, of een oude dame die me op mijn schouder tikte en me vroeg even opzij te gaan zodat ze uit de bus kon stappen. Net als mijn geliefde Sint-Franciscus was ik maagd.

'Hoe is het dan gegaan?' vroeg ik aan Butchko. 'Heeft je vriendinnetje op de middelbare school gezegd dat je de beste was?' Ik trachtte de oorsprong van zijn fantasie te ontdekken.

Dat leek hij een vreemde vraag te vinden. 'Eh ... ja.'

Hij had iets aantrekkelijks. In elk geval waren zijn waanideeën origineel. Alle andere mensen die naar New York komen vinden dat ze de beste acteur, kunstenaar, schrijver enzovoort zijn – het was leuk om nu eens de beste minnaar te ontmoeten.

De fluitende Cyprioot hield maar niet op. Couplet refrein couplet refrein couplet. Als er een *bridge* was, kende de man hem niet. Ik drukte mijn knokkels in mijn ooghoeken en ademde diep in.

'Mackenzie? Gaat het wel?'

'Dat liedje,' fluisterde ik. 'Welk liedje fluit hij nou de hele tijd?'

'*Paper Moon*,' zei Butchko. Hij zong het refrein, begeleid door het gefluit. Butchko had een schitterende stem, een loepzuivere tenor, en even geloofde ik het allemaal, de hele mikmak, de steden, dorpen en plattelandsgemeenten vol vrouwen die kronkelden in hun badkuipen en zijn naam kreunden, 'Butchko, Butchko', terwijl ze in de greep van hun delirium duizenden tegelvloeren onderspetterden.

'Leeuw,' zei hij terwijl hij met de punten van zijn vork door de ketchup op zijn bord heen ploegde. 'Mijn eerste leeuw.'

Zodra ik thuiskwam, begon ik voorbereidingen te treffen voor de komst van mijn vader: ik haalde zes biefstukken uit de vriezer en legde ze in de koelkast, stofzuigde de vloerbedekking in de grote slaapkamer, stapelde houtblokken en aanmaakhout op in de open haard van de bibliotheek en zette de ivoren schaakstukken in de juiste opstelling. Ik wist dat hij intussen van de leeuw moest hebben gehoord en waarschijnlijk op dat moment in een vliegtuig de Atlantische Oceaan overstak. We woonden in een herenhuis dat dateerde van rond 1900, met een gevel die was versierd met druiventrossen en vuig grijnzende saters. Mijn kamer bevond zich op de bovenste verdieping, onder een dakraam van gebobbeld glas. Zodra het huis klaar was voor de komst van zijn eigenaar, sloot ik me op in mijn slaapkamer en deed het licht uit.

Het dakraam niet meegerekend, had mijn kamer slechts één raam, klein en rond als een patrijspoort, op het zuiden. Naast het raam stond op een statief een koperen telescoop die mijn vader me voor mijn twaalfde verjaardag had gegeven. De telescoop was ooit van de Zuidelijke generaal Jubal Early geweest; zijn monogram was vlak onder het oculair in het koper gestanst. Vernederde telescoop: ooit gebruikt om de bewegingen van de unionistentroepen in de Shenandoah Valley te volgen, maar nu aangewend om binnen te gluren in de bentoboxappartementen van New Yorkers. Een vrouw met rood haar zat met een thermometer in haar mond tv te kijken; vier jonge meisjes zaten in kleermakerszit op het tapijt in de woonkamer origamikraanvogels te vouwen; een oude man stond met ontbloot bovenlijf en zijn armen over elkaar op de vensterbank over mij heen in de richting van Harlem te kijken; twee vrouwen, een oude en een jonge, dansten dicht tegen elkaar aan door de keuken; een jongetje met een bloempotkapsel en een Superman-pyjama lag in bed een boek te lezen.

Ik gluurde door de andere ramen van het gebouw om te controleren of iedereen veilig was. Dat was mijn dagelijkse ritueel: ik was een voyeur met verantwoordelijkheidsbesef. Soms hoopte ik half dat ik rook uit een broodoventje zou zien komen, zodat ik de brandweer kon bellen en kon toekijken terwijl de ladder van de brandweerwagen werd uitgeschoven naar het raam van de vrouw met het rode haar en de brandweerman haar in veiligheid bracht. Zelfs in mijn fantasie was ik niet de held.

Ik deed de dop op de lens van de telescoop, kleedde me uit en kroop in bed. Het was een schitterend bed, met vier hoge posten van cederhout en een met de hand geweven muskietennet uit Ivoorkust. In het herenhuis vlogen niet veel muggen rond, maar ik vond het prachtig te zien hoe het net zachtjes heen en weer wiegde in het briesje van de airco, als bleke longen die in- en uitademden.

In het vreemde gebied tussen slapen en waken stelde ik me voor dat ik in een leeuw was veranderd. Ik dwaalde door de straten, met manen als dreadlocks door alle vuiligheid in de stad. Ik ontmoette mijn stenen broeders op de trappen van de openbare bibliotheek; ik ging bij ze zitten en keek naar de straatagent die gekleed in zijn oranje poncho en met een krakende walkietalkie op zijn heup voorbijliep. Ik ging ondergronds, onder de trottoirs, en zwierf door de metrotunnels. De dikbuikige ratten vluchtten zodra ze mijn vacht roken. Ik kroop tegen een in zichzelf mompelende gek aan, een smerig bundeltje vodden dat stonk naar pis, ooit een kindje in een wieg, een blinkend nieuwe kans. Ik likte het vuil van zijn gezicht; hij begroef zijn hoofd in mijn manen. Al snel viel hij in slaap, en voor het eerst in jaren sliep hij goed.

Regen kletterde tegen het gebobbelde glas van mijn dakraam, als het hoefgetrappel van een cavaleriebrigade in de verte. Het was bijna dag. Het huis was niet meer zo leeg. Ik trok een groengeruite pyjama aan, liep de trap af en klopte op de deur van de grote slaapkamer.

'Kom binnen,' riep mijn vader.

Ik opende de deur. Hij zat in kleermakerszit op de grond; de onderdelen van zijn gedemonteerde geweer lagen glanzend van de olie op een bevlekte handdoek die over zijn scheepskist was gegooid. Hij droeg zijn onderhemd, een kakibroek vol grasvlekken, een ziekenfondsbrilletje en een polshorloge van zwart staal met een niet-reflecterende wijzerplaat, een geschenk van een Ugandese generaal.

Wanneer je laat op de avond alleen in je huis zit en er vreemde, holle, verontrustende geluiden op de gang klinken, en je kijkt naar de overkant van de straat, door het raam van het appartement van een vreemde, een appartement dat alleen door het sneeuwbeeld van de tv wordt verlicht, en er een kille, griezelige blauwe gloed in de kamer van die vreemde hangt – dat is precies de kleur van de ogen van mijn vader.

Hij veegde zijn handen af aan een hoek van de handdoek, stond op, liep op me af, legde zijn handen op mijn schouders en kuste me op mijn voorhoofd. 'Je bent mager.'

'Ik ben een tijdje ziek geweest. Het gaat wel weer.'

'Eet je wel goed?' Hij hield me scherp in de gaten. Ik heb nooit tegen mijn vader kunnen liegen. Ik bedoel, ik was er best toe in staat, maar hij had me altijd door.

'Soms vergeet ik het.' Dat was waar. Op slechte dagen scheen eten me om de een of andere reden belachelijk en overbodig toe.

Hij liep naar zijn bureau, een cilinderbureau van glanzend mahoniehout dat naar verluidt van Stonewall Jackson was geweest. Aan de muur boven het bureau hingen vier maskers – uit hout gesneden en versierd met veren en versnipperde raffia – die mijn vader in Mali had gekocht. Het waren de vier figuren uit het oude Bambaraanse gezegde: 'Wat is een kraai, anders dan een duif ondergedompeld in pek? En wat is een mens, anders dan een hond vervloekt met spraak?'

Mijn vader haalde een stapel faxpapieren van het bureau en bladerde erdoorheen. 'Ik heb jouw naam ergens zien staan. Was jij niet een van de getuigen?'

'Hij knipoogde naar me.'

Mijn vader bleef de papieren bekijken, die hij op een armlengte afstand hield omdat zijn bril te zwak was en hij nooit de moeite had genomen om zijn ogen opnieuw te laten controleren. Dat hij verziend was, had trouwens geen enkel effect op zijn doeltreffendheid als schutter. Ik weet nog dat ik een keer een profiel van mijn vader heb gelezen in een glossy jagersblad; bij het artikel stond een foto van een zilveren dollar die precies in het midden was doorboord door een kogel van een groot kaliber. Het bijschrift onder de foto luidde: GESCHOTEN DOOR MAC-GREGOR BONNER OP 400 METER IN DE TRANSVAAL (LIGGENDE POSITIE). Mijn vader had er met een dronken vrouw uit de beau monde van Johannesburg duizend dollar om verwed dat hij doel zou treffen; toen de vrouw hem betaalde, zei ze: 'Ik hoop dat ik je nooit boos maak, Bonner.'

Mijn vader las de faxpapieren door, en ik zei weer: 'Hij knipoogde naar me. De leeuw. Hij staarde me recht aan, en toen knipoogde hij en liep weg.'

Mijn vader deed zijn bril af en hing hem aan het pootje aan de hals van zijn onderhemd. Hij kneep even in de brug van zijn neus en lachte toen.

'Alle zoogdieren knipperen met hun ogen, Mackenzie. Dat voorkomt dat de ogen uitdrogen.'

'Knipogen, zei ik, niet knipperen. Hij knipoogde naar me.'

Een droevige glimlach speelde om zijn lippen terwijl hij naar me keek. Dat was de 'glimlach voor Mackenzie', de gezichtsuitdrukking die hij uitsluitend voor mij bewaarde. Dit moet je over mijn vader weten: hij was een man die zijn brood verdiende met het doden van dieren, ook al aanbad hij dieren en minachtte hij mensen. Maar ik was de zoon van zijn grote liefde en dat betekende dat ik verschoond bleef van minachting, van de koele jagersblik die hij op alle andere mensen richtte. Zijn rol in de wereld liet weinig ruimte voor tederheid, maar tegen mij was hij teder.

Vijf dagen lang zag niemand iets van de leeuw. Natuurexperts speculeerden op de televisie over zijn verdwijning en kwamen met verschillende theorieën over zijn verblijfplaats, maar niemand wist iets. Mijn vader sprak met de hoofdcommissaris van politie en de burgemeester om de jacht te coördineren. Hij inspecteerde de plaatsen waar de leeuw was gezien en bestudeerde zorgvuldig alle ooggetuigenverklaringen. In de bondige interviews die hij aan zorgvuldig geselecteerde leden van de pers gaf, drukte hij het publiek op het hart voorzichtig te zijn. Hij geloofde dat de leeuw zich nog op het eiland Manhattan bevond.

Zes dagen nadat ik de leeuw voor het eerst had gezien, op een benauwde middag – zo'n middag waarop elk oppervlak vochtig aanvoelt, alsof de stad zelf zweet – belde Butchko me op en nodigde me uit om bij hem op bezoek te komen. Ik was vergeten dat ik hem mijn telefoonnummer had gegeven, en aanvankelijk had ik niet veel zin om helemaal naar het centrum te reizen in die afschuwelijke augustushitte. Maar ik had niets beters te doen en ik was nieuwsgierig naar zijn appartement van honderdvijftig dollar in de maand.

Hij stond me op het trapje voor zijn gebouw op te wachten. Voordat ik iets kon zeggen, legde hij zijn vinger op zijn lippen en gebaarde dat ik naast hem moest komen zitten. De hysterische dialoog van een Mexicaanse *telenovela* kwam door een open raam op de begane grond naar buiten. Ik liet de taal over me heen spoelen, de rollende R'en, de zinnen die allemaal leken te rijmen. Om de paar minuten herkende ik een woord en knikte ik. *Loco! Cervezu! Gato!*

'*Te quiero,*' zei Butchko om te oefenen, tijdens een reclameblok. '*Te quiero, te quiero, te quiero.*'

'Spreek je Spaans?'

'Ik ben ermee bezig. Gregory Santos zegt dat tweetaligheid een van de zeven stappen is naar de onstuitbare huiveringen.'

Tweetaligheid? 'Wat zijn de onstuitbare ...'

De soap begon weer, en Butchko beduidde me dat ik stil moest zijn. We luisterden naar een man met een schorre stem die een radeloze vrouw tot bedaren probeerde te brengen. Een aanzwellend koor van violen en cello's duidde op een verzoening, en ik stelde me de kus voor, de gesloten ogen van de vrouw, de tranen van geluk die over haar wangen rolden terwijl ze in de armen van de knappe, donkere man lag. Butchko knikte ernstig.

Zodra het tv-programma was afgelopen, liep hij voor me uit het slecht verlichte trappenhuis van het gebouw in. Op de trap wees hij me op de verschillende obstakels die ik diende te vermijden: een schoenafdruk in hondenpoep, een speelgoedautotje, glasscherven. Boven aan de laatste trap duwde hij een met graffiti volgespoten deur open die naar het met teerpapier bedekte dak liep. Een gedrongen watertoren stond op stalen poten naast een duivenhok met grind op het dak.

'Kom je hier vaak?' vroeg ik.

'Hier woon ik,' zei hij, terwijl hij de deur achter me dichtdeed en met een combinatieslot afsloot. 'Kijk,' zei hij. 'Dat is een duivenhok.'

'Ja, dat weet ik ook wel.'

'Vraag eens waarom de deuren scheef hangen.'

Het hok had geen ramen en was laag, smal en lang, in elkaar getimmerd van grijze verweerde planken. De kieren in het hout waren opgevuld met isolatiemateriaal van roze glasvezel. Aan de ene kant hing een gele deur scheef aan zijn scharnieren; ik liep om het hok heen en trof aan de andere kant een al even scheve rode deur aan.

'Oké, waarom hangen de deuren scheef?'

'Omdat ze de deur bij me platlopen!'

Hij was zo blij met dat grapje dat zijn gezicht felrood werd. Hij ontblootte zijn grote, witte, Pennsylvaniaanse tanden. 'Ha, Mackenzie. Daar trapte je met open ogen in.'

Ik opende de rode deur en ging naar binnen. Er waren geen duivenkooitjes; wel een groene slaapzak die op sommige plaatsen was gerepareerd met isolatietape en uitgerold op de kale houten vloer lag; een elektrisch kacheltje dat niet aanstond nu het zomer was; een wekkerradio waar een liedje van de Beatles uit klonk; een blauw melkkrat met een stapel paperbacks erop; een elektrische waterkoker; en een piramide van piepschuimen bekers met instantmie. De stekkers zaten in een contactdoos met overspanningsbeveiliging, die op zijn beurt was verbonden met een dik, geel verlengsnoer dat kronkelend in een keurig geboord gat in de vloer verdween.

'De huisbewaarder heeft elektra voor me geregeld,' zei Butchko, die achter me in de deuropening was blijven staan. We moesten bukken om onder het steil aflopende dak te passen. 'Best een goeie deal, vind ik.'

'Krijg je het niet koud hier?' Zelfs als het elektrische kacheltje op de hoogste stand stond, kon ik me niet voorstellen dat het hok hartje winter veel beschutting bood.

Butchko haalde zijn schouders op. 'Meestal slaap ik hier toch niet, snap je.'

Ik pakte een boek van de stapel. Een bloemlezing met gedichten van Robert Browning. Ik las een paar regels en legde het boek toen weer terug. 'Is er ergens een wc?'

'In de kelder. Daar is ook een douche. Als ik moet pissen, doe ik dat gewoon vanaf het dak, om te kijken hoe ver ik kom. Hier, moet je kijken.' Hij leidde me het verbouwde duivenhok uit, naar de rand van het dak. We leunden tegen de balustrade en keken naar de bakstenen muur van het gebouw tegenover ons. 'Zie je die brandtrap? Die heb ik pasgeleden nog geraakt. Hoe ver zou dat zijn, een meter of zeven?'

Ik liet mijn blik langs de ladders en balkons van de brandtrap afglijden naar het steegje in de diepte, dat verlaten was, afgezien van een overvolle blauwe vuilcontainer.

'Daar beneden lopen toch alleen maar ratten rond,' zei Butchko. 'Die hebben geen bezwaar tegen een beetje pis. Of misschien ook wel, maar dan hebben ze pech gehad, het zijn maar ratten. Maar het mooiste komt nog. Kom eens hier.'

In de koele schaduw van de watertoren pakte hij een veldfles die op het teerpapier stond en klom via de stalen sporten die aan een van de poten van de toren waren gelast naar boven. Ik liep achteruit het zonlicht in om zijn klim te kunnen volgen. Boven aan de toren draaide hij zich om en zwaaide naar mij, tien meter lager, waarna hij over de rand klom en uit het zicht verdween. Kort daarna daalde hij weer af. De laatste anderhalve meter sprong hij, en hij maakte een perfecte landing.

'Hier,' zei hij; hij hield me de veldfles voor. Ik dronk koud water.

'Daar boven zit een kraantje voor de inspectie. Die komt twee keer per jaar het water controleren, voor het geval er bacteriën of zo in ronddrijven.'

Ik gaf hem de veldfles terug en keek toe terwijl hij dronk, mijn blik gericht op zijn uitpuilende adamsappel die op en neer bewoog.

'Ga je me nog vertellen wat de onstuitbare huiveringen zijn?'

Butchko grijnsde. 'Kom op, Mackenzie, dat heb je toch wel-eens meegemaakt?'

'O ja?'

Hij draaide de dop op de veldfles en legde hem in de schaduw van de toren. 'De huiveringen bestaan echt,' zei hij, en aan de toon waarop hij dat zei kon ik horen dat hij iemand citeerde. 'De huiveringen bestaan onmiskenbaar. Luister, vrouwen zijn heel anders dan mannen.'

'O! Aha!'

'Ja, nou ja, dat klinkt inderdaad een beetje als een open deur, maar het is een belangrijk feit. Voor een man is seks heel simpel. Hij gaat erin en hij komt klaar. Maar bij vrouwen gaat dat niet zo makkelijk.'

Bij mij ging het ook niet zo makkelijk; ik hield echter mijn mond.

'Het punt is dat vrouwen veel gevoeliger zijn dan mannen. Ze willen ons niet kwetsen.'

'Ha,' zei ik spottend.

'Over het algemeen,' zei hij. 'Dus soms spelen ze toneel. Ze doen alsof. Goed, voor mij, in mijn positie, is het heel belangrijk precies te weten wat wel en niet werkt. En ik kan niet afgaan op wat ze zegt, of op het gekreun en gesteun, of op de ademhaling of wat dan ook. Het welven van de rug, het krullen van de tenen, het bijten op de lip – daar kun je allemaal niet op vertrouwen. Maar op de huiveringen wel. De onstuitbare huiveringen kan een vrouw niet faken. Als je ziet dat die dijen beginnen te trillen, écht beginnen te trillen, dan weet je dat je de parel hebt gevonden. Oesters en parels, Mackenzie. Iedereen weet waar de oester zit – je bent pas een goede minnaar als je de parel weet te vinden.'

Ik staarde naar de watertoren die boven ons uittorende. Die gozer was hartstikke gestoord, maar ik mocht hem wel.

'Ik zal je vertellen wat ik als eerste ontdekte toen ik hier in de stad kwam wonen,' zei Butchko. 'Dat vrouwen uit Puerto Rico uitstekende minnaressen zijn.'

'Allemaal?'

'Ja,' zei hij. 'Allemaal.'

Ik rookte Lucky Strikes op het dak en praatte met Butchko over vrouwen en leeuwen, tot hij verkondigde dat hij zich moest gaan voorbereiden op zijn date. Een kwartier later zat ik in de bus naar het noorden over First Avenue. 'De airco is kapot,' zei de buschauffeur toen ik instapte. 'Er komt nog een andere bus vlak achter me aan.' Dat zei hij tegen iedereen, en iedereen behalve ik bromde wat en wachtte op de volgende bus, maar ik rekende af en ging helemaal achterin zitten. De buschauffeur was niet gelukkig met mijn beslissing. Ik denk dat hij lekker een stukje had willen scheuren in zijn hete, lege bus, en bij een rood stoplicht eens flink op de rem had willen trappen zonder dat er passagiers begonnen te klagen. Ik zou er niets van hebben gezegd. Al scheurde hij met honderdveertig kilometer per uur over de avenue en week hij om de haverklap uit voor de gaten in het wegdek, het kon mij niets schelen. Ik was niet zo moeilijk.

Toen we onder de Queensboro Bridge door reden, zag ik de leeuw. Ik schreeuwde, een woordeloze schreeuw, en de buschauffeur keek me in de achteruitkijkspiegel aan en stampte op de rem, zomaar, alsof hij eraan gewend was dat passagiers gewoon een gil gaven wanneer ze wilden uitstappen. Ik stoof door de zware dubbele deur achter in de bus naar buiten en rende terug naar de brug, de schaduw van het tongewelf in.

Mogelijk hechtte ik te veel betekenis aan een knipoog, ik zou de eerste niet zijn, maar ik had het idee dat de leeuw wist wie ik was. Dat geloofde ik oprecht. Ik geloofde dat de leeuw een boodschap voor me had, dat de leeuw god weet hoeveel kilometer had afgelegd om me te vinden, dat hij talloze jagers had ontweken om zijn inlichtingen aan mij door te kunnen geven. Nu was hij hier en was mijn vader ingehuurd om hem te doden. De leeuw zou nooit meer terugkeren naar Afrika.

Op de stoep onder de brug lag hij op me te wachten. Vliegen kropen door zijn klittende manen. Met zijn gele ogen keek hij me aan. Zijn huid hing slap aan zijn botten; de wond op zijn schouder was ontstoken en begrind met witte pus. Zijn buik was dik, opgezet door de honger. Ik bedacht hoe ver hij van huis was, hoeveel duizenden kilometers hij had gereisd, ver van de zebra's en gnoes, de giraffen en antilopen van zijn geboorteland, zijn voedsel. Hier waren alleen mensen om op te eten. Ik kon me niet voorstellen dat deze leeuw zich zou verlagen tot het verslinden van straathonden of koetspaarden met oogkleppen.

Ik vroeg me af hoe lang hij erover zou doen om mij op te vreten, en hoeveel pijn het zou doen, de lange witte tanden, de krachtige kaken, en hoe lang, of hij me tot op het bot zou afkluiven of nog wat vlees zou overlaten voor de duiven om naar te pikken, of hij mijn knokkels zou uitspugen en zou toekijken terwijl ze als dobbelstenen wegrolden, of hij zou opkijken van mijn karkas, zijn muil met rood besmeurd, afgeleid door de taxi's die voorbijsnelden als afgedwaalde gazelles die wanhopig probeerden aansluiting te vinden bij hun kudde.

'Zeg iets tegen me,' smeekte ik, hunkerend naar een openbaring. 'Zeg iets tegen me.'

Als je ooit vlak bij een leeuw hebt gestaan, weet je wat nederigheid is. Niets wat leeft is mooier. Een leeuw van tweehonderd kilo kan een volbloedpaard inhalen, met zijn klauwen de stalen deur van een trein vernielen en tachtig keer per dag met een wijfje paren.

De leeuw stond op en liep op me af, tot zijn snorharen bijna langs mijn shirt streken. Ik sloot mijn ogen en wachtte af. De vleeseterslucht die om hem heen hing, het diepe gebrom van zijn ademhaling, de machtige machine die daar voor me stond – ik was er klaar voor. Ik liet me op mijn knieën op de stoep zakken, onder de Queensboro Bridge, en de adem van de leeuw drong als warme stoom in mijn oor.

Toen ik mijn ogen opende, was de leeuw verdwenen en zat ik te rillen in de augustushitte. Ik hield een taxi aan en droeg de chauffeur met de tulband op naar het Frick-museum te rijden, maar toen ik daar aankwam, bleken de deuren van het huis van de oude roversbaron hermetisch afgesloten. Het was maandag, besefte ik opeens. Het museum was gesloten. Daarom was Butchko ook thuis. Dit was het slechtst mogelijke moment voor een maandag, en ik stelde me voor dat alle dagen van nu af aan maandagen zouden zijn, dat we allemaal maanden vol maandagen moesten doorworstelen, dat kantoormedewerkers dag in, dag uit zouden opstaan zonder ooit dichter bij het weekend te komen, dat ze elke dag in de krant zouden kijken en zouden kreunen, en dat kerkgangers eeuwig een dag te laat zouden zijn voor de rustdag.

Ik moest de Sint-Franciscus van Bellini zien. Ik moest voor de onbevlekte heilige staan en de extase ervaren, de verrukking voelen die mijn handen, mijn voeten doorboorde. Ik moest de taal van de dieren begrijpen, de spraak van de beesten, want toen de leeuw in mijn oor fluisterde, klonk het gewoon als de ademhaling van een grote kat. Ik moest een vertaling hebben.

Ik liep helemaal naar huis. Het huis was verlaten en alle klokken tikten plechtig, tot ze in dezelfde angstaanjagende seconde luidkeels en in koor het hele uur jodelden. Wanneer mijn vader in Afrika was, wond ik de klokken niet op; in elke kamer gaven de roerloze wijzers dan het tijdstip aan waarop de slinger ermee was opgehouden. Maar zodra hij thuis was, zette hij ze weer gelijk.

In mijn slaapkamer haalde ik de doppen van de lens en het oculair van de telescoop en bestudeerde ik de appartementen aan de overkant van de straat. De oude man leunde tegen de vensterbank en staarde in de richting van Harlem. De vrouw met het rode haar, één verdieping lager, leek zich beter te voelen; ze lag op haar buik op de vloerbedekking, steunend op haar ellebogen en kauwend op een potlood, de puzzel uit de zaterdagkrant te maken. Achter haar, op de televisie, zoende Marlon Brando met Eva Marie Saint. De vrouw met het rode haar zette de televisie nooit uit, niet als ze naar haar werk ging, niet als ze ging slapen. Ik begreep dat wel – stemmen troostten haar, al waren het de stemmen van vreemden.

De vrouw met het rode haar was klaar met de kruiswoordpuzzel en vergeleek haar antwoorden met de oplossing in de maandagkrant. Achter haar op de televisie verscheen een dringende boodschap: EXTRA NIEUWSUITZENDING. Een verslaggever met een safarihoed en een zonnebril praatte in zijn microfoon en gebaarde naar het publiek om zich heen. Ik probeerde te liplezen. Toen het spelletje me begon te vervelen wilde ik de telescoop ergens anders op richten, maar op dat moment zag ik de leeuw, míjn leeuw, die in de camera keek. Hij zat bij een fontein, een grote ronde fontein met een gevleugelde engel die hoog boven het water uit rees.

Ik zette het op een rennen. De trap af, de deur uit, in westelijke richting over Eighty-fourth Street, dwars door het verkeer de straat over, van de ene avenue naar de andere, York First Second Third Lexington Park Madison en Fifth, Central Park in, hijgend en met zweet dat in mijn ogen sijpelde. Helemaal naar de Bethesda-fontein, zeker anderhalve kilometer, veel verder dan ik in jaren had hardgelopen. Toen ik er aankwam, kwam het publiek al helemaal tot aan de *bandshell*, het opvallend vormgegeven muziekpaviljoen honderden meters bij de fontein vandaan. Een man met een handkar verkocht Italiaans ijs en frisdrank. Boven ons vloog een pershelikopter rond.

Ik baande me een weg naar voren, zonder acht te slaan op de vuile blikken, het veelvuldig gemompelde 'Hé', 'Moet dat nou' en 'Yo'. Blauwe zaagbokken van de politie versperden me de weg, en om de drie meter stond een agent. Twee halfronde stenen trappen met een balustrade leidden omlaag naar het terras. De leeuw zat geduldig bij de fontein met de engel. Achter hem lag de stilstaande vijver waar toeristen in roeiboten gewoonlijk de struiken fotografeerden en in aanvaring kwamen met andere toeristen en elkaar in alle talen van de wereld de huid vol scholden. Die waren allemaal geëvacueerd. Ik zag mijn vader, halverwege de trap, op één knie, met zijn geweer in zijn handen. Twee rangers van de Park Service stonden naast hem en hielden hun krachtige verdovingsgeweren op de leeuw gericht. Scherpschutters van de politie omringden het terras.

Achter in het publiek werd er geschreeuwd en gefloten en gelachen, maar voorin, waar ze de leeuw konden zien, heerste een kathedrale stilte. Mijn vader gaf het bevel, en de rangers haalden de trekker over. Pijltjes vliegen veel langzamer dan kogels; ik kon hun zwarte vlucht volgen van de loop van de geweren tot aan de schouder van de leeuw.

De leeuw brulde. Zijn kaken zwaaiden open en hij brulde. Alle vogels in de bomen vlogen geschrokken kwetterend op van hun takken, en een paniekerige zwerm duiven en mussen steeg op. Iedereen die tegen de barricade aan geleund stond, deinsde terug; de hele mensenmassa deed een stap achteruit toen hun instinct hun beval: rennen, rennen, rennen! Op de verlaten savanne is de brul van een leeuw tot op acht kilometer afstand te horen. Zelfs in Manhattan overstemde zijn protest het constante geloei van autoalarmen en ambulancesirenes, het gefluit van verkeersagenten en het lage gerommel van de metro. Ik stel me zo voor dat mensen die op het gras van de Sheep Meadow lagen te zonnebaden het gebrul konden horen, net als de toeristen in Strawberry Fields; dat fietsers in hun handremmen knepen, op de pedalen gingen staan en door hun zonnebril in de richting van het geluid tuurden; dat de oude mannen die hun radiografisch bediende miniatuurschoeners over het met algen bedekte water van de Boat Pond stuurden naar het westen keken en hun scheepjes lieten afdrijven; dat hondeneigenaren zagen dat hun huisdier verstijfde, zijn oren spitste en wild begon te blaffen, tot alle honden in de wijk huilden; en dat elke huiskat die op de vensterbank zat harteloos in de richting van het park keek en zijn pootjes waste.

Een beetje wankel ging de leeuw staan, knipperend tegen het zonlicht. Hij begon te lopen, in de richting van de trap, maar na een paar stappen struikelde hij. Iedereen in het publiek ademde op hetzelfde moment verschrikt in. Mijn vader gaf weer een bevel, en er drongen nog twee pijltjes in de vacht van de leeuw, waar ze een verdovend middel afscheidden. De rangers lieten hun geweer op hun arm rusten en wachtten af; vier pijltjes waren voldoende om een neushoorn onder zeil te brengen.

De leeuw viel aan. Hij was zo snel bij de trap dat de scherpschutters geen tijd hadden om te reageren; hij stoof de brede stenen treden op, met zijn witte tanden ontbloot, terwijl de rangers hannesten met hun geweer en de politieagenten vlak bij me zich met een 'jezus christus' met hun rug tegen een zaagbok drukten en moeders in het publiek de ogen van hun kinderen bedekten.

Midden in een sprong leek de leeuw tegen een onzichtbare muur te botsen; hij draaide in de lucht om en kwam met een dreun op zijn zij terecht, met zijn voorpoten twee treden hoger dan zijn achterpoten. Het geweerschot klonk zo luid en definitief als een kluisdeur die dichtslaat. Mijn vader wierp de lege huls uit, en die vloog glinsterend door de lucht voordat hij op de balustrade stuitte en tussen het gebladerte verdween.

Ik dook onder de zaagbok door, ontweek de verdwaasde politiemannen en rende de trap af. Mijn vader zag me aankomen en riep mijn naam, maar ik was hem al voorbij voordat hij me kon tegenhouden. Ik knielde naast de leeuw neer en hield zijn harige kop tussen mijn handen, tot aan mijn ellebogen in zijn vuile manen. Hij leek nu kleiner, verschrompeld. Het bloed dat onder zijn lijf een plas vormde, drupte al van de treden af.

'Vertel het me,' smeekte ik hem terwijl ik hem recht in zijn gele ogen keek. Mijn vader kwam op me af. Ik liet mijn hoofd zakken, zodat mijn rechteroor tegen de vochtige muil van de leeuw rustte. 'Vertel het me.'

Een reeks felle stuiptrekkingen trok door zijn uitgestrekte lijf. Elke ademtocht verliet met een verontrustend gefluit zijn longen. Langzaam weken zijn kaken van elkaar. Ik sloot mijn ogen en wachtte. Hij likte mijn gezicht met zijn machtige tong, tot mijn vader me in de kraag greep en wegsleurde. Ik keek niet naar het genadeschot.

Toen ik uren later onder de douche stond en me liet geselen door het hete water, peuterde ik drie blauwe splinters uit mijn handpalmen. Het duurde even voor het tot me doordrong dat ik die moest hebben opgelopen toen ik bij de Bethesda-fontein die blauwe zaagbok van de politie had vastgepakt. Na het douchen droogde ik me af, trok mijn pyjama aan, liep de trap op naar mijn slaapkamer, deed de deur achter me op slot en schakelde het licht uit. Een bleke maan scheen zwakjes door het gebobbelde glas. Ik probeerde me te herinneren op hoeveel kilometer afstand hij stond, hoeveel kille kilometers ik de lucht in zou moeten klimmen. Het scheen me onmogelijk toe dat daar ooit mensen hadden rondgelopen, hadden rondgesprongen in zijn minimale zwaartekracht.

Toen ik nog klein was, wist ik het precies, die afstand, tot op de kilometer. Ik wist de diameter, het gewicht in tonnen, de namen van de belangrijkste kraters, de precieze duur van zijn rotatie om de aarde. Ik was het allemaal vergeten.

Ik haalde de doppen van generaal Early's telescoop en bekeek de appartementen aan de overkant van de straat. Wat de oude man ook in Harlem zocht, hij was er voor die dag mee opgehouden – de lampen waren allemaal uit en de jaloezieën waren dicht. Het jongetje was nog wakker. Hij zat met zijn zaklantaarn onder de dekens – een eenkindstent – stiekem te lezen terwijl hij eigenlijk hoorde te slapen.

Zoals altijd controleerde ik ook de andere kamers op brand, en deze keer trof ik inderdaad vuur aan. Niet in het appartement waar het jongetje woonde, maar één verdieping lager, waar kaarsen brandden op de geluidsboxen en de boekenplanken, op de salontafel en de uitgeschakelde televisie, op de vensterbank en de schoorsteenmantel. De vrouw met het rode haar zat, naakt, schrijlings boven op een man op de bank, met haar handen op zijn smalle schouders. Er liep een netwerk van zweetsporen over haar bovenlichaam; in het kaarslicht hadden ze een koperkleurige gloed. Ze rees en daalde als een boei in de zee, gedragen door de golven. Voordat ik me afwendde om hun wat privacy te gunnen, wierp de vrouw haar hoofd in haar nek en verstijfde ze kortstondig; haar handen gleden van Butchko af en ze spreidde haar vingers wijd. Haar mond viel open, maar ik weet zeker dat er geen woord over haar lippen kwam, geen woord, niets dan extase.

Het meisje met
de blote voeten

1

Toen ik zestien was, stal ik een nachtblauwe Eldorado-cabrio uit '55 en reed ermee naar Hershey Park, waar ik de middag doorbracht. Ik was helemaal niet van plan geweest om in Hershey te stoppen – niemand vlucht vanuit New Jersey naar Pennsylvania. Het plan – 'plan', alsof ik het allemaal van tevoren zorgvuldig had uitgestippeld – was om in twee dagen naar Californië te rijden, onderweg benzine en chips te kopen met de creditcard van mijn vader en niet te slapen voordat ik de Stille Oceaan door de voorruit zag glinsteren. Ik durfde niet. Ik had genoeg lef om te gaan, maar niet genoeg lef om weg te blijven.

Zeven uur lang reed ik echter als een koning over de weg. De haaiachtige staartvinnen sneden achter me door de lucht; *London Calling* schalde uit de cassetteradio, keer op keer; een beeldje van de maagd Maria, met haar ogen zedig dan wel ontzet neergeslagen, bungelde aan de achteruitkijkspiegel. Ik had de Cadillac gestolen van een katholiek, een leerling uit de eindexamenklas die Tommy Byrnes jr. heette. Toen Tommy die ochtend voor schooltijd de parkeerplaats op was komen rijden, had een groep jongens zich om de auto heen verzameld onder het slaken van kreten als 'Jemig!' en 'Wauw!' en 'O, ja!' Het was een ontzagwekkende wagen met een chromen grille die glansde als een muil vol tanden. Hij zag eruit als de schrik van de snelweg, die niets liever deed dan zwakkere auto's opjagen en verslinden.

Ik wilde die wagen. Ik zei: 'Tommy, laat me één keer een blokje om rijden.'

Hij lachte ongemakkelijk. 'Je hebt nog niet eens je rijbewijs.'
'Ik heb les. Blijf dan naast me zitten.'

Zelfs toen, in de tweede klas van high school, was ik al de meest forse jongen op school, en speelde ik als *left tackle* in het regionale B-team. Ik ontving regelmatig handgeschreven brieven van footballcoaches van universiteiten met eerstedivisieteams. Op Mahlus High werd ik met alle egards behandeld. Maar Tommy wilde niet dat ik in de auto van zijn vader reed. Hij legde het me haarfijn uit, de verschrikkingen die hem te wachten stonden als er vingerafdrukken op de lak kwamen. Een deuk in de bumper betekende een wisse dood. Als het zijn eigen auto was geweest, had hij me met alle plezier over straat laten scheuren, toeterend naar ieder meisje dat we passeerden, maar nee, hij kon me onmogelijk in de Eldorado van zijn vader laten rijden.

Ik glimlachte en knikte en stak mijn hand uit naar de sleutels.

'Kom op, Zabrocki,' zei Tommy hoofdschuddend, en 'Ik kan het echt niet maken, man' en 'Hoor eens, hij is niet eens van mij', en uiteindelijk: 'Nou, één blokje om dan. Langzaam.'

Dat was de eerste keer dat ik in een auto zat die voor mijn gevoel gebouwd was op iemand van mijn formaat. Ik had ruimte om mijn benen te strekken en het stuur zat niet klem tegen mijn borst. Het dak was open en ik had kilometers lege lucht boven mijn hoofd.

Tommy stapte in en vroeg: 'Je kunt toch wel met een versnellingsbak omgaan, hè?'

'Tuurlijk,' zei ik terwijl ik de sleutel in het contact omdraaide.

'De koppeling, Zabrocki. Trap de koppeling in.'

Op de hoek van Hudson en Blair, waar we voor een rood stoplicht moesten stoppen, zei Tommy: 'Je trekt die versnellingsbak aan gort.'

'Misschien kun je het maar beter overnemen,' zei ik; ik maakte mijn portier open. Tommy knikte opgelucht en stapte uit. In plaats van zelf ook uit te stappen, sloeg ik echter het portier dicht en trapte het gaspedaal in. De motor brulde, maar de auto kwam niet van z'n plek. Tommy staarde me aan.

'Wat doe je?'

Eindelijk drong tot me door dat ik de auto in z'n één moest zetten, en de Eldorado schoot dwars door rood het kruispunt over. Tommy Byrnes jr. bleef roerloos op het zebrapad van Blair Street staan. In de achteruitkijkspiegel zag ik hem kleiner worden. Ik wilde eigenlijk alleen even naar de lunchroom rijden voor een driedubbele sandwich met gebakken ei, dan zou ik ruim op tijd voor het tweede lesuur terug zijn, maar toen ik zes straten verder was, besefte ik dat scholing die dag voor mij niet op het programma stond. De Eldorado was pas gewassen en in de was gezet, de tank was vol, de creditcard van mijn vader – die ik had meegekregen met het specifieke doel om die middag een nieuwe grasmaaier te gaan kopen – zat in de zak van mijn spijkerbroek, en de zon had de mist van die ochtend al weggebrand. Het was mei, de dagen waren lang, ik had het derde uur een biologieproefwerk en ik kon het verschil tussen meiose en mitose maar niet onthouden.

Ik wist dat Tommy de politie niet zou bellen. Hij verwachtte dat ik grijnzend terug zou komen naar school, hem de sleutels zou toewerpen en hem zou uitlachen omdat hij zo voor gek stond. Hij wilde vast niet dat zijn vader zou ontdekken dat hij de Eldorado had uitgeleend aan een jongen die nog maar een paar rijlessen had gehad, dus zou hij teruglopen naar de parkeerplaats bij school en daar op me wachten.

Dit verhaal wekt de indruk dat ik een ettertje was; daar ben ik me van bewust. Ik ga het niet afschuiven op mijn jeugdige leeftijd. Ik wist precies hoe ellendig Tommy zich moest voelen, ik wist dat ik hem had genaaid, ik wist het allemaal en het kon me niets schelen. Het was een prachtige lentedag, ik reed in een cabrio met staartvinnen, nota bene; toen ik de cassetteradio aanzette hoorde ik het krachtige gitaarspel van Joe Strummer. Er zijn van die dagen dat je gewoon boven de wet moet leven.

Zodra ik de stad uit was, nam ik Route 202 naar het westen. Californië lag die kant uit, en hoewel ik nooit zo over Californië had nagedacht, leek het me de meest voor de hand liggende bestemming voor een jongeman in een gestolen Eldorado. Het geheim achter het rijden in een auto met een versnellingsbak, zo ontdekte ik, was telkens weer de koppeling intrappen. De koppeling intrappen wanneer je de auto startte, wanneer je schakelde, wanneer je wilde afslaan. Simpel. Het enige wat er nu nog ontbrak, was een meisje om mijn bovenbeen te strelen en kaart te lezen.

Ik hield me aan de maximumsnelheid en knipoogde naar de mooie jonge moeders die me in hun stationwagens passeerden. In het handschoenenkastje vond ik een vliegeniersbril. Die was te klein, maar ik zette hem toch op.

Met de laatste muntjes in mijn zak betaalde ik de tol en stak ik de Delaware over naar Pennsylvania, waar ik in New Hope even stopte om een ijsje te halen bij de Thomas Sweet. Ze waren niet blij dat ik met de creditcard betaalde en zeiden dat er een minimum gold van tien dollar, bla-bla-bla, maar ik had het ijsje al aangepakt en eraan gelikt. Bij de Eldorado at ik het verder op, terwijl ik keek naar de toeristen die de antiekwinkels afstruinden.

Ik propte het laatste stuk van het hoorntje in mijn mond en ging op weg naar Californië. Na een uur rijden besloot ik dat ik nog steeds rammelde van de honger, dus reed ik door het dorpje North Wales, op zoek naar een hamburgertent. Het was een heel klein plaatsje – er werd naar me gestaard wanneer ik passeerde, alsof ik een boosaardige cowboy was die op zijn zwarte paard door de hoofdstraat reed. Ik kwam langs een doe-het-zelfwinkel en een discountwinkel en een herenkapper en een kerk en vervolgens langs groene akkers die zich kilometers uitstrekten. Ik weet niet wat er werd verbouwd – ik ben een stadsmens, tenzij het tarwe of maïs is, weet ik het niet – maar het waren grote hoeveelheden en er kwam geen eind aan. Ik zag een meisje met een korte spijkerbroek en een T-shirt vol verfspatten fietsen en zette de auto een eindje vóór haar stil. Ze fietste door tot aan het portier, zette haar blote voet op het asfalt en keek op me neer in de cockpit van mijn Cadillac. Haar fiets was ouderwets, met voorop een rieten mandje versierd met een gele plastic zonnebloem.

'Ik ben op zoek naar Wales,' zei ik. Ze zei niets terug, dus voegde ik eraan toe: 'In North Wales is niets te eten.'

'Er is geen Wales,' zei ze met haar verrassend hese stem. Ze was ouder dan ik aanvankelijk dacht, ongeveer net zo oud als ik, met een huid vol sproeten, bruine ogen en vlasblond haar dat eruitzag alsof het met een machete was bewerkt. Ze staarde naar mijn handen, die op het stuur lagen, en vroeg: 'Wat speel je, *offensive line*?'

De jongens uit Pennsylvania die ik van footballkamp kende, waren keihard. Over het algemeen waren ze niet zo atletisch als de jongens uit Californië en Florida en niet zo goed gecoacht als de jongens uit Texas, maar tijdens een wedstrijd gingen ze met hun lichaam om alsof het een huurauto was. Toen we een keer met een heel stel na het eten aan het meer zaten, vroeg een jongen uit Stroudsburg of ik zin had in een potje kiezelen. 'Ja hoor,' zei ik. 'Hoe gaat dat?' Alle jongens uit Pennsylvania sprongen overeind en bekogelden me met kiezelsteentjes. Ik probeerde hen te grijpen, maar het waren allemaal *wide receivers* en *safety's* en ze lachten en floten me uit terwijl ik zonder succes log achter hen aan denderde.

'Offensive line,' zei ik tegen het meisje met de blote voeten. 'Wat is er met Wales gebeurd?'

'Niets,' zei ze. 'Het is er nooit geweest.'

Dat vond ik vreemd, een plaatsje dat North Wales heette terwijl er geen Wales onder lag, maar ik bevond me diep in de rimboe en ik wilde geen discussie aangaan met de inboorlingen.

'Is hier ergens een tentje waar je een hamburger kunt krijgen?'

Ze grijnsde naar me. Haar voortanden waren beschadigd. 'We zijn nog steeds in Amerika, grote jongen. We hebben een Burger King en de hele rataplan.'

'Welke kant is dat op?'

'Ik heb wel zin in uienringen,' zei ze. 'Als je me een lift geeft, wijs ik je de weg.'

Ze reed haar fiets de berm in en liet hem tussen de groene stengels vallen, het spul dat daar groeit. Ik had haar moeten vragen wat het was, maar ik was met mijn gedachten ergens anders dan bij gewassen. Ik keek naar haar gerafelde korte spijkerbroek, haar zonverbrande armen, benen en neus, haar witte hals. Mijn kaartlezer.

Ze stapte in en wees. 'Rechtdoor.'

Ik liet de motor afslaan, en het meisje zei: 'Zet die grote voet van je op de koppeling.'

'Weet ik,' zei ik, denkend aan de goede oude tijd, toen de auto en ik nog vredig met z'n tweetjes over de weg zoefden. Uiteindelijk kreeg ik de auto weer aan de praat. 'Ik ben Leon,' zei ik.

'Ik heet Maureen. De meeste mensen noemen me Reen.'

'Reen? En hoe noemt de rest je?'

Ze fronste. 'Maureen.'

Ik zette de cassetteradio harder en Maureen zong mee, met haar vieze blote voeten op het dashboard. Ze bewoog haar tenen op de maat van de muziek. Haar nagels waren zilver gelakt. 'Van wie is de auto?' vroeg ze.

'Van mijn vader.'

'Ik dacht: misschien heeft hij hem gestolen. Misschien zijn we wel een stel bandieten.' Ze beeldde twee pistolen uit met haar handen en schoot er door de voorruit op los. 'Bonnie en Clyde.'

'Mijn vader weet niet dat ik hem mee heb,' zei ik. Had ik haar maar de waarheid verteld. Ik was echt een bandiet, en nu kreeg ik geen erkenning.

'Mijn moeder weet niet dat ik spijbel.' Ze tikte tegen de zoom van het gewaad van de maagd Maria en keek toe terwijl het poppetje heen en weer danste. 'Ik ben ook katholiek.'

Het gejammer van Mick Jones schalde uit de speakers, de maagd Maria zwaaide heen en weer en Maureen zat met haar vieze voeten op het dashboard, en op dat moment werd ik verliefd. Het had weinig te maken met haar uiterlijk, hoewel ik haar erg mooi vond. Het kwam door haar onbevreesdheid. Ze was absoluut niet bang voor me. De meisjes op Mahlus High behandelden me over het algemeen alsof ik Lenny was uit *Of Mice and Men*: ze waren bang dat ik hen misschien te hard zou aaien als ik een beetje opgewonden werd en per ongeluk hun nek zou breken. Maar Maureen voelde zich volkomen op haar gemak naast me. We zweefden tussen de akkers door en ik vergat mijn honger, ik vergat Tommy Byrnes jr. en zijn vader, die inmiddels vast de politie had gebeld, ik vergat het biologieproefwerk en het Golgi-apparaat. Er zijn een paar momenten in je leven dat je echt volmaakt gelukkig bent en er nog aan denkt om daar dankbaar voor te zijn ook. Op het moment dat het gebeurt word je al even nostalgisch, stop je het veilig weg in je plakboek. Ik was zestien jaar en speelde al als left tackle in het B-team van New Jersey, ik reed in een nachtblauwe Cadillac Eldorado naar Californië, en mijn kaartlezer kende de teksten van de liedjes van The Clash en lakte haar teennagels zilver. Het kon niet stuk.

Bij de drive-in van de Burger King kochten we Whoppers met frietjes, uienringen en milkshakes, een met vanillesmaak en een met aardbeiensmaak. Het meisje in het hokje was op een harde manier mooi, met dunne lippen en donkerblauwe oogschaduw. Ze keek me boos aan toen ik haar de creditcard wilde geven en schudde haar hoofd.

'Alleen contant geld. Geen school vandaag, Reen?'

'Geen school dit jaar, Lannie?'

'Is dat je nieuwe vriendje? Waar heb je die auto vandaan, vriendje?'

Ik had het handschoenenkastje opengemaakt, op zoek naar een paar verdwaalde muntjes of bankbiljetten. Maureens benen, die onder de witte draden van gerafelde spijkerstof onbedekt waren, roken naar zeep en zweet en gras. Op haar ene knie had ze een schaafwond waar zich net een korst op had gevormd. Ik keek naar haar op en ze beantwoordde mijn blik, terwijl ze bedreven een wenkbrauw optrok.

'Hoe zit het nou, Reen, heb je een nieuw vriendje voor elke dag van de week?'

Maureen streek met haar hand lichtjes over mijn stekeltjes en glimlachte naar het meisje. 'Je doet te veel gezicht op je make-up, Lannie.'

Lannie trok haar dunne lip op en ontblootte haar tanden terwijl ze door het raampje naar buiten leunde. 'Je hebt een echte slet bij je in de auto, rijkeluisjochie. Ze heeft al je cash al opgeslokt, zeker.'

Maureen haalde een briefje van tien dollar uit haar zak en gaf het aan mij. Ik ging rechtop zitten, gaf Lannie het geld en pakte het wisselgeld en de papieren zakken met eten aan. 'Dank u voor uw bezoek aan Burger King,' zei ze, en ze schoof het raampje dicht.

We reden door in westelijke richting, bedachtzaam kauwend op onze hamburgers. Toen duidelijk werd dat Maureen niet van plan was uitleg te geven, vroeg ik: 'Vinden jij en Lannie dezelfde jongen leuk of zo?'

'Ze is mijn nichtje. Ze valt wel mee. Als je hier lang genoeg woont, word je gewoon gek.' Ze zuchtte en liet een uienring om haar wijsvinger draaien.

'Ik ben op weg naar Californië,' zei ik. 'Je mag wel mee als je wilt.'

'Ja,' zei ze. 'Waarom niet?'

'Ik neem je vanavond mee uit eten, op mijn creditcard.'

Toen we uitgegeten waren, boerde Maureen zachtjes tegen de rug van haar hand en zei: 'Nu nog een toetje. Hou je van chocola?'

Als worstelaar viel ik in de zwaargewichtklasse, wat inhield dat ik voor wedstrijden en toernooien niet meer mocht wegen dan 125 kilo. Dat najaar zat ik dichter bij de 135 kilo, en toen de winter aanbrak was ik voor het eerst van mijn leven op dieet, rende ik in een neopreenpak rondjes rond het dampende binnenzwembad van de school en spuugde ik tijdens de lessen in een bekertje, omdat mijn teamgenoten me verzekerden dat dat minstens 170 gram per dag scheelde. Een van de dingen die ik die winter had afgezworen was chocola, en soms droomde ik 's nachts dat ik in een meer van gesmolten chocola zwom, dat ik chocola ademde en pindakaasvisjes opat wanneer ik ze te pakken kon krijgen.

'Ja, ik hou van chocola,' zei ik.

'Bij het stoplicht linksaf,' zei ze.

'Ooh, een stoplicht!'

'Ja,' zei ze. 'Soms gaan we hier gewoon een tijdje staan kijken hoe het van rood op groen springt. Línks, Leon. Andere linkerkant.'

We namen Route 422 en ik drukte het gaspedaal verder in, tot de naald recht naar de 90 wees. Uiteindelijk vertelde ik haar de waarheid over de auto, en ze vond dat ik Tommy Byrnes jr. moest bellen om hem te vertellen dat alles in orde was, maar dat ik moest wachten tot we onze chocola hadden gekocht, en dat zou wel even duren. Ik vertelde haar over mijn familie, over mijn broertje Ollie van twee, over mijn vader die een fortuin had verdiend met het verkopen van levensverzekeringen in Jersey Shore, over mijn moeder die lesgaf op een dovenschool in Elizabeth, een uur rijden heen en een uur rijden terug, en hoe gek die kinderen op haar waren, en hoe lief ze waren, en dat het toch vreemd was dat dove kinderen veel aardiger waren dan kinderen met oren die het wel deden.

Maureen vertelde me dat haar ouders in Las Vegas waren getrouwd en dat ze een halfjaar na haar geboorte waren gescheiden. Haar vader woonde nog steeds in Las Vegas, hij was een van de best betaalde blackjackdealers in de stad en hij reed in een Porsche met een nummerplaat waarop stond 21-4-ME. Na high school zou Maureen bij hem gaan wonen en zou hij haar de fijne kneepjes van het vak bijbrengen. Ze kon al kaarten schudden als een echte prof. Haar moeder had de grote fout gemaakt te hertrouwen en zo haar alimentatie te verspelen – haar stiefvader was een griezel die al drie jaar geen fatsoenlijke baan meer had gehad. Maureen had een zusje van vier, Emily, dat perfect zou zijn voor Ollie.

Telkens wanneer het bandje van The Clash afgelopen was, draaide ik het om. We konden er niet genoeg van krijgen. Ik kreeg weer honger, maar ik wilde niet dat Maureen zou denken dat ik alleen aan mijn maag dacht, dus zei ik acht minuten lang niets. Toen mijn geduld eindelijk op was, vroeg ik: 'Waar is die chocoladewinkel nou precies?'

Glimlachend gaf ze me een stomp tegen mijn arm. 'We komen er wel. Rustig aan, grote jongen. Dit is toch hartstikke leuk?'

Het meisje had gelijk. Als de auto vol had gelegen met worstjes, had ik makkelijk met haar naar het zuidelijkste puntje van Chili kunnen rijden terwijl *London Calling* door de auto schalde, om vervolgens vanuit Kaap Hoorn Tommy Byrnes jr. te bellen en hem mijn verontschuldigingen aan te bieden. 'Maar jezus, Tommy, heb je het Zuiderkruis weleens gezien?'

'Oké,' zei ik tegen Maureen, 'zolang de chocola maar niet op is tegen de tijd dat wij er aankomen.'

'Nee,' zei ze. 'Dat lijkt me niet.'

We lieten de boerderijen achter ons, en de weg voerde tussen beboste heuvels door. Inmiddels kon ik vrijwel zonder geknars schakelen, en ik begon me uit te sloven voor Maureen door de bochten scherp aan te snijden, terug te schakelen op steile hellingen en te zwaaien naar de vrachtwagenchauffeurs die in tegengestelde richting voorbijzoefden.

Na een scherpe bocht rook ik opeens een nieuwe geur, een heerlijke geur, vertrouwd en vreemd tegelijk. Het was een geur die me deed denken aan een tijd voordat ik groot en fors was, toen ik met mijn duim in mijn mond in de keuken stond toe te kijken terwijl mijn moeder de oven opende en erin tuurde.

'Chocola,' zei ik. De heuvels roken alsof ze van pure chocola waren.

'Chocola,' zei Maureen instemmend. Met haar hoofd in haar nek, zodat die schitterende witte hals blootlag, lachte ze de duivelse lach – 'Mwa-ha-ha! Mwa-ha-ha!' – van een djinn die een man net zijn laatste wens heeft ontfutseld. We reden onder een gewelfd bord door: HERSHEY PARK, DE ZOETSTE PLEK TER WERELD.

We parkeerden de Eldorado op een reusachtige parkeerplaats die vrijwel leeg was.

'In de zomer kun je hier over de koppen lopen,' zei ze. Het leek me een goed idee om de kap omhoog te doen, maar we kwamen er niet achter hoe dat moest. 'Er gebeurt toch niets mee,' zei ze. 'Dit is immers de zoetste plek ter wereld.'

We liepen over Cocoa Avenue. De kappen van de straatlantaarns hadden dezelfde peervorm als Hershey's Kisses. Alles rook naar chocola. We wandelden door de tuinen van Hershey, waar de tulpen in bloei stonden, en wilden bij The Hotel Hershey iets te eten bestellen. De portier schudde zijn hoofd en zei: 'Geen schoenen, geen bediening.' Hij zei het op een toon alsof hij het zelf had verzonnen. Ik ging alleen naar binnen, kocht drie tosti's met tonijn en kaas, zes hardgekookte eieren, twee hotdogs, een chocoladereep van een halve kilo en twee bekertjes melk en nam dat alles mee naar buiten in een plastic tas met het logo van Hershey erop. Maureen en ik gingen op het terras van het hotel zitten om te eten, maar de portier verliet zijn post om ons te melden dat het terras alleen voor hotelgasten bestemd was. De woede borrelde in me op en het voelde goed, het voelde zuiver. Ik stond op en staarde omlaag naar zijn botte, chagrijnige kop, klaar om in zijn hoofd te knijpen tot het snot uit zijn neusgaten spoot, maar Maureen pakte mijn hand vast en nam me mee naar een bankje bij de tuinen, waar we eindelijk ongestoord konden eten. Of liever, ik at en Maureen keek toe. Ze leek zich niet te storen aan de grote hoeveelheden die ik wegwerkte. Ze leek het normaal te vinden.

Na de lunch bezochten we het pretpark en gingen we in de achtbaan, het reuzenrad en de draaimolen. We bezorgden elkaar een whiplash in de botsautootjes, en toen zei Maureen: 'Ik moet zo wel naar huis. Mijn zusje wordt bang als ze te lang alleen is met mijn moeder.'

De rit terug naar het oosten leek een stuk sneller te gaan. Maureen deed een dutje, met haar hoofd op mijn schouder. Ze praatte in haar slaap, opgewonden, maar de enige woorden die ik kon verstaan waren: 'Niet eerlijk.' Ik zette de cassetteradio zachter, en toen ik weer naar de weg keek, zag ik dat we op het punt stonden op een koelkast te botsen die midden op de weg lag. Ik week uit naar de andere weghelft en miste hem op een paar centimeter. Een eindje achter me reed nog een auto; ik deed even mijn knipperlichten aan om hem te waarschuwen. Nadat de bestuurder gas terug had genomen en voor de koelkast was uitgeweken, knipperde hij met zijn koplampen om me te bedanken, en Maureen sliep verder. Ik voelde me geliefd en liefdevol, in harmonie met mijn medemensen, een goed mens die zijn weg zocht in het leven.

Zodra we terug waren in North Wales maakte ik Maureen wakker, en ze wees me de weg naar de plek waar ze haar fiets had achtergelaten. Ze stapte uit en liep met lichte tred door de klaver en het hoge gras dat tussen de weg en de akker groeide.

Ze trof haar fiets liggend in het groene gewas aan, zette hem overeind en liep ermee naar het portier aan de bestuurderskant. Ik vond dat ik moest uitstappen om haar gedag te zeggen, maar dat liet ze niet toe; ze boog naar voren en kuste me op mijn mond. Een vrachtwagen raasde toeterend voorbij.

Het was de eerste echte kus van mijn leven. Haar lippen smaakten naar chocola. Toen het voorbij was, stak ze haar hand in haar achterzak en gaf me een opgevouwen snoeppapiertje. Op de achterkant had ze haar naam en telefoonnummer geschreven. Ze had een varkenskop getekend, en uit de bek van het varken kwam een tekstballon met de woorden: *Vergeet me niet!*

'Nooit,' zei ik, en ik wilde nog meer zeggen, maar ik was zestien en stom, en Maureen stapte op haar fiets en reed weg.

Op de terugweg naar New Jersey liet ik de cassetteradio uit. Ik wilde niet naar Joe en Mick luisteren als Maureen de achtergrondstem niet meezong. De hele rit terug naar Mahlus was ellendig. Ik wilde dat het zou gaan regenen, ik wilde weer dat bij mijn stemming paste, maar de zon bleef schijnen en ik dacht: op een dag ga ik naar Californië.

Toen ik de parkeerplaats van de high school op reed, verwachtte ik door de politie te worden opgewacht, maar er was niets te zien behalve de gebruikelijke roestbakken van de leraren en de chique auto's van de eindexamenleerlingen. Dat was een van de problemen op Mahlus High. De leerlingen hadden geen respect voor de leraren omdat die arm waren, en de leraren hadden geen respect voor de leerlingen omdat die rijk waren.

Ik parkeerde de Eldorado en liep naar het honkbalveld. Ik trof Tommy aan op het buitenveld, waar hij hoge ballen probeerde te vangen. Hij speelde honkbal, basketbal en football en was nergens echt goed in; toch sloeg hij nooit een training over. Hij zag me aankomen en gooide zijn handschoen op de grond. Ik liep op hem af in de verwachting dat hij naar me zou uithalen. Ik wist dat ik het verdiende, en ik wist ook dat als Tommy me sloeg, ik hem terug moest slaan; dat als ik eenmaal begon, het hele honkbalteam eraan te pas zou moeten komen om me van hem af te sleuren; dat Tommy gewond zou raken en dat ik voortaan als bullebak door het leven zou gaan. Hij haalde echter niet uit. Ik gaf hem de sleutels en wilde iets zeggen, maar Tommy keerde me de rug toe en liep het veld af; zijn handschoen liet hij liggen. Een paar meter bij me vandaan viel een honkbal op het gras; ik raapte hem op en wierp hem terug naar de slagkooi, waar de coach met een aluminium honkbalknuppel oefenballen sloeg voor de veldspelers.

Maureen en Hershey Park leken heel ver weg, alsof het de herinneringen van een andere jongen betrof, die ik samen met de Eldorado had gestolen en nu had teruggegeven aan de rechtmatige eigenaar. Ik ging op het gras zitten en keek naar de honkballen die vanuit de blauwe hemel in de wachtende handschoenen van de buitenvelders vielen.

2

Veertien jaar later was ik alleen thuis en zat ik naar een huurvideo te kijken, een oude gangsterfilm met James Cagney. Halverwege werd de film een paar tellen onderbroken door een sneeuwbeeld, gevolgd door twee zwetende zwarte mannen; de ene zat op zijn knieën de andere te pijpen. Bijna een minuut lang staarde ik naar de tv, terwijl ik probeerde te bedenken wat dit in vredesnaam te maken had met bankovervallen, gleufhoeden en machinegeweren. De man die werd gepijpt had een brede glimlach op zijn gezicht – de poorten van het paradijs stonden wijd open en hij marcheerde naar binnen, geflankeerd door heiligen. Zo heb ik nog nooit geglimlacht, zei ik bij mezelf; zo zal ik nooit glimlachen. Wat doe ik eigenlijk met mijn leven?

Het is niet wat je denkt. Ik besloot niet ter plekke dat gepijpt worden door een zwarte man precies was wat ik nodig had. Misschien is het inderdaad precies wat ik nodig heb, misschien is dat de oplossing voor alles wat me mankeert, maar daar dacht ik niet aan. Ik dacht: dit ben ik, dit is mijn leven, niet één film met een logische verhaallijn, maar een bijeengeraapt zootje van alle mogelijke stijlen: porno, slapstickcomedy, tienerromantiek en horror. Geen cowboys, nog niet, en ook geen sterrenschepen, maar wat niet is kan nog komen.

Ik drukte op de stopknop en stelde me de lach voor van de verveelde grappenmaker die weken of maanden geleden vol leedvermaak in zijn handen moest hebben gewreven toen hij dit plannetje had bedacht. Wie hij ook was, hij had me in verwarring gebracht. Een uur lang bleef ik op de bank zitten met de lampen en de tv uit, zonder een biertje in mijn hand en zonder ook maar één geluid dat me kon storen, afgezien van de enkele auto die door Rickover Street reed.

Ik had altijd verwacht dat ik beroemd zou worden. Ik had erop gerekend dat ik proffootballer zou worden en dat er op Mahlus High een vertrek zou worden gewijd aan mijn memorabilia; dat ik met mijn vrouw, een model, zou optreden in tv-spotjes voor United Way; en dat mijn quarterback in het interview na de wedstrijd nooit zou vergeten mij te bedanken omdat ik zijn hachje had gered. Maar zo is het niet gelopen. In het laatste jaar van de universiteit brak ik mijn nek toen ik een halfback blockte die het veld dwars wilde oversteken; zestien uur lang was ik verlamd, en de artsen vreesden dat het nooit meer goed zou komen. De chirurgen maakten twee ruggenwervels aan elkaar vast en een maand later leerde ik opnieuw lopen.

Dag in, dag uit zat mijn vader in het ziekenhuis naast mijn bed. Op een ochtend begon ik te huilen, en ik kon niet meer ophouden. Ik zei tegen hem dat het me zo speet, want ik wist hoezeer hij ervan genoot me te zien spelen. Ik zei dat ik het gevoel had dat ik een gevecht had verloren, dat ik hét gevecht had verloren, dat ik niet taai genoeg was, en mijn vader schudde zijn hoofd en zei dat er geen sprake was van een gevecht. Het was gewoon een stom ongeluk. Ik zei dat het wel degelijk een gevecht was en dat ik had verloren. Mijn vader kon me niet recht aankijken. Hij keek naar de vloer en herhaalde dat het gewoon een stom ongeluk was, en zelfs al was het wel een gevecht, dan nog was het geen schande dat ik had verloren – iedereen verloor weleens, behalve Rocky Marciano.

Bij de diploma-uitreiking zat ik te midden van mijn jaargenoten, gekleed in een zwarte toga en baret. Sinds het ongeluk was ik vijfendertig kilo afgevallen. Mijn oude shirts fladderden om mijn schouders, alsof ze me wilden kwellen met herinneringen aan de tijd toen ik nog een reus was. Toen mijn naam werd omgeroepen via de luidsprekers, stond ik op, liep heel doelbewust naar het podium, beklom de vier treden van het trapje – linkervoet, rechtervoet, linkervoet, rechtervoet – en nam mijn bul aan uit de handen van de stralende rector magnificus. Ze ging op haar tenen staan om me een kus op mijn voorhoofd te geven, en alle aanwezigen – de afgestudeerden, hun ouders, de alumni, de faculteitsleden – stonden op en juichten me een minuut lang toe. 'Le-on! Le-on! Le-on!'

Aan het eind van die zomer nam mijn vader me in dienst en bracht hij me de kneepjes van het verzekeringsvak bij. Ik bleek ervoor in de wieg te zijn gelegd. Iedereen in Mahlus en omstreken wist wie ik was, ze wisten nog wat er met me was gebeurd, en dat was altijd een goed uitgangspunt voor een gesprek. 'We hebben voor je geduimd,' zeiden ze. 'We hebben voor je gebeden.'

Na zeven jaar besloot mijn vader dat ik doorhad hoe het wereldje in elkaar stak. Op zijn zestigste verkondigde hij dat hij zijn buik vol had van de winter. Hij kocht een huis in Jupiter, Florida, en ging daar wonen met mijn moeder en mijn broertje; mij gaf hij de leiding over de zaak, en tot op heden doe ik het niet slecht. Ik werk hard. Soms ga ik 's avonds wat drinken met vrienden, soms blijf ik thuis om naar een sitcom of een huurfilm te kijken.

Die avond, de avond van de grap met Cagney en het pijpen, kon ik de glimlach van die pornoacteur niet meer van me afzetten. Hij was het vleesgeworden geluk. Hij was precies waar hij wilde zijn. Er waren maar twee dingen die me ooit zo gelukkig hadden gemaakt, football en vrouwen, maar tegenwoordig ben ik niet meer zo'n footballfan. De enige reden dat ik de sport zo geweldig vond, was dat ik er goed in was; ik was gemaakt voor dat spelletje. Voor iets anders ben ik domweg te groot.

Football kon me niet meer gelukkig maken, dus dacht ik na

over vrouwen. Ex-vriendinnetjes, onenightstands, verzekerings-makelaars die ik via mijn werk kende, vriendinnen van de universiteit die waren getrouwd en uit mijn leven waren ver-dwenen, vrouwen die ik in de sportschool tegenkwam, de echt-genotes van mijn maatjes. In mijn fantasie kwamen ze allemaal feesten in dezelfde nachtclub, en ik bekeek ze van alle kanten – hun glimlach, hun dijen, hun enkels – en ik luisterde naar gedeeltes van gesprekken, flarden van dialogen die ik me van verschillende ontmoetingen kon herinneren. Ze waren er alle-maal, zagen er op hun best uit en spraken hun meest gedenk-waardige woorden. En ik was er tevreden mee om ze in die denkbeeldige nachtclub te laten. Ik had er geen behoefte aan om ze mijn werkelijkheid binnen te sleuren – de donkere woonkamer, de bank, ik.

Er kwam een nieuw meisje binnen bij het feestje, en ik bestu-deerde haar gezicht. Ze kwam me bekend voor, maar ik kon haar niet plaatsen, tot de camera van mijn gedachten naar bene-den bewoog en haar T-shirt vol modderspatten, haar korte, afgeknipte spijkerbroek en haar vieze, blote voeten registreer-de.

Na veertien jaar was Maureens gezicht vervaagd, om uiteinde-lijk uit mijn geheugen te verdwijnen. Maar nu, in mijn lege woonkamer, zag ik haar weer haarscherp voor me: haar bruine ogen, haar beschadigde voortanden, haar vlasblonde, zelfge-knipte haar.

Op de universiteit vertelde ik graag het verhaal over de gesto-len Eldorado. Ten eerste omdat het een waargebeurd verhaal is, en ten tweede omdat het dan klonk alsof mijn tienerjaren onbe-staanbaar dramatisch waren geweest, alsof er van mijn leven een roadmovie zou worden gemaakt met in de hoofdrol een broeierig kijkende tiener die zijn sigarettenpeuken in de goot tikt en vuistgevechten wint die door forse mannen met tatoea-ges zijn uitgelokt. Alleen was ik zelf de forse man met de tatoe-ages en wilde niemand mijn leven verfilmen.

Nu ik me Maureens gezicht weer voor de geest kon halen en eraan dacht hoezeer ik me bij haar op mijn gemak had gevoeld, hoe gelukkig we vijf uur lang waren geweest, vroeg ik me af waar ze was en of ze de liefde van haar leven al had gevonden. Om de een of andere reden betwijfelde ik het; om de een of andere reden was ik er zeker van dat ze ergens alleen in het donker zat te denken aan gezichten uit het verleden.

De volgende ochtend, op maandag, belde ik mijn secretaresse om haar te vertellen dat ik die dag naar Pennsylvania ging om bij een paar mogelijke klanten langs te gaan. Ik kon me niet herinneren of Maureen me ooit haar achternaam had verteld. Wel had ze me haar telefoonnummer gegeven, dat had ze achter op de snoepwikkel van Hershey geschreven, maar die was ik al jaren kwijt. De eerste paar weken na onze ontmoeting was ik te zenuwachtig om haar te bellen, en daarna werd ik bang dat ze me al was vergeten, en daarna ging ik naar de derde klas en beleefde ik een spectaculair seizoen en werd ik arrogant. Als ik in een onbeduidend plaatsje al een meisje als zij tegenkwam, wat voor schoonheden wachtten me dan in de grote stad?

Tegen de tijd dat ik naar de universiteit ging, was Maureen niet meer dan een verhaal dat ik vertelde. Weet je wat het is: als je je nek breekt, sta je zo weer met beide voeten op de grond. Het valt niet mee om arrogant te blijven als je schedel vastgeschroefd zit in een haloframe, er elke ochtend een verpleegkundige langskomt om je katheterzak leeg te gieten en je vader je onderlip naar beneden trekt zodat hij je ondertanden kan poetsen. Tegen de tijd dat ik besefte dat ik met Maureen misschien iets heel moois had weggegooid, wilde ik mijn favoriete herinnering niet meer bezoedelen.

Die maandagochtend besloot ik dat dergelijke twijfels laf waren. Ik ging haar zoeken. Ik wist alleen haar voornaam en hoe ze er als tiener had uitgezien, maar ik had een plan.

Het was oktober en die ochtend strekte zich slechts één wolk uit aan de hemel: een visskelet dat langzaam naar de westelijke horizon dreef. Ik reed in mijn nieuwe Toyota Land Cruiser langs de supermarkt om bij wijze van geluksbrenger een zak Hershey's Kisses te halen. Toen ik terugliep naar de auto, zag ik dat er in hetzelfde winkelcentrum een muziekwinkel zat, dus liep ik naar binnen om *London Calling* op cd te kopen. Joe Strummers gitaar klonk nog net zo goed als toen, en ik roffelde met mijn handpalmen op het stuur terwijl ik in westelijke richting Route 202 op reed. Nadat ik de Delaware was overgestoken, reed ik New Hope in en zocht de Thomas Sweet op. Deze keer betaalde ik mijn ijsje contant, en ik at het op terwijl ik in de etalages van de alomtegenwoordige antiekzaken keek. Ik vond antiek nog steeds saai, stelde ik tot mijn opluchting vast.

North Wales was nog precies zoals ik het me herinnerde, alleen hadden de doe-het-zelfwinkel en de discountwinkel plaatsgemaakt voor een filiaal van de warenhuisketen Sam's Club. Ik reed het plaatsje uit naar waar het akkerland begon, in de hoop dat ik de exacte plek zou terugvinden waar ik Maureen op haar fiets had ontmoet. Na ongeveer vijf minuten besefte ik dat het me nooit zou lukken. En wat dan nog? Wat verwachtte ik daar aan te treffen, een bronzen gedenkplaat ter herinnering aan de ontmoeting?

Ik reed het dorp weer in en liep de barbierszaak binnen. Binnen zat de barbier alleen op zijn draaistoel de krant te lezen. Hij stond op toen ik binnenkwam en gebaarde dat ik moest gaan zitten. Ik wilde dat ik een knipbeurt nodig had, want de barbier kon wel wat klanten gebruiken, maar ik was net een paar dagen eerder naar de kapper geweest.

'Ik ben alleen maar op zoek naar de high school,' zei ik. 'Weet u waar die is?'

'Welke high school bedoel je? Die van Kulpsville?'

'Dit is toch North Wales?'

'Jazeker,' zei de barbier. 'Maar hier hebben we geen high school. De dichtstbijzijnde is in Kulpsville. Een paar kilometer naar het noorden over de 202. Je kunt de klokkentoren vanaf de weg zien.'

Toen ik bij Kulpsville High aankwam, was het inmiddels zo warm dat ik mijn jas in de auto kon achterlaten. Het footballveld grensde aan de parkeerplaats, de cheerleaders waren aan het trainen, en ik dacht: hé, cheerleaders. Ik liep ernaartoe om te kijken. Tegenwoordig kun je aan mijn manier van lopen nauwelijks nog zien dat ik ooit een ernstig ongeluk heb gehad. Mijn passen zijn korter dan vroeger en als ik moe ben wordt mijn rug stijf, waardoor ik gedwongen ben als een oud mannetje voort te schuifelen, maar meestal kan ik me zonder al te veel moeite verplaatsen.

Op de tribunes zaten een paar slungelige jongens onderuitgezakt yoghurtdrank te drinken, terwijl ze de dopjes van de flesjes met hun duim omhoogtikten en weer opvingen. Ze keken naar me toen ik op hen afliep.

'Alles goed?' vroeg ik; ik ging op de voorste rij zitten.

De jongen die het dichtst bij me zat droeg een zonnebril, een kralenketting en had geblondeerd haar. Eigenlijk wilde hij niets zeggen, maar ik staarde hem aan tot hij mompelde: 'Ja hoor.'

Ik besefte dat ik me als een eikel gedroeg, dat ik hier niet thuishoorde, dat ik ooit een populaire jongen was geweest, maar dat de nieuwe populaire jongens daar geen boodschap aan hadden. Dus wuifde ik de jongens gedag, en ik kon voelen dat ze me nakeken en zich afvroegen wat dat nu weer te betekenen had. Ik liep het footballveld op. De cheerleaders, die in falanxformatie op de atletiekbaan stonden, staarden me wantrouwig aan. De geur van pasgemaaid gras, de witte yardlijnen, de afdrukken van noppen in het gras – het was lang geleden dat ik op het veld had gestaan. Op het scorebord was de uitslag van de wedstrijd van vorige week nog te zien: MARAUDERS 17, BEZOEKERS 0. De jongens hier hadden kennelijk een sterke verdediging.

In het schoolgebouw hing de oude, vertrouwde geur: zwetende pubers, ammoniak, opdrogende verf, koffie, krijtstof en kauwgum. De hal bij de voordeur deed dienst als grote trofeekamer, waar vitrinekasten vol dof uitgeslagen bekers en beeldjes en plaquettes aan de muren herinnerden aan sporters die inmiddels dood of gepensioneerd waren. Uitgesneden pompoenen grijnsden me toe vanaf de vensterbanken, en de deuropeningen waren versierd met oranje-zwart crêpepapier. Ik liep door gangen met vloerbedekking en over smalle trappen met houten balustrades die door duizenden kinderhanden waren opgewreven. Op de eerste verdieping waren de muren behangen met oude foto's: teamfoto's, klassenfoto's, portretten van overleden leraren in rijk bewerkte lijsten. Er waren haakjes waar je je boekentas aan kon ophangen, rode bordjes die je naar de uitgang verwezen, bijna antieke drinkfonteintjes.

Eindelijk vond ik de bibliotheek, een krap kamertje met een korte rij boekenkasten en glas-in-loodramen die al jaren niet meer waren gewassen. Leerlingen schoven ongemakkelijk heen en weer op de plastic stoelen die tegen de muren stonden en deden alsof ze lazen. De bibliothecaresse zat achter de balie nieuwe tijdschriften in plastic hoesjes te stoppen. Ze was jong en zag er fris uit, en haar zwarte pony was recht afgeknipt, net als bij die Chinese meisjes die je weleens op oude foto's ziet. Glimlachend keek ze naar me op.

'Zou u me kunnen vertellen waar ik de oude jaarboeken kan vinden?' vroeg ik.

'Natuurlijk,' zei ze terwijl ze opstond. 'Alumnus?'

'Pardon?'

'Hebt u ook aan Kulpsville examen gedaan? Ik wel, in 1990.'

Ik wilde haar vertellen dat ik best wist wat alumnus betekende, maar dat haar uit één woord bestaande vraag me in verwarring had gebracht en dat er waarschijnlijk heel wat intelligente mannen waren die net zo zouden hebben gereageerd als ik, maar ik zei alleen: 'Nee. Ik ben op zoek naar iemand die ik van vroeger ken.'

Ze knikte alsof ze dagelijks mensen over de vloer kreeg die op zoek waren naar oude vrienden, alsof dat haar echte werk was en het deweysysteem en de snotneuzen die hier rondhingen slechts een dekmantel waren. Ik liep achter haar aan naar een deur achteraan in de bibliotheek, die ze met een sleutel openmaakte, waarna ze voor me uit de stoffige voorraadruimte binnen ging. Kartonnen dozen stonden op metalen schappen. Ze knielde naast een stapel jaarboeken.

'*The Kulpsville Marauder*, 1959 tot 1998. In welk jaar heeft die kennis van u eindexamen gedaan?'

'Rond 1987 of 1988, vermoed ik.'

Ze pakte vier jaarboeken en gaf ze aan mij. 'Dan zal hij wel in een van deze staan. Wat is zijn achternaam?'

'Haar achternaam. Weet ik niet. Die zoek ik juist.'

De bibliothecaresse lachte. 'Dan hebben jullie kennelijk niet zo'n hechte band, hè?'

'Vroeger wel, een tijdje,' zei ik.

Ze zei dat ik rustig de tijd moest nemen en liet me alleen. Ik vroeg me af of de bibliothecaresse van Mahlus High net zo vriendelijk zou zijn tegen Maureen als die me kwam zoeken. Ik legde de vier jaarboeken op een van de metalen schappen en begon door de editie van 1987 te bladeren. Als het enigszins mogelijk is, werk ik staand – als ik zit, wordt er te veel druk op mijn ruggengraat uitgeoefend. Ik zou niet meer helemaal naar Californië kunnen rijden, al zou ik het willen.

Ik wist helemaal niet of Maureen wel op Kulpsville had gezeten, maar dit was mijn beste kans. Snel bekeek ik de foto's van de eindexamenleerlingen, al die gretige, witte gezichten die me aanstaarden, van jongens met een colbertje en een stropdas, van meisjes met baljurken en opgestoken haar. Maureen stond er niet bij, dus pakte ik de editie van 1988 erbij en begon ik aan een nieuwe reeks eindexamenleerlingen. Adams, Allison, Appleton, Bardovi, Besser, Bischof – daar was ze. Maureen Black. Ze glimlachte met haar mond dicht, om haar beschadigde tanden te verbergen. Op de zwart-witfoto waren haar sproeten niet zichtbaar en zag ze er eleganter uit dan ik me haar herinnerde. Onder haar naam stond een samenvatting van haar palmares: *Voetbal (aanvoerder) 1, 2, 3, 4. Atletiek (cross) 1, 2, 3, 4. Franse club 3, 4. Literair gilde 3, 4. Fotoclub 4. Casinoclub (oprichter en voorzitter) 1, 2, 3, 4 ... Minx en Lan, eindelijk zit het erop! FXO en SB, peace! JJ, je hebt het gedaan, geef het maar toe ... MB: 'Als we worden overreden door een dubbeldekker ...' Coach Smith, bedankt voor alles ... Mevrouw Wilder, u had gelijk: achter de wolken schijnt de zon! Au revoir, Pennsylvania ...*

Ik weet dat het dom van me was, maar ik wilde mezelf terugzien in haar gecodeerde afscheidswoordje. Ik wilde zien: *LZ, waar ben je, grote jongen? Red me!* Maar er was geen verwijzing naar mij, net zomin als er in het jaarboek van Mahlus High een verwijzing naar haar stond. Eén middag lang waren we samen opgetrokken, en dat was alles.

Ik legde de boeken weg en liep terug naar de bibliothecaresse. Ze keek me weer glimlachend aan en raakte haar Chinese pony aan. 'Hebt u uw vriendin gevonden?'

'Ja, dank u. Hebt u toevallig een telefoonboek bij de hand?'

'Ja hoor.' Ze trok een laatje open en haalde er een dun telefoonboek uit. 'Wie was het eigenlijk?'

'Maureen Black.'

De bibliothecaresse aarzelde even en overhandigde me toen het telefoonboek, alsof ze iets heel kostbaars uit handen gaf en niet zo goed wist of ze mij er wel mee kon vertrouwen. 'Maureen Black? Die in 1988 eindexamen heeft gedaan?'

'Ja, kent u haar?'

Ze keek me een tijdje aan voordat ze antwoordde. 'Dat meisje is al jaren dood.'

Ik sloeg het telefoonboek open bij de B en ging op zoek naar Black. 'Dat lijkt me niet,' zei ik.

'Ik heb Maureen Black gekend,' zei ze zachtjes. 'Ik heb samen met haar gevoetbald. Ze is in Las Vegas vermoord door haar vriendje.'

Ik keek vluchtig om me heen en zag dat alle leerlingen in de bibliotheek naar ons keken. Ze omklemden hun pennen en luisterden naar ons gesprek. Boven de balie hing een poster van een gespierde tekenfilmsuperheld in een paars uniform met bliksemflitsen erop. Hij hield een vinger voor zijn lippen. SST! stond eronder. Iedereen in het vertrek zat ademloos af te wachten.

'Dat is niet waar.'

'Het spijt me,' zei de bibliothecaresse. 'Het was hier groot nieuws. U kunt het op microfiche opzoeken als u wilt. We hebben alle jaargangen van *The Montgomery County Sun* van de laatste ...'

Ik liet het telefoonboek op de balie vallen, en de klap galmde door het vertrek. 'U liegt.'

De bibliothecaresse stond op, liep om de balie heen en legde haar arm op mijn elleboog. 'Laten we er buiten even over praten.'

'Maureen Black leeft nog.'

Ze schudde haar hoofd. 'Haar vriendje heeft haar gewurgd en vervolgens zichzelf doodgeschoten. Het heeft in alle kranten gestaan. Haar moeder woont nog in North Wales. Echt, zoiets zou ik niet uit mijn duim zuigen.'

'Dat neemt u terug.'

Bij de bibliothecaresse sloeg de stemming nu om. Haar aangeboren neiging tot medeleven maakte plaats voor iets wat meer leek op angst. Ze deed een stap achteruit, en ik wist dat opeens tot haar doordrong hoe fors ik eigenlijk was. De woede raasde door mijn lijf, werd verspreid door mijn bloed en hoopte zich op in mijn spieren. Ik voelde mijn oude kracht terugkeren. Het liefst wilde ik het schoolgebouw met de grond gelijkmaken, mijn handen tegen de draagmuren zetten en duwen, alsmaar duwen, tot alles in elkaar stortte, tot we allemaal werden verpletterd door het vallende puin.

'Dat neemt u terug,' zei ik tegen de bibliothecaresse.

Ze stak haar handen omhoog alsof ik een pistool op haar gericht hield. 'Meneer? Toe, ik begrijp niet precies wat u wilt.'

'Ze leeft nog,' zei ik zachtjes. 'Ze woont in Las Vegas. Ze is de beste blackjackdealer van de stad.'

'Oké.'

'Zeg het.'

'Meneer ...'

'Zeg het, verdomme, of ik breek uw arm.'

Er stonden tranen in de ogen van de bibliothecaresse. Ze keek om zich heen om te zien of er een leerling was die haar wilde helpen. Een van hen overwoog het, een jongen met een stierennek en een spijkerjack, maar toen ik hem aankeek, liet hij zich weer op zijn stoel zakken en sloeg hij zijn ogen neer.

'Ze leeft nog,' zei de bibliothecaresse met bevende stem. 'Ze woont in Las Vegas.'

'En ze komt nooit meer terug naar Pennsylvania. U ziet haar nooit meer terug.'

Dat wilde de bibliothecaresse ook herhalen, maar ik liet haar achter, omringd door haar boeken en tijdschriften en de gapende leerlingen.

Toen ik de school uit liep, verwachtte ik elk moment door een bewaker in de kraag te worden gevat. Ik zou hem dwars door een muur heen hebben gesmeten. Niemand sprak me aan. Ik duwde de voordeur open, liep naar mijn auto en reed naar huis, met de ongeopende zak Hershey's Kisses op de passagiersstoel.

Maureen was een vechter. Waarschijnlijk had ze hem geschopt en in zijn pols gebeten en in zijn gezicht gekrabd. Ongetwijfeld had ze geweten wat er gebeurde. Er moest een moment zijn geweest waarop ze het gezicht van haar geliefde zag veranderen, waarop hij niet langer haar geliefde was en alle herkenning uit zijn ogen verdween, waarop alle complicaties wegsmolten als sneeuw voor de zon en hij alleen nog maar een eind wilde maken aan haar leven. Hij moest haar tegen de muur hebben gesmeten en zijn handen steeds steviger om haar keel hebben geklemd, tot ze het uiteindelijk opgaf, want zelfs Maureen moest het op een gegeven moment hebben opgegeven, terwijl de pis langs haar benen liep en haar lippen blauw werden en haar voeten ophielden met schoppen.

Dat beeld kan ik nog altijd niet van me afzetten. Als ik na mijn werk thuiskom, zet ik de tv aan om de hoogtepunten van het sportnieuws te bekijken en maak ik een biertje open, en dan kan ik het beeld maar niet van me afzetten. Ik ben mijn eigen brein gaan haten, dat zieke brein dat een beeld oproept dat ik nooit heb gezien en me ermee kwelt. Ik heb het levende meisje gekend, haar glimlach en haar beschadigde tanden, haar djinn-lach, maar nu zie ik haar alleen nog maar voor me in haar doodsstrijd, ontdaan van alle waardigheid – de afschuwelijke laatste bladzijden van een boek dat ik halverwege al had moeten wegleggen. Als ik niet terug was gegaan naar North Wales, zou Maureen nu niet dood zijn; dan zou ze in mijn onwetendheid lang en gelukkig hebben voortgeleefd.

Ik vertelde mijn vader pas over mijn ritje met Maureen in de Eldorado toen ik met een gebroken nek in het ziekenhuis lag. Mijn vader kende dr. Byrnes en zou woedend zijn geweest als hij had geweten dat ik zijn auto had gestolen en er een dag mee op pad was geweest. Maar na het ongeluk, toen mijn vader onbetaald verlof nam van zijn werk om bij mij te kunnen zijn, praatten we over allerlei dingen waar we anders nooit over zouden zijn begonnen. Hij vertelde me over de vriendinnetjes die hij vóór mijn moeder had gehad; en hoe het was om als Pool op te groeien in een Italiaanse buurt in Brooklyn; en over de man die getuige was geweest bij de bruiloft van mijn ouders en vervolgens in Vietnam was omgekomen, en naar wie ik was vernoemd.

Dus vertelde ik mijn vader hoe ik Tommy de auto had afgepakt, en hij schudde zijn hoofd, maar begon toen te lachen. 'Ik heb altijd al eens in die auto willen rijden.'

Ik vertelde hem het hele verhaal, en toen ik was aangekomen bij de koelkast die midden op de weg lag en vertelde dat ik hem op het laatste moment had weten te ontwijken en dat ik de bestuurder achter me ervoor had gewaarschuwd, vroeg mijn vader: 'En ben je toen teruggegaan?'

'Hè?'

'Ben je toen teruggegaan om die koelkast weg te slepen?'

Vijf jaar vertelde ik dat verhaal al, en niemand had me dat ooit gevraagd.

'Pa,' zei ik, 'het was een gigantische koelkast.'

Hij keek naar me in mijn ziekenhuisbed, naar mijn verschrompelde lichaam, naar het haloframe dat in mijn schedel was vastgeschroefd, en vervolgens uit het raam. 'Je had hem best weg kunnen slepen.'

Dat had ik inderdaad best gekund. Ik vraag me af hoeveel andere bestuurders ervoor zijn uitgeweken zonder te stoppen en zichzelf feliciteerden met hun uitstekende reflexen. Ik vraag me af of er die avond een jongeman over die donkere plattelandsweg heeft gereden, op weg naar een vriendinnetje dat hij nooit zou zoenen, naar een botsing die hij niet zou zien aankomen.

(De)compositie

Winter, en de bommen vallen. Veilig hier, voorlopig veilig, vier meter onder het dode gras, met vier meter beton, lood en aarde tussen mij en de ontploffingen. Mijn voorraad voedsel en water zou genoeg moeten zijn voor achttien maanden, volgens eerdere schattingen, maar die berekeningen zijn achterhaald. Ik heb continu dorst.

Toen het nieuws van de eerste vijandelijkheden op de radio werd gemeld door een nieuwslezer wiens stem werd gedempt door de ernst van de gebeurtenissen (ik stelde me voor dat hij alleen in de studio zat, een heldhaftige figuur die dapper de microfoon bemande), haalde ik de laatste benodigdheden uit mijn huis en liep ik naar het schuurtje in de achtertuin, waar het luik naar mijn schuilkelder zich bevond, beschermd tegen de blikken van vreemden. Alle buren wisten van het bestaan van mijn schuilplaats; het bleek onmogelijk om hem ongemerkt uit te graven. Natuurlijk staken ze de draak met me vanwege mijn middernachtelijke gegraaf, maar op goedige toon, en ze kwamen op hun veranda staan om mijn inspanningen te aanschouwen. Drie jaar vrije tijd had tot deze bunker geleid, en ik had alles zelf aangelegd: het elektra, de ventilatie, het gesloten afvoersysteem. Fantastisch vermaak voor de buurt. Ik was de plaatselijke gek, maar ik was ongevaarlijk, en ze putten enige trots uit mijn gekte. Hou een plekje voor me vrij, riepen ze grijnzend door het luik terwijl ik in het gat stond te zwoegen, terwijl ik beton stortte of pijpleidingen aanlegde. De laatste paar maanden, toen de ongeregeldheden in overzeese gebieden uitgroeiden tot oorlogen, toen de retoriek aanzwol van waarschuwingen tot ultimatums en uiteindelijk oorlogsverklaringen, toen de kans op een vreedzame oplossing steeds kleiner werd, deden de buren alsof ze zich nergens zorgen over maakten, glimlachten ze om mijn hysterie, trachtten ze me ervan te overtuigen dat mijn angst denkbeeldig was. Vergeet de blikopener niet, riepen ze dan lachend. Ik vergat de blikopener inderdaad niet. Nu zit ik hier, vier meter onder hun as, en ik hoop maar dat ze pijnloos zijn gestorven.

Elke morgen als ik wakker word, word ik geconfronteerd met mijn beperkte vooruitzichten. Mijn bunker is van grijs beton. De muren staan vijf passen uit elkaar. Aan het begin van de oorlog volgde ik een streng trainingsregime, een meedogenloze reeks push-ups, sit-ups en diepe kniebuigingen om een beetje in vorm te blijven voor het geval ik mijn schuilkelder moest beschermen tegen indringers, en minstens zo belangrijk: om de lichamelijke gevolgen van vrijwillige opsluiting tegen te gaan. Maar enkele maanden geleden heb ik besloten dat het groeiende aantal calorieën dat ik nodig had om het veeleisende trainings-schema vol te houden en de daaruit voortvloeiende aanslag op mijn voedselvoorraad een grotere bedreiging vormden dan lui-heid. Bovendien was ik niet langer bang te worden lastiggeval-len door overlevenden.

Tijd is een spelletje voor me geworden. Het doel is de avond en de troostende vergetelheid van slaap; de uren zijn de hinder-nissen. Elke dag is onderverdeeld in streng afgebakende blok-ken – elke afwijking van het schema resulteert in een straf: een lepel proteïnesupplement minder, bijvoorbeeld, of als het om een zeer monsterlijke overtreding gaat, confiscatie van mijn wekelijkse chocoladereep.

De vroege ochtend is gewijd aan een uitgebreide inventarisat1ie van de apparatuur in mijn verblijf. De luchtfilters, watertank, generator en het gesloten afvoersysteem moeten regelmatig wor-den gecontroleerd, schoongemaakt en indien noodzakelijk gere-pareerd. Noodgedwongen ben ik uitgegroeid tot een bedreven reparateur, meester over al mijn apparaten.

Elektriciteit is een luxe. De ruimte wordt verlicht door één lichtpeertje, maar alleen als het nodig is. Ik eet in het donker, ik mediteer in het donker, mijn onregelmatige stoelgang speelt zich in het donker af. Wanneer ik achter de computer zit, zoals nu, levert het beeldscherm voldoende licht om te kunnen typen. Het apparaat verbruikt veel energie. Ik mag er slechts één uur per dag gebruik van maken, en dat is mijn favoriete uur. Alle andere uren zijn als bedienden die schrobben en schuren ter voorbereiding op de tijd die komen gaat, op die zestig minuten van blauw licht. Een deel van dat fijne uur is gereserveerd voor schrijven, voor het overtypen van zinnen die al met potlood op papier zijn gekrast, of, zoals de laatste tijd steeds vaker het geval is, in gedachten al zijn opgesteld. Als gevolg van een inkoopfout is er slechts één potlood in mijn bunker terechtgekomen; het gele hout is al zo vaak geslepen dat er nog maar een luciferhoutje van over is. Maar zoals zo vaak leidt schaarste tot grotere efficiëntie. Ik zeg hardop de zinnen op die ik wil typen, denk na over verschillende grammaticale constructies en berg hele passages op in de kluis van mijn geheugen.

Zodra het moment is aangebroken, typ ik zo snel als ik kan en sla ik de bladzijden van die dag met één druk op de knop op. Een onvoorziene meevaller als gevolg van de oorlog is dat mijn computer, model 1468, het nieuwste van het nieuwste toen ik hem kocht, het nieuwste van het nieuwste zal blijven. Er zal geen nieuwe technologie komen om zijn plaats in te nemen (ik verzet me tegen het gebruik van het woord 'haar', waarmee traditioneel naar geliefde machines wordt verwezen; de sierlijke lijnen van een cabrio of een zeilboot mogen dan vrouwelijkheid suggereren, maar de 1468 heeft helemaal niets vrouwelijks). Mijn computer zal nooit verouderd raken, zal nooit worden vernederd door een eindeloze reeks grinnikende nazaten met een geheugencapaciteit die per generatie verdubbelt.

Zodra het geprogrammeerde schrijfdeel erop zit (meestal neemt dat twintig minuten in beslag), begint het leukste deel van de dag en ga ik lezen. Toen ik plannen ging maken voor mijn bunker, besefte 0ik al snel dat er niet genoeg ruimte zou zijn voor mijn boeken. Mijn ruimte is uiterst beperkt; elke vierkante decimeter is kostbaar. De oplossing diende zich aan naarmate de technologie zich verder ontwikkelde: inmiddels kun je op één optische disk een complete bibliotheek kwijt. Ik hoef maar een paar toetsen in te drukken en ik word deelgenoot van de overpeinzingen van Hamlet, het gemanipuleer van Odysseus en de herrezen Beatrijs. Een volledige beschaving wordt onder de grond bewaard, de mooiste gedachten van de grootste geesten, geconcretiseerd door een laser.

Waarom je die lang vergane schrijvers zou lezen? Omdat alleen de doden ons kunnen redden. Alleen zij kunnen ons leren hoe we onze verwoeste steden moeten wederopbouwen. Ik geloof dat al onze gevallen voorvaderen uit de dood zullen verrijzen en onze wegterende lichamen in hun machtige armen zullen houden.

Een significant probleem dat permanent kluizenaarschap met zich meebrengt, is het ontbreken van seksuele uitlaatkleppen. Ik overwoog een disk met porno aan te schaffen voor mijn computer, maar besloot dat dergelijke activiteiten me alleen maar zouden afleiden van mijn missie. Duizenden uren eenzaamheid hebben ertoe geleid dat ik die pedante houding ben gaan vervloeken; het enige wat ik nu kan doen is koortsachtig beelden van naakte lichamen oproepen. Merkwaardig genoeg heb ik ontdekt dat ik me geen gezichten kan herinneren; mijn denkbeeldige schoonheden zijn slechts ruwe schetsen. Er zijn maar weinig dingen die het moreel van een man zo ernstig kunnen ondermijnen als mislukte masturbatie.

Uit wanhoop heb ik mijn toevlucht gezocht tot een disk die ik gratis bij mijn 1468 heb gekregen, een inleiding tot de biologie van de mens waarin enkele tamelijk stimulerende studies van naakte vrouwen voorkomen. Helaas zijn veel van die dames aan de linkerkant aantrekkelijk, maar aan de rechterkant doorzichtig, zodat hun organen tot in detail zichtbaar zijn, een aanblik die alleen de meest perverse vrijers niet zal afschrikken.

Gisteren echter (o, wat een geluk!) stuitte ik bij toeval op een aanhangsel van een anatomietekstboek, een fitnessprogramma met voedings- en trainingsadviezen voor mensen van middelbare leeftijd, gedetailleerde diagrammen vergezeld van wonderbaarlijk proza, waaronder mijn huidige geliefde.

Deze rustige, ritmische beweging helpt slappe billen te liften en te verstevigen. De effectieve beweging maakt de spieren in de billen en heupen langer en strakker, en de weerstand versterkt de buikspieren.

INSTRUCTIES – BEGINNERS
- *Ga op uw rug liggen met uw billen op de beweegbare kussens.*
- *Strek uw benen, met de knieën iets gebogen.*
- *Trek uw tenen omhoog en druk uw voeten tegen de zijkussens.*
- *Til uw bekken op.*
- *Houd uw buik en billen aangespannen.*

In alles wat ik heb gelezen ben ik nooit zo'n opwindende zin tegengekomen als die laatste vermaning om de billen aangespannen te houden. De instructies vormen een soortement bildungsroman, die aanvangt met de beginneling met de slappe billen en eindigt met de strak gespierde uitvoerder van de bekkenlift.

Ik ben niet altijd zo'n triest geval geweest.

Het afschuwelijkste van langdurige opsluiting zijn de auditieve illusies, de spookkreten van een dode beschaving. 's Ochtends durf ik soms te zweren dat ik auto's hoor toeteren, en ik ben al meerdere keren gewekt door een vasthoudend geklop op het luik, gevolgd door een volmaakte imitatie van het gelach van een kind. Mijn geest, begraven onder de doden, creëert een fata morgana met geluiden en mensenstemmen in plaats van palmbomen en waterpoelen. Als een geamputeerde voet die blijft jeuken, klinken boven me nog altijd de echo's van mijn verwoeste stad.

Ik ben me er ten zeerste van bewust dat mijn regering in het geheim een uitgebreid netwerk van ondergrondse bunkers heeft gebouwd om onze leiders in tijden van oorlog bescherming en comfort te bieden. Ongetwijfeld hebben de meeste grote bedrijven dat voorbeeld gevolgd en directiekamers uitgegraven in de rotsachtige bodem. Op dit moment komen analisten in grijze maatpakken in goed uitgeruste grotten samen om de gevolgen te bespreken van het feit dat hun klantenbestand is weggevaagd.

Anderen zullen deze ramp overleven, maar alleen zij die door hun respectieve meesters onmisbaar worden geacht: de noodzakelijke bureaucraten, soldaten, wetenschappers, ingenieurs. Wie zal het verhaal vertellen van het eind van onze beschaving? Ik neem die taak op m0le, hoewel ik van nature een zwijgzaam mens ben.

Mijn benadering is noodgedwongen microhistorisch, want ik heb geen toegang tot de belangrijke documenten waarmee de weg naar deze hel van vuur is bezaaid. Ik ken alleen mijn eigen leven, en dat is dus ook het enige waarover ik kan verhalen. Toekomstige geleerden zullen op basis van het verhaal van één individu conclusies moeten trekken over de gehele samenleving. Dit verslag laat ik achter als een erfstuk voor de ongeborenen, opdat ze zullen achterhalen wat er deze keer is misgegaan, opdat ik zal dienen en worden herdacht als een roepende te midden van de verwoesting. In zwarte inkt zal mijn naam wellicht alsnog schitteren.

Hoe relevant het nu volgende materiaal is, zal later moeten worden vastgesteld. De waarheid mag dan vreemder zijn dan de verbeelding, maar vraagt wel om een betere redacteur. Het grootste deel van het leven van een mens is de moeite van het onthouden niet waard.

De eerste verschrikking. Vier jaar oud, op mijn knieën naast het bed om mijn gebedje voor het slapengaan op te zeggen. Toen ik klaar was, deed ik mijn ogen open en zag ik aan de andere kant van het raam een man met een afschuwelijk verbrand gezicht die naar me stond te kijken. Ik rende naar de slaapkamer van mijn ouders. Even wilde mijn mond niet meewerken, maar uiteindelijk slaagde ik erin hun te vertellen wat ik had gezien. Mijn vader maakte een grapje en zei dat bomen er in het donker als mensen kunnen uitzien. Hij deed de buitenlamp aan en liep naar buiten. Ik wilde dat hij binnen zou blijven, want ik was ervan overtuigd dat de verbrande man hem in stukken zou hakken, maar mijn vader lachte erom. Toen hij weer binnenkwam, stond zijn gezicht grimmig, deed hij het nachtslot op de deur en liet hij de buitenlamp aan. Mijn moeder vroeg hem wat er aan de hand was, en hij mompelde dat er voetafdrukken in de sneeuw stonden. Zij belde de politie terwijl hij boven zijn geweer ging halen.

Er gebeurde niets. De verbrande man is nooit gevonden. Er werden geen gekken vermist in het gesticht, er waren geen misdadigers ontsnapt uit de dodencellen en in het dorp werd niemand vermoord. Maar dat angstaanjagende gezicht, twee ogen gevangen in verwoeste huid, heb ik nooit kunnen vergeten. Ik vraag me af hoeveel mensen zoals hij nu in ons land over de wegen dwalen, haveloze mannen die smeken om water.

Herken je haar, die kale, krijsende vrouw? Dat is je moeder. Bijna tien maanden lang heb je onder haar hart geleefd, en je bent er alleen maar uit gekomen omdat de artsen je hebben uitgerookt. Dat groeit uit tot een familielegende, de jongen die niet geboren wilde worden.

Ze was een mooie vrouw, mijn moeder, en ze was sterk, en ik begrijp niet waarom ik me haar niet kan herinneren uit de tijd dat ze mooi en sterk was. Telkens wanneer ik aan haar denk, zie ik haar gezicht voor me toen ze stervende was, toen de pezen in haar hals strak stonden onder haar huid en ze op haar bovenlip beet. Je hele leven ken je iemand en hou je van haar, en vervolgens kookt een ziekte haar binnen een jaar tot op het bot uit. Misschien moet ik er dankbaar voor zijn dat ze aan het eind niet alleen was. Er zijn zoveel mensen die sterven zonder dat iemand er iets om geeft, die in kamers buiten gehoorsafstand vervallen in eeuwig stilzwijgen. We eren de doden, maar verafschuwen de stervenden.

Langzaam maar zeker werden de kleine nuances die mijn moeder maakten tot wie ze was gladgeschuurd door de pijn, tot ze met opgetrokken benen in een ziekenhuisbed lag en probeerde te ontsnappen aan het geklauw in haar binnenste. En wat doe je eraan? Je moeder wordt langzaam vermoord en je staat erbij en je kijkt ernaar, machteloos. Het eindigt met een verschrikking, het eindigt met een brein dat te weinig zuurstof krijgt, met blauw aangelopen lippen en voeten die dik zijn van het vocht. Het eindigt zodra de ogen van een moeder veranderen in de ogen van een vis. Miljarden keren heeft dat ritueel zich voltrokken, miljarden zonen hebben hun moeder zien sterven, een kus op haar koude voorhoofd gedrukt en gehuild.

Als verdriet puur was, zou het allemaal veel gemakkelijker zijn, maar rouw heeft iets egoïstisch, en er komt enige afschuw bij kijken jegens degenen die vrolijk doorleven. De verzetjes van vrienden lijken achterlijk en irritant, hun liefdesleven lijkt belachelijk en hun geklaag kleinzielig. Niets kan tegen het verdriet op, en dat weet de rouwende, en hoe diep het gat ook is waar hij in valt, hij kijkt nog altijd neer op de onwetende massa, die niet inziet dat hij wordt omringd door de dood.

En hoe heeft dat verlies mijn karakter gevormd? Druk de juiste toetsen in en het antwoord komt bovendrijven, niet-waar? Het is genoeg geweest. Ik schrijf niet verder vanavond. De kwestie van mijn moeder kan maar beter worden gearchiveerd.

Er is niets moois meer op de wereld, niets dan skeletten: skeletten die over de stoep wandelen, skeletten die hun auto wassen, skeletten die dansen in nachtclubs, skeletten die hun whisky puur drinken, skeletten die bluffen met alleen een hartenheer in hun hand, skeletten die bij het poolbiljarten de acht verkeerd raken, skeletten die neuken op de binnenplaats, skeletten die met mes en vork eten, skeletten die slaapliedjes zingen voor hun skelettenbaby.

En degenen die mij zullen vinden, wat zullen die denken? Over drieduizend jaar worden mijn botten opgegraven en vraagt men zich af: wat was dit voor een merkwaardig schepsel?

We beginnen met Prometheus. De Titan die aan een groot rotsblok werd geketend, zijn straf omdat hij de mens het vuur had geschonken. Elke dag komt er een gier die zijn lever opeet. De pijn, zo dienen wij te beseffen, is ondraaglijk. Voor de dommeriken onder ons wordt de moraal uitgespeld: respecteer je grenzen.

Maar kan het gevoel tot in het oneindige zo helder blijven? Uiteindelijk houdt Prometheus op met schreeuwen. Hij trekt zich in zichzelf terug, weg van de pijn, na jaren, decennia of eeuwen. Het lijden wordt onderdrukt, opgesloten in een kist op de zolder van het bewustzijn. Maar Prometheus is nog steeds aan die rots geketend. Dus begint hij te fantaseren, te dromen van vrijheid. Laat het zo zijn. Hij creëert denkbeeldige steden en dwaalt erdoorheen, drinkt in denkbeeldige kroegen, heeft omgang met denkbeeldige minnaressen. En in een van die vreemde steden, waar hij bij zonsondergang over een verlaten avenue langs de lege havens wandelt, vindt de transformatie plaats: Prometheus is zich er niet langer van bewust dat het een verzinsel is – het verzinsel slokt hem met huid en haar op. Laat het zo zijn. De straatnaambordjes zijn gestanst in de machinerie van zijn geest, maar hij is zich niet van hun creatie bewust. En de wezens die hij heeft geschapen bevolken nu een complete wereld, een universum, overtuigd van hun eigen echtheid – zelfs hun schepper is overtuigd van hun echtheid. Allemaal worden we wakker in de droom van de Titan.

Vervang de naam 'Prometheus' door 'God' en het woord 'gier' door 'eenzaamheid'. Genesis begint met marteling, of het nu de snavel van een gier of oneindige eenzaamheid betreft; het gelaat van de Ene beweegt boven donkere wateren. Als iemand vraagt 'Waar is God nu?', dan antwoord ik: 'Hij is vergeten dat Hij bestaat.'

Een catastrofe. De beveiligingssoftware van mijn computer heeft een virus gedetecteerd. Ik heb geen 1contact met de bui-

tenwereld – er is geen buitenwereld – dus ik moet ervan uit-
gaan dat de storende code is overgedragen door mijn optische
disks, of anders al bij de geboorte in mijn 1468 is ingepro-
grammeerd. Het gesloten afvoersysteem. Fantastisch vermaak
voor de buurt. Ik was de plaatselijke gek, de scan heeft het
virus herkend en heeft er zelfs een naam voor: Air Dred. Wat
bezielt mensen toch, dat ze het ongeziene werk van vreemden
willen saboteren? De hacker die Air Dred heeft gecreëerd is
vast ook alle museums van de wereld afgegaan om de doeken
van de oude meesters het groeiende aantal calorieën dat ik
nodig had om het veeleisende trainingsschema vol te houden
en de daaruit voortvloeiende aanslag op mijn voedselvoorraad
het groeiende aantal calorieën dat ik nodig had om het veeleisende trainingsschema vol te houden en de daaruit voortvloeiende aanslag op mijn voedselvoorraad stuk te snijden.
Donkere dagen voor mij: mijn reddingsboei is lekgeslagen.

Probeer nog steeds vast te stellen hoe groot de schade is. De
beveiligingssoftware van de 1468 identificeert indringers en
tracht ze onschadelijk te maken, maar weigert nuttige informatie
te verschaffen over de methodes van de saboteur. Air Dred is een
'geheugenvirus', meer weet ik niet. Mijn computer heeft een
tumor, de tumor is kwaadaard0lig, indien alle tegenmaatregelen
falen, zal de tumor zich uitzaaien en zal mijn computer overlij-
den. Dit riekt naar melodrama, toegegeven, maar zonder de 1468
ben ik verloren. De computer is mijn metgezel, mijn bibliotheek,
het verslag van mijn leven. Zonder de computer wacht me slechts
ononderbroken eenzaamheid. En waar kan ik in die stille uren
helpt slappe billen te liften en te verstevigen over piekeren,
behalve mijn eigen einde? Het zal zijn alsof ik er nooit ben
geweest. Verdronken, al mijn plannen om als flessenpost te fun-
geren, de blauwdruk van ons Atlantis te verschaffen aan toekomstige duikers.
 Maar goed, er is nog geen reden voor paniek. Ik heb vertrouwen in de automatische herstelcapaciteiten van mijn 1468. Het
grootste talent van de mens is je hele leven ken je iemand en
hou je van haar, en vervolgens kookt een ziekte haar binnen een

jaar tot op het bot uit. Misschien moet ik er dankbaar voor zijn dat ze aan het eind niet alleen was. Er zijn zoveel mensen die sterven zonder dat iemand er iets om geeft, die in kamers buiten gehoorsafstand vervallen in eeuwig stilzwijgen overleven. We zullen over deze planeet heersen tot er iets beters komt.

Ik weet niet wat me1010bezielde, dat ik weigerde met de rest van mijn stam te sterven. Je reinste verwaandheid, te denken dat het iets zou uitmaken, dit sombere mannetje dat in het bijna-donker zit te typen, vier meter onder01 de grond. De zin waarmee ik dit dagboek het liefst zou afsluiten – 'Lente, en het gras komt op' – zal ik nooit in alle eerlijkheid kunnen optekenen. Al word ik honderd jaar, dan nog overleef ik deze winter niet.

Woorden schieten te kort, dat spreekt voor zich. Jawel, het spreekt voor zich. Maar het zwijgt en de woorden zijn weg.

Het meest mis ik de avond, het wandelen door weilanden verlicht door levende, stervende en dode sterren. En het liggen in het bos buiten de grenzen van het dorp, in slaap gesust door de verraderlijke mijn onregelmatige stoelgang speelt zich in het donker af. Wanneer ik werk mijn onregelmatige stoelgang speelt zich in het donker af. Wanneer ik werk mijn onregelmatige stoelgang speelt zich in het donker af. Wanneer ik werk mijn onregelmatige stoelgang speelt zich in het donker af. Wanneer ik werk mijn onregelmatige stoelgang speelt zich in het donker af. Wanneer ik werk harmonie die me omringt. Elke boom vech1011t om zich naar de zon te kunnen richten, ongeacht of zijn buurman daardoor in de schaduw verschrompelt; de krassende uil wacht met zijn klauwen gekromd tot een spitsmuis zich op open terrein waagt; de krekel die je viool hoort spelen is de enige overlevende van een nest van drieduizend, omdat haar broers en zussen door vorst en kikkers zijn vermoord.

Op d001010eze wereld woedde al oorlog lang voordat wij ten tonele verschenen.

Ik dreig alles kwijt te raken. Air Dred rukt op alle fronten op, een digitale blitzkrieg die alle verdedigingswerken onder de voet loopt. 1468 kan eerder opgeslagen documenten niet langer openen. Ik heb geen idee of wat ik typ nog in het geheugen van de computer wordt opgeslagen. Geen idee of mijn herinneringen worden onthouden door 01101468. Ik ben hier gekomen om mijn verhalen te vertellen, maar mijn verhalen worden met huid en haar verslonden door een ziek apparaat.

En mijn bibliotheek, al mijn mooie boeken, onsterfelijk, dacht ik, onsterfelijk, maar ik ben ze kwijt, Homerus en Dante en Shakespea01001re01en00Cervantes en Goethe en welk een vrccmd dier was dat? Shelley en Baudelaire en Tolstoj, weg, allemaal, begraven onder een laag sneeuw van nullen en enen. Uiteindelijk laten ze me allemaal alleen, al mijn trouwste vrienden, de helden en schurken uit duizend romans, toneelstukken en gedichten, alle creaties van al die schitterende zielen, afgeslacht door een zielloos virus; de denkbeeldige stad ontvolkt door de plaag.

Zal iemand dit ooit lezen? Voor wil1010010e schrijf ik in 's hemelsnaam, bestaat er nog wel dat er voetafdrukken in de sneeuw stonden. Zij belde dat er voetafdrukken in de sneeuw stonden. Zij belde dat er voetafdrukken in de sneeuw stonden. Zij belde dat er voetafdrukken in de sneeuw stonden. Zij belde dat er voetafdrukken in de sneeuw stonden. Zij belde dat er voetafdrukken in de sneeuw stonden. Zij belde dat er voetafdrukken in de sneeuw stonden. Zij belde dat er voetafdrukken in de sneeuw stonden. Zij belde dat er voetafdrukken in de sneeuw stonden. Zij belde dat er voetafdrukken in de sneeuw stonden. Zij belde dat er voetafdrukken in de sneeuw stonden. Zij belde dat er voetafdrukken in de sneeuw stonden. Zij belde dat er voetafdrukken in de sneeuw stonden. Zij belde een pu11010010bliek?

Ik moet ontsnappen. Deze grijze doos waarin ik gevangenzit wordt met de dag kleiner, de betonblokken komen stukje bij beetje dichterbij en persen de lucht eruit. Ik moet vluchten, moet rennen zo snel als ik kan, zo lang als ik wil.

Ik ben niets meer dan een eschatoloog van het ondergrondse, niet eens intelligent genoeg om te beseffen dat het slot al is geschreven en dat ik opgesloten in een peloton van links naar rechts 101000marcheer, gevangen in een tekst die geen uitweg biedt, behalve het einde.

Vandaag weer geklop op het luik, hardnekkig deze keer, zeker een kwartier lang. Mijn verstand laat me in de ste1011011ek.010Of heeft iets het overleefd? En zo ja, durf ik dan het luik te openen? Alles wat rondzwerft in het verzinsel slokt hem met huid en haar op. De straatnaambordjes zijn gestanst in de machinerie van zijn geest, maar het verzinsel slokt hem met huid en haar op. De straatnaambordjes zijn gestanst in de machinerie van zijn geest, maar de bovengrondse woestenij moet wel wanhopig zijn, druk met speuren naar v110oedsel en drinkbaar water. Een horde indringers zou m0le gemakkelijk kunnen overmeesteren, me bij de keel kunnen grijpen en me uit mijn veilige holletje kunnen sleuren. Misschien hebben de overlevend110110101en01well10hun toevlucht genomen tot kannibalisme; dan zullen ze me aan een boom vastbinden, mijn buik opensnijden met linoleummessen die ze uit de doe-het-zelfzaak hebben geroofd en mijn ingewanden braden boven een open vuurtje terwijl oik nog leef.

Uren zijn verstreken sinds het kloppen is opgehouden. Een paar minuten geleden heb ik op het punt gestaan het luik open te maken, maar ik heb me bedacht. Om te beginnen heb ik me vanaf het begin vo00110101100101001001101lorgenomen om minstens zes maanden binnen te blijven, als voorzorgsmaatregel tegen radioactieve neerslag. Daarnaast is er nog de angst voor wat ik te zien zal krijgen, de verwoesting van mijn woonplaats, al mijn herkenningspunten tot pui0110n vergaan.

Maar er is ook een dieper gewortelde angst, die op piepkleine klauwtjes onder de vloerplanken van mijn geest rondscharrelt: dat oik uit deze bunker tevoorschijn zal komen en dat alles nog hetzelfde zal zijn, dezelfde huizen bekleed met platen van fiberglas, d011ezelfde gazonnetjes bezaaid met opblaasbadjes en kinderspeelgoed, dezelfde buren die voor hun zondagse barbecue bijeen zijn gekomen, bier uit blikjes drinken en paardenvliegen wegjagen.

Vanochtend heb ik nieuwe hoop gevonden – ik geloof dat ik
een01manier heb gevon0110den om Air Dred te ver1101slaan.
A01ls0011mijn101pl0110101010an11010110100101101011010110s
10110100111010101ll00101110100110100111010010a1011000111001001
01101011010111000101101010101001100110110001001100011001a01011
01001011001010101010101100110011001001110100111100011011010110
10010100111001101101001100101001010010101010100111010100111
0g0101011001010110110101001111010111011001110111001101101011011
1010101110110101001101110010110101110101110110110011011011001111
0010110101101010110110101110101001010101001111011011010110101t
01010101101001011100110010110101100011101001011001011101001 10
10011101001010110001110010010110101010101110010011101010100110i
k011011000001100110101010010010110010101001010110011001 1001
001110100111100010110101101001000111001101100011010100101000
111001110100100111001010 11ik00001101101010011110101110 11001110
1110011010110110111010101110111000110111001110101110101110110110
01101101100111100101101011010101101101011101010010101010011010
110101000110101001101010010110010110101001101010011101010010
110010110101000110101000111010100101100101101010001101010100111
010100101100101101010011010100111010100101100101101010100110101
00111010100101100101101010001101010011101010010110010110 1010
0110101001110101001011001011010100011010100110101001011011011
01101011010110101011000111101011001011010110001101001011 00101
110100110100111010010101100ik0111001001011000101110000 1110101
0100110011011000001100110010010010010110101010100010 11001100
1100100111010010011110001011010110100100011100110110001101010010
10001111001110100100111001010110000110110101001111010111011001
110101100110110101101110101011101110001111001110101010101011101
101100110110110011011001011010110101011011010111010100101010
0111101101101011010110101011000110110101100101101011000111010100
101100101101001101001110100101011000110010010110001011000
0111010101001100110110000011001110110001101010010100011110011
1010010011100101011000011001001110010101100001100100111100101
01100001100101110010101100001100100111001010110000110010011 1
0010101100001100100111001010110000110010011100101011000011 10
010011100101011000011001001110010101100001100100111001001 1100

101011000011001001110010101100001100100111001010110000110 01
00111001010110000110010011100101011000011001001110010101100
00110010010011001001110010101100001100100111001010110000110
01001110010101100001100100111001010110000110010011100101 0110
00011001001110010101100001100100111000

De hof van nee

Hij was dichter. Littekens van brandwonden bedekten zijn onderarmen. Telkens wanneer het hete vet van de grill sprong om hem te bijten, deed hij een stap achteruit, veegde hij zijn arm af aan zijn vieze witte schort en staarde hij naar de sputterende hamburgers alsof ze hem hadden verraden. De eerste keer dat ik het zag gebeuren, rende ik naar de ijsmachine om een ijsblokje te halen, ging naar hem toe en drukte het op de lelijke rode plek op zijn huid. Glimlachend keek hij toe. Hij had de donkerste ogen die ik ooit bij een blanke man heb gezien, en de grootste handen.

Dat was de eerste dag dat ik als serveerster bij Wiley's werkte. Toen de lunchdrukte achter de rug was, nam hij pauze en kwam hij naar de balie voor een kop koffie. Ik schonk zijn beker vol en hij glimlachte naar me. Sam was geen bijzonder knappe man, maar wanneer hij glimlachte, wilde je bij hem blijven, even achteroverleunen en je koesteren. Na een lange dag waarop je geen seconde had gezeten, was Sam als een bad vol warm water.

'Ik heb me laten vertellen dat je actrice bent.'

Ja, ik was serveerster, en ja, ik wilde actrice worden. Als ik op een feestje iemand ontmoette, vertelde ik dat ik serveerster was, en dan vroeg diegene altijd: 'Maar je wilt zeker actrice worden?' Alsof ze zelf zo origineel waren, die publicisten en softwareontwerpers en productiechefs.

Het had geen zin om Sam met dat gezeur te vervelen, dus zei ik: 'Ik doe mijn best.'

'Je lijkt een beetje op Cassie Whitelaw. Heeft iemand dat weleens tegen je gezegd?'

Ik kreunde. 'Ik hoor niet anders. Had ik maar zo'n goede plastisch chirurg als zij.'

Cassie Whitelaw, ster van het ziekenhuisdrama *St. James Infirmary*, was mijn persoonlijke Nemesis, een mooiere versie van mij. Toen ik haar voor het eerst zag, in een reclame voor antiroosshampoo, was het nog grappig. We zaten naar de Oscaruitreiking te kijken en al mijn vrienden kakelden het uit en gooiden me popcorn naar het hoofd. Maar nu ze op de cover van alle bladen staat en bij Jay Leno komt en een vriendje heeft dat filmster is, vind ik haar niet meer zo grappig. Ik heb haar een keer gezien op de Third Street Promenade, en toen ben ik achter haar aan gelopen langs de bioscopen en sportcafés en straatsaxofonisten, kijkend naar haar slanke enkels en pumps van hagedissenleer, kijkend naar al die voetgangers die haar herkenden en elkaar aanstootten, kijkend hoe ze genoot van al die aandacht.

Sam zei: 'Welnee, je bent mooier dan zij.'

De eerste ochtend bij Sam thuis werd ik wakker van geklak, luid en onregelmatig, alsof er een speelgoedpistooltje werd afgevuurd. Ik strompelde naar de badkamer, opende de deur en kromp ineen toen het zonlicht me aanviel. Onder het felverlichte raam zat Sam, op de neergeklapte wc-klep, met een ouderwetse typemachine op schoot. In zijn reuzenhanden leek de typemachine wel een stuk speelgoed. Hij droeg een geruite boxershort en een T-shirt van de LA Raiders en een belachelijke hoornen bril.

'Sorry,' zei hij. 'Heb ik je wakker gemaakt?'

'Wat doe je?' Ik schermde mijn ogen af met mijn hand en probeerde er niet aan te denken hoe ik eruit moest zien, op wat voor monster uit de krochten van de aarde ik het meest leek.

'Als ik 's ochtends niet schrijf, komt het er niet meer van. Het is een gedicht.'

'Een gedicht? Schrijf je gedichten?'

'Ja,' zei hij, en uit de manier waarop hij het zei sprak zowel trots als berusting. 'Ja, ik schrijf gedichten.'

'O,' zei ik. Eigenlijk wilde ik alleen maar ontsnappen aan het zonlicht. Er was iets prachtigs en bewonderenswaardigs aan een man die 's ochtends gedichten schreef, maar het had ook iets gênants, en ik wilde terug naar bed, mijn eigen bed.

Mijn moeder keurde de situatie met Sam af.

'Wat doet hij?'

'Hij is dichter.'

Stilte aan de andere kant van de lijn. 'Maar wat doet hij echt?'

'Dat zeg ik toch, hij is dichter.'

'Oké. En wat doet hij om aan geld te komen?'

Ik zuchtte. 'Hij is kok in een lunchroom.'

'Dank je,' zei ze. 'En hoe oud is hij?'

'Vijfendertig.'

'O, vijfendertig. Nou, mooi is dat. En dat wil hij dus zijn, kok in een lunchroom? Is hij daar tevreden mee?'

'Tevreden, dat weet ik niet. Het is werk. Je kunt er de huur van betalen.'

'June ...'

'Hij brengt brood op de plank,' zei ik, en ik begon te lachen en ik kon niet meer ophouden. Dat was een oud grapje van Sam. Ik lachte en lachte, niet omdat het zo grappig was, maar omdat ik nog even niet naar mijn moeder hoefde te luisteren zolang ik bleef lachen.

'Fantastisch,' zei ze toen ik eindelijk ophield. 'Werkelijk fantastisch.'

Half mei veranderde alles. Na maanden van stilte belde mijn agent me, en ik vroeg hem of hij soms het verkeerde nummer had gedraaid. Hij lachte en zei: 'Nee, meid, ik heb zitten wachten op de perfecte rol. Het heeft geen zin om je naar allerlei audities te sturen als de rol niets voor jou is. Maar deze is je op het lijf geschreven.'

Ik stelde het me voor: JUNE honderd keer op mijn lijf, als strafregels op een schoolbord. JUNE KRIJGT DEZE ROL NOOIT. JUNE KRIJGT DEZE ROL NOOIT. Na zeven jaar bijna raak en domme pech had ik geleerd hoop te beschouwen als een gevaarlijke emotie, de oorzaak van al het lijden. Maar ik belde Showfax en vroeg hun het script naar het postkantoor bij mij in de straat te sturen. Twee vrienden van me kwamen langs om met me te repeteren tot mijn timing perfect was. Mijn agent had gelijk: het was alsof de rol speciaal voor mij was geschreven. Linda McCoy, het op twee na belangrijkste personage in *Joe's Eats*, was een gevatte serveerster in een eetcafeetje. Iemand daar boven wilde een geintje met me uithalen, en ik was niet te beroerd om het spelletje mee te spelen.

Op dinsdagochtend deed ik auditie voor de assistent van de casting director. Ze was ongeveer net zo oud als ik en een stuk knapper, en ze las de tekst van mijn tegenspeler voor met de monotone stem van een robot, alsof ze me van mijn stuk probeerde te brengen. Maar ik was sterk. Ik was Linda McCoy. Aan het eind van de scène zat de assistent van de casting director onstuitbaar te giechelen.

Ze wilden me terugzien, en een week later deed ik auditie voor de casting director, en weer een week later voor de producers. Bucky Lefschaum, de man achter *Mr. Midnight* en *The Campus Green*, een man die ik tijdens de Golden Globe Awards had zien dollen met de sterren, stond midden in mijn auditie op. Zijn krullen weken al een beetje terug van zijn voorhoofd, maar hij was fit en gebruind. Hij zag eruit als de tennisprof met wie alle vrouwen van de countryclub neukten.

'Stop,' zei hij. Hij zette zijn zonnebril af en haakte het pootje achter de hals van zijn poloshirt. 'Stop maar. Waarom zouden we nog doorgaan? Jij bént Linda McCoy. Jij bent het meisje dat ik zoek.'

Hij gaf me een hand en vertrok, zomaar. Ik wendde me tot de casting director.

'Heb ik de rol?'

'Nog niet,' zei hij. 'Je moet nog auditie doen voor het tv-station.'

'Mazzeltov,' zei mijn agent toen ik hem het goede nieuws vertelde. 'Als Lefschaum je ziet zitten, kun je niet meer stuk. Zorg gewoon dat je er voor het tv-station zo goed mogelijk uitziet. De rest kan hun niet schelen. Wat weten zij nou van acteren?'

Ik deed auditie voor het tv-station in een vergaderkamer in hun studio in Century City. Aan de muren hingen ingelijste posters van sterren uit sitcoms, die hun gebleekte tanden bloot lachten en met hun geairbrushte decolleté pronkten. De producers, onder wie Bucky Lefschaum, zaten aan de ene kant van de tafel. De bazen van het tv-station zaten aan de andere kant. Het was *casual Friday*, en het was strandweer; de domme zon van Los Angeles liet iedereen zonder aanzien des persoons baden in de warmte van zijn liefde, en de bazen droegen hemden met korte mouwen. Ze waren veel jonger dan ik me had voorgesteld. Ik herkende maar één naam: Elliot Cohen, de senior vicepresident van het een of ander. Hij zat onderuitgezakt in de hoek, gekleed in een verschoten corduroy broek en een linnen shirt, en hij had het slanke lichaam en de wilde haardos van een surfer. Ik herkende zijn naam omdat hij in Hollywood een welbekende rokkenjager was, berucht omdat hij met twee van de drie vrouwen uit *Friends* het bed had gedeeld, hoewel ik me op dat moment niet kon herinneren welke twee. Hij genoot veel aanzien in de gemeenschap. Hij zag eruit alsof hij lekker rook.

Ik stond aan het eind van de tafel in mijn serveerstersuniform, liet mijn kauwgum knallen en vroeg me af of ik nog even snel naar de wc kon rennen. Ik besloot dat dat geen goed idee zou zijn en probeerde geen aandacht te besteden aan de oplopende druk in mijn blaas.

Bucky Lefschaum knipoogde en stak zijn duimen naar me op. De casting director begon de tekst van mijn tegenspeler op te lezen. Inmiddels kende ik de scènes zo goed dat ik ze in mijn slaap kon spelen, en soms deed ik dat ook. Ik gaf alles wat ik in me had. Het eerste goede teken was mijn eerste grap. Alle aanwezigen lagen dubbel. En zo'n goede grap was het niet eens.

Het tweede goede teken waren de notitieblokken van de bazen. De mensen van het tv-station hadden allemaal een geel notitieblok voor zich liggen en hielden hun pen in de aanslag om opmerkingen te noteren. Nog geen tien tellen nadat ik was begonnen, lagen alle pennen op tafel en waren de notitieblokken nog maagdelijk.

Ik was klaar, en iedereen klapte.

'Nou?' vroeg Bucky Lefschaum. 'Zei ik het niet?'

'Dat was geweldig, June.'

'Zij en Delilah Cotton zullen prima matchen op het scherm.'

'Oké?' vroeg Bucky. 'Dus we hebben onze Linda?'

Mijn ogen waren open, maar ik zweefde ergens hoog in de lucht. Alle angst en teleurstelling en boosheid, al die jaren waarin ik alleen maar nee te horen had gekregen, al die alumni-tijdschriften waarin de hoogvliegers uit mijn afstudeerjaar werden bewierookt, alles vloeide uit me weg, waardoor ik opeens zo licht was dat ik mijn lichaam niet meer kon voelen, en de grond onder mijn voeten ook niet.

'Ik heb een probleem.'

En zomaar opeens was ik weer terug in mijn lichaam en was mijn ruimtewandeling van kort daarvoor niet meer dan een vage psychedelische trip. Elliot Cohen was degene die een probleem had. Hij leunde achterover in zijn stoel en wreef met zijn vlakke hand over de stoppeltjes op zijn kin.

'Ze lijkt precies op Cassie Whitelaw.'

'Wie?' vroeg Bucky.

'Jemig,' zei een vrouwelijke baas. 'Inderdaad. Het was me niet eens opgevallen.'

'Ik snap het niet,' zei Bucky. 'Wat kan Cassie dinges ons schelen?'

'Het kan mij iets schelen,' zei Cohen. 'Daar word ik voor betaald. Ze lijkt precies op Cassie Whitelaw uit *St. James Infirmary.*'

'Nou en?'

'Dat is te verwarrend voor ons kijkerspubliek. De mensen zullen denken dat ze naar een andere serie zitten te kijken.'

'Wat? Jullie wát? Jullie "kijkerspubliek"? Wat is dat, Jiddisch? Jullie fokking kijkerspubliek?'

Bucky Lefschaum, die lieve schat, schreeuwde en vloekte voor wat hij waard was. Ik liep de vergaderzaal uit en bleef lopen tot ik de dames-wc had gevonden.

'Het is verschrikkelijk,' zei mijn agent. 'Ik heb tegen ze gezegd dat ik geen acteurs meer naar ze toe stuur als ze zo worden behandeld. Maar weet je, het is een groot tv-station. Ze weten donders goed dat we ze niet kunnen missen. Maar goed, kop op, meid. Jouw grote doorbraak komt nog wel.'

Sam masseerde me een uur lang, kneedde de vermoeide spieren in mijn kuiten, wreef over de pijnlijke plek tussen mijn schouderbladen, kuste me in mijn nek.

'Besef je wel hoe mooi je bent?' vroeg hij toen hij klaar was, met zijn knieën aan weerszijden van mijn buik. 'Heb je enig idee?'

'Sam?'

'Hm-hm?'

'Stel dat je op een dag het volmaakte gedicht schrijft ...'

'Wat is het volmaakte gedicht?'

'Nee, stel gewoon dat je het volmaakte gedicht schrijft. Of laten we zeggen dat het een geweldig gedicht is. Je wéét dat het een geweldig gedicht is. Je bent er heilig van overtuigd.'

'Ja, maar dat is een beetje het probleem met gedichten. Dat weet je nooit zeker.'

'Maar laten we zeggen dat je het deze keer wel zeker weet. Oké? Stel, je hebt een gedicht geschreven, het is heel goed, over duizend jaar zal het nog worden gelezen. En je stuurt het weg en je wacht en wacht en op een dag maak je je brievenbus open en liggen er honderd brieven in, en het zijn allemaal standaardbrieven en ze komen allemaal neer op "nee".'

'Oké.'

'Nou? Wat zou je dan doen?'

'Dan zou ik een nieuw gedicht schrijven. Misschien een gedicht over het krijgen van honderd afwijzingsbrieven op één dag.'

'Dan zul je wel sterker zijn dan ik.'

'Welnee. Hier,' zei hij, terwijl hij over het bed heen boog en een getypt briefje van het nachtkastje pakte. 'Ik heb er vandaag nog een gekregen. Wil je hem horen?'

Ik wilde hem niet horen, maar Sam was al begonnen.

'"Dank u voor het opsturen van uw manuscript. Dat uw werk wordt geretourneerd houdt niet automatisch in dat het niet goed genoeg is, maar betekent mogelijk slechts dat het niet tegemoetkomt aan onze huidige publicatiebehoeften. Tot onze spijt zijn we niet in de gelegenheid individueel commentaar te leveren. De redactie."'

Hij lachte. 'Als ik doodga, sta ik straks voor een gesloten

hemelpoort met een briefje erop: TOT ONZE SPIJT ZIJN WE NIET IN DE GELEGENHEID INDIVIDUEEL COMMENTAAR TE LEVEREN.'

Ik legde mijn handen om zijn krullenbol en trok hem naar me toe, zodat ik hem een kus kon geven op zijn pas ontstane kale plek.

'Dan kun je altijd nog naar beneden komen om mij gezelschap te houden,' zei ik.

Een week later belde mijn agent. 'Ik had net Lefschaum aan de telefoon,' zei hij. '*St. James Infirmary* is van de buis gehaald.'

'Ja, en?'

'Dat betekent dat Cassie Whitelaw niet meer op tv is. Dat betekent dat ze jou willen hebben.'

'O ja?'

En zo kreeg ik eindelijk een rol in een sitcom, Linda McCoy die in het eetcafeetje Joe's Eats werkt. Mijn baas heet meneer Lee en wordt gespeeld door een man die in het echt ook meneer Lee heet, een beroemde komiek uit China. Ik wist niet eens dat er in China beroemde komieken waren. Toen ik dat tegen Sam zei, lachte hij me uit. 'Jezus, June, er wonen een miljard mensen in China. Denk je nu echt dat daar niet één grappige bij zit?'

Ik was zo gewend aan afwijzing dat mijn doorbraak – de doorbraak waar ik al jaren van droomde, of ik nu sliep of wakker was – onwerkelijk leek toen hij eindelijk kwam. In april nam ik nog bestellingen op voor tosti's met kalkoen en frietjes; in september was ik een vertrouwd gezicht op de commerciële televisie en kwam ik bij 6,5 miljoen huishoudens binnen, smijtend met gebakken aardappeltjes en oneliners.

Op de avond dat ik mijn contract ondertekende, nam Sam me mee naar Dan Tana om het te vieren. Voor het eerst sinds ik hem had leren kennen droeg hij een colbertje en een stropdas, en hij had zijn haar zorgvuldig in een zijscheiding gekamd. Wanneer we uitgingen, zette Sam me gewoonlijk voor de deur af, om vervolgens nog tien minuten rond te rijden op zoek naar een parkeerplaats; die avond gaf hij de autosleutels bij de deur af en leidde hij me naar de receptie.

Zodra we aan ons tafeltje zaten, bestelde Sam een fles goede champagne, een fles die hij zich niet kon veroorloven, en op dat moment wist ik wat er komen ging. Ik zag hoe nerveus hij was: hij speelde met zijn vork, krabde aan zijn hals achter de strakke kraag, klokte zijn ijswater naar binnen, en ik wist het gewoon.

Nadat de ober de champagne had ingeschonken, hief Sam het glas en zei: 'Op Linda McCoy. Moge ze nog lang en gelukkig leven.'

'Op Linda McCoy.'

Daar dronken we op, en toen ik mijn glas liet zakken, zat Sam me nog steeds aan te staren. Ik wilde hem tegenhouden, ik wilde zijn krullenbol tegen mijn borst drukken en hem toefluisteren hoe afschuwelijk ik was, hoe chagrijnig en jaloers, hoe ijdel en onzeker, een vrouw van wie je in alle redelijkheid niet kon verwachten dat ze een ander gelukkig zou maken.

Maar ik zei niets, keek slechts toe terwijl hij in de binnenzak van zijn colbertje zocht. Het was alsof je er getuige van was dat iemand van een hoog gebouw sprong – je kreeg heel veel tijd om hem te zien vallen en je af te vragen waarom hij was gesprongen.

Toe, Sam, wilde ik zeggen, doe het alsjeblieft niet, kijk alsjeblieft de andere kant op. Want het woord kwam eraan en het woord was zo luid dat het hele restaurant het ongetwijfeld al kon horen, het woord was zo luid dat het de jazzmuziek overstemde die uit de boxen kwam, en al het dronken gelach en alle mobieletelefoongesprekken, zo luid dat de gasten elkaar aanstootten en zich naar ons omdraaiden: o, kijk nou, kijk nou, die arme jongen, hij heeft geen schijn van kans, hoort hij het dan niet?

Het woord was 'nee' en ik was het vleesgeworden woord. Ik was de afwijzing zelve, gekleed in een Mexicaans boerenhemd, en ik wreef over de rand van de champagneflûte om het glas te horen zingen. Sam haalde de ring uit zijn binnenzak en schoof al van zijn bankje af. Ik legde mijn hand op zijn schouder om hem tegen te houden.

'Sam,' zei ik, en verder leek alles overbodig, dus drukte ik een kus op zijn gladgeschoren wang, stond op en liep snel naar de deur. Ik dacht dat iemand me in de kraag zou grijpen en terug zou sleuren naar het tafeltje, een politieagent of zo. Dit kon niet ongestraft blijven. Dit was zo ongelooflijk onaardig, dat ik het liefst uit mijn huid wilde kruipen, mijn lege huls op de vloer van het restaurant wilde achterlaten en wilde wegrennen, terwijl mijn vochtige, ontvelde voeten bloederige afdrukken achterlieten op de stoep.

Niemand hield me tegen en niemand trok de fileermessen en ik liep drie kilometer over Santa Monica Boulevard, wensend dat het zou gaan regenen, zodat ik er in elk geval dramatisch zou uitzien, snikkend terwijl de mascara over mijn wangen sijpelde. Maar de waarheid was dat ik me steeds beter ging voelen naarmate ik verder liep. Tegen de tijd dat ik in Fairfax was, liep ik in mezelf te zingen, oude radiodeuntjes en liedjes die ik ter plekke bedacht.

Bij de deur van Canter's Deli stond een oude, voorovergebogen zwerver die zijn bekertje van schuimplastic onder mijn neus duwde en het kleingeld liet rammelen dat erin zat. 'Zodat ik een maaltijd kan kopen, mevrouw?'

'Nee,' zei ik krachtig.

Ik duwde de deur open en liep naar binnen, langs de roomboterbroodjes en -gebakjes die keurig achter glas opgestapeld lagen, en de zwerver riep me na: 'Misschien als u weer naar buiten komt?'

Aan mijn tafeltje bestelde ik soep met matseballetjes en kaasblini's, en toen het eten werd gebracht verslond ik het, mijn mond afvegend met de rug van mijn hand en augurkjes oprikkend uit hun bakje met pekelnat. Overal om me heen zaten jonge, mogelijke Hollywoodsterren in spe te kletsen. Dat was het jaar van de luipaardprint, en alle meisjes droegen hem: jassen met luipaardprint, broeken met luipaardprint, hoge laarzen met luipaardprint, en één jonge flirt droeg zelfs een klein rond hoedje met luipaardprint.

Het plafond van Canter's moet de indruk wekken dat het van glas in lood is. Het effect is merkwaardig. Wat moet een joodse delicatessenzaak met een nep glas-in-loodplafond? Maar ik vond het mooi, ik was dol op de geschilderde takken, de geschilderde blauwe lucht, het zachte licht dat ervanaf straalde.

De jongeren om me heen waren luidruchtig en vervelend: ze brulden naar de serveerster, stampten met hun hakken, schreeuwden beledigingen, sprongen van de ene tafel naar de andere, wisselden telefoonnummers uit, schepten op over hun plannen voor het weekend. Ik mocht ze wel. Ze wilden allemaal iets, en de meesten zouden het niet krijgen. Ik kende niet één van de jongeren in het restaurant, maar ik wist wat ze waren: acteurs en muzikanten en schrijvers en cabaretiers en regisseurs. De meesten van hen gaven dat op hun belastingformulier niet op als beroep en de meesten zouden dat ook nooit doen, maar dat was wat ze waren. Die avond vond ik ze een paar minuten lang allemaal aardig. Ik wilde ze beschermen. Ze leken allemaal zo jong en dapper, zo roekeloos zelfverzekerd, zo arrogant en viriel en Amerikaans. Allemaal zouden ze een ster worden en allemaal oefenden ze voor hun rol, ervan overtuigd dat iedereen naar hen keek, dat iedereen iets om hen gaf. Ze waren optimisten, en als ze geen optimisten waren, deden ze alsof, en ze geloofden heilig dat er ergens een man in een pak zat te wachten op hun gezicht of hun liedjes of hun scripts, en dat de man in het pak dan zou knikken en ja zou zeggen. Alleen zijn er niet genoeg ja's voor iedereen.

Midden in mijn mijmeringen schoof het meisje met het hoedje met luipaardprint tegenover me op het bankje. Ze boog over het bakje met augurken heen en fluisterde: 'We wilden je alleen even zeggen dat we je te gek vinden.'

Ik staarde haar aan. Haar huid was heel bleek, bijna doorschijnend. Ik zag het fijne netwerk van blauwe adertjes op haar slapen. Ze droeg een ketting met nepsmaragden.

'Als je hier geen zin in hebt, moet je het gewoon zeggen, hoor,' zei ze snel. 'Ik ben geen gestoorde fan, echt. Maar we zaten allemaal naar je te kijken en ik móést gewoon even met je komen praten. Is dat goed?'

'Ja hoor. Lust je een augurk?'

'Ik heb er net vier op. Waarom zit je alleen te eten?'

'Nou,' zei ik, 'mijn vriendje heeft me net ten huwelijk gevraagd en ik ben weggerend. En ik had honger, dus ben ik hier naar binnen gegaan.'

'Aha,' zei ze knikkend, alsof ze dat antwoord had verwacht, alsof de meeste mensen in Canter's net voor een huwelijksaanzoek waren weggevlucht. 'Ik vind het heel jammer, echt misdadig dat *St. James Infirmary* van de buis is gehaald. Dat was de beste serie aller tijden.'

'O. O! Nou, bedankt. Het was een erg leuke serie om te maken.'

'En ik wilde alleen even tegen je zeggen, en dit is namens ons allemaal,' – ze wees naar haar tafeltje aan de andere kant van de zaak en haar vrienden zwaaiden naar me – 'dat we je allemaal geweldig vinden en dat je het je niet moet aantrekken, want het komt wel goed met je. We zijn allemaal enorme fans van je. Zou je het erg vinden, ik weet dat het heel suf is, en het spijt me, maar ...'

Ze hield een balpen omhoog en keek me nerveus aan.

'Geen probleem,' zei ik terwijl ik de pen aanpakte. 'Hoe heet je?'

'Mira. M-i-r-a.'

Ik trok een servetje uit de houder en begon te schrijven.

'Ben je actrice, Mira?'

'Ja! Ik bedoel, ik doe mijn best. Ik heb sinds kort een agent, dus ...'

'Gefeliciteerd.' Ik gaf haar het servetje en ze las hardop voor wat erop stond.

'"Mira, als je je eerste Oscar wint en een toespraak houdt, wil ik dat je me bedankt en dat je iedereen vertelt dat ik heb gezegd dat het op een dag zover zou komen. Liefs, Cassie Whitelaw."'

Ze keek naar me op, met haar bruine ogen opengesperd en blosjes op haar bleke wangen.

'Wat fantastisch. Dank je wel! Denk je echt dat ik een kans heb?'

'Ja,' antwoordde ik. 'Ja.'

Leonard en ik

'Ik heb zijn as mee naar huis genomen. Hij wil dat die in de Neversink wordt uitgestrooid. Het is illegaal, maar dat wil hij nu eenmaal.'

'De Neversink?'

'Dat is een reservoir,' zei jij. 'In de Catskills, waar hij is geboren.'

Dat was bij wijze van introductie; dat was de avond dat we elkaar leerden kennen. Michael, die al dronken was van de whisky, had zijn handen om onze nekken geklemd en onze voorhoofden tegen elkaar geduwd.

'Jullie tweeën zouden vrienden moeten worden,' zei hij. Hij was de jarige, dus gingen we in het achterkamertje van het restaurant naast elkaar zitten om 'wat doe je en wie ken je' te spelen. Alleen speelde jij vals. Je beweerde dat je net terug was van de begrafenis van je vader in LA.

'Hoe is hij gestorven?' vroeg ik. Ik wist dat het geen erg betamelijke vraag was, maar ik kon er niets aan doen. Dat wil ik altijd weten, hoe de doden zijn doodgegaan.

Je hield een rode kaars scheef, zodat het vet op mijn handpalm drupte. 'Doet dat pijn?'

'Nee,' loog ik.

'Je hebt een hoge pijngrens, Frank. Dat mag ik wel.'

'Frankie,' zei ik. Ik heb inderdaad een hoge pijngrens. Dat is niet hetzelfde als pijn fijn vinden.

'Hij is gestorven aan longkanker, Frankie. Hij rookte vier pakjes per dag.'

Ik had er nog nooit van gehoord dat iemand vier pakjes per dag rookte. 'Wat erg,' zei ik. Het leek het verkeerde moment om

'Wat erg' te zeggen, maar ik wist dat je ergens in een gesprek over een dood familielid werd geacht die woorden uit te spreken, en het leek me het beste om dat maar meteen te doen nu ik de kans had.

'Het was alsof,' zei je, waarna je even zweeg. 'Het was alsof hij zichzelf probeerde af te branden.'

Ik speelde met het kaarsvet in mijn hand en zei niets. Niemand in mijn familie was dood en ik kon me er ook weinig bij voorstellen.

We zaten met z'n twintigen in het krappe achterkamertje. Kromme rode kaarsen brandden op de lange tafel met het gele tafelkleed; aan de muren hingen nepzebravellen naast ingelijste foto's van magere Afrikaanse vrouwen met zilveren ringen die strak om hun uitgerekte hals zaten.

'Dat zijn geen Ethiopische vrouwen,' zei je terwijl je met je kin naar de foto's gebaarde. 'Ze behoren tot de Zatusi-stam. Ze wonen voornamelijk in Kenia.'

Onze wederzijdse vriend Michael, de jarige job, stond wankel aan het hoofd van de tafel met een glas wijn in zijn hand en verkondigde: 'Ik ben dertig jaar, verdomme, en ik vind het maar niks.' Maar ik kon niet naar Michael luisteren.

'Was je erbij toen hij stierf?' vroeg ik.

'Ik hield zijn hand vast. Hij zag eruit als een kuiken dat net uit het ei was gekropen.'

'De belangrijkste,' zei Michael, 'het belangrijkste, bedoel ik, is dat al mijn beste vrienden er vanavond bij zijn. Behalve jij,' zei hij, wijzend op mij. 'Wie ben jij nou weer?'

Even werd ik zenuwachtig, maar toen begon iedereen te lachen, en ik lachte mee. Ook jij lachte, en toen kneep je onder de tafel in mijn knie.

'Grapje, Frankie,' zei Michael. 'We zijn allemaal blij dat je er vanavond bij kunt zijn. Straks zal Frankie ons vermaken met de eerste hoofdstukken uit zijn scriptie over de *Holy Sonnets* van John Donne. Dus dat is in elk geval iets om naar uit te kijken.' Het ergerlijke is dat Michael op de universiteit Engels als hoofdvak had; hij kan doeltreffend de draak steken met mijn beroep. Michael beheert zijn eigen hedgefonds; ik heb geen idee wat dat betekent. Hij betaalt het eten, dat betekent het.

Zodra ik zeker wist dat Michael klaar was met me, vroeg ik wat je bedoelde met dat kuiken dat pas uit het ei was gekropen. Je had je stoel dichter naar me toe geschoven; nu kon ik je parfum ruiken. Kaneel.

'Heb je weleens een kuikentje uit het ei zien komen?' vroeg je. 'Het is niet meer dan een pluizig kopje dat wiebelt op een heel, heel mager lijfje. Zo zag Leonard er ook uit. Mijn vader. Hij woog hooguit een kilo of vijfenveertig toen hij stierf.'

'Had hij veel pijn?'

'Hij was heel ver heen. Ik weet het niet. Ik hoop van niet. Het is net zoiets als wanneer je een spin in een potje stopt en de deksel er stevig op draait: eerst rent hij als een gek alle kanten op, maar dan raakt de lucht op en wordt hij steeds langzamer, en uiteindelijk valt hij gewoon om.'

Daar moest ik even over nadenken.

'Het was moeilijk om hem te zien wegteren,' zei je. 'Vroeger was hij een forse kerel, echt fors. In de jaren zestig heeft hij bij een motorbende gezeten.'

'Echt waar? De Hell's Angels?'

'De Suicide Kings. Die waren nog veel erger dan de Hell's Angels. Wanneer de Suicide Kings een café binnenkwamen, dronken de Hell's Angels snel hun glas leeg en gingen weg. Heb je dat boek van Hunter Thompson over de Hell's Angels weleens gelezen?'

'Nee.'

'Daar komt Leonard in voor. Hij heeft een keer een man zo hard geslagen dat hij zijn hand brak, en toen hij in het ziekenhuis was om de breuk te laten zetten, vonden de artsen de voortand van die kerel. Hij zat vast tussen twee knokkels.'

'De voortand van die kerel?'

'Dat is toch onvoorstelbaar? Die tand zat wel twee centimeter diep.'

'Dat was dan een stevige dreun.' Ik liet mijn tong over mijn tanden gaan. 'En de man die hij geslagen had, was een Hell's Angel?'

'Nee. Een marien bioloog.'

'Als je dertig wordt,' zei Michael vanaf het hoofd van de tafel, 'dan ga je er eens rustig voor zitten om je leven te overzien. Dus dat heb ik gedaan, en de volgende dag stortte de markt in en nu moet ik verkopen tegen zeven en een kwart.' Er barstte een hels kabaal los toen al Michaels vrienden uit het financiële wereldje brullend van de lach op de tafel sloegen. Ik zette mijn grijns op, maar voelde me dwaas.

'Arme Michael,' zei jij. 'Vroeger was hij heel charmant.'

Ik verlangde zo vreselijk naar je dat ik er buikpijn van kreeg: je bleke gezicht omlijst met wilde, bijna zwarte lokken, je kleine, scheve tanden, je sleutelbeenderen als een snelle schets van vleugels. Vergeef me dat ik dit zeg, maar je schoonheid is van een vreemde soort, en ik was trots dat ik haar had ontdekt, trots op mijn scherpe blik, als een jongen die in een platenzaak werkt en fier het zwarte T-shirt draagt van zijn favoriete band, die nog geen platencontract heeft.

'Het duurde twee uur voordat hij opgebrand was.'

Mijn gedachten en jouw woorden botsten hevig. Ik besloot dat ik je verkeerd had verstaan. 'Sorry, wat zeg je?'

'Leonard. Hij was vreselijk mager toen hij stierf. En vet brandt het heetst. Ze zeiden dat het twee uur duurde voordat hij door het vuur was verteerd.'

'Hebben ze dat tegen je gezegd?'

'Meestal is het een uur, anderhalf uur. Je zou niet denken dat het zo lang zou duren.'

'Daar heb ik eigenlijk nooit zo over nagedacht.'

'Het komt door de botten,' zei je, terwijl je je stoel naar achteren schoof en opstond. 'Botten branden maar heel langzaam. Leuk je te hebben ontmoet, Frankie.'

'Ga je al?'

'Ik moet wel. Een vriend van me treedt vanavond op in de Blue Note. Vraag Michael maar om mijn telefoonnummer,' zei je, en je bukte om me een kus op mijn wang te geven. Ik wilde de kus beantwoorden, maar je had je al afgewend. Ik bleef aan tafel zitten en staarde naar de kromme kaarsen die brandden, terwijl iedereen om me heen dronk en lachte en uiteindelijk *American Pie* begon te zingen.

Ik vroeg je telefoonnummer aan Michael en belde je de volgende avond op, maar je had het die week druk, en de week erna had je het druk, en ik legde me erbij neer dat ik je nooit meer zou zien. Maar toen belde je me, een maand na het verjaardagsfeestje, en nodigde je me uit om naar de meteorietenregen te gaan kijken.

'Het schijnt dat hij vlak na zonsondergang het mooist is,' zei je. 'Ik zie je op de Sheep Meadow.'

De zon was bijna onder. Onder de douche poetste ik mijn tanden, en het was nog licht toen ik de trap af liep naar het dichtstbijzijnde metrostation. Een halfuur later struikelde ik over boze meteorietenkijkers op de Sheep Meadow. Ik was vergeten je te vragen waar ik je precies kon vinden, en de Meadow is gigantisch, zeker 's avonds zonder maanlicht. Ik dacht dat ik je op je buik op een deken zag liggen, en ik bukte om te zien of ik gelijk had.

'Rot op, klojo,' zei een tienermeisje.

Eindelijk hoorde ik je mijn naam roepen. 'Frankie,' riep je. 'Hé! Frankie! Hierzo, schatje.'

Je zat in kleermakerszit op een quilt, helemaal in het zwart. Het enige wat ik van je kon zien waren je handen en gezicht, en de witte rook die uit je mond kwam. 'Ga zitten,' zei je met een klopje op het plekje naast je. 'Ga zitten en neem een hijs.' Je gaf me een strak gerolde joint, en ik ging zitten en nam een flinke trek.

'Sorry dat ik zo laat ben,' zei ik. 'Ik kon je niet vinden.'

'Weet ik. Ik zat al een tijdje te kijken hoe je liep te dwalen.' Je lachte. 'Sorry, ik weet dat het gemeen is. Maar je zag er zo schattig uit, zo droevig. Als een verdwaalde puppy.'

'O,' is wat ik zei.

'Je bent toch niet boos op me, hè?' vroeg je terwijl je de joint weer aanpakte.

'Nee.' En dat was ook zo. Het was niet eens bij me opgekomen dat ik boos zou moeten zijn. Ik zat met jou op een quilt in het donker. Het kon niet stuk.

'Weet je wat ik zo geweldig vind aan jou, Frankie?'

Ik schudde mijn hoofd.

'Dat je helemaal niets gemeens hebt.'

Ik zei niets, maar het leek me een zwakke reden om iemand geweldig te vinden. Je boog naar me toe en ik ving een glimp op van scheve tanden voordat je me hard in de lippen beet. We gingen op onze rug liggen om naar de hemel te kijken, terwijl we om beurten een hijs van de joint namen. Het was augustus en het was warm; het gras voelde dik en zacht aan onder onze quilt. Ik voelde de rook door mijn lichaam trekken en onderweg hier en daar een bocht om gaan. Je blies een rookkring boven onze hoofden, en we keken toe hoe hij steeds groter werd, tot hij door het donker werd opgeslokt.

'Kijk,' zei je, wijzend met een bleke vinger. 'Vallende ster.'

Ik tuurde met samengeknepen ogen naar boven, maar zag niets. 'Die heb ik gemist.'

'Daar is er nog een.'

We rookten, praatten over films en gaven cijfers aan de gebouwen van Central Park South, en telkens wanneer er een meteoriet oplichtte, keek ik net de andere kant op.

'Ik wilde dat je Leonard had kunnen leren kennen,' zei je. 'Mijn vader. Hij zou je wel hebben gemogen.'

Die allereerste nacht nam je me mee naar huis, maar er kwam geen naaktheid aan te pas. Zodra ik binnenkwam, begon ik te niezen. Je twee identieke zwarte katten zaten op de vensterbank met vervelde, gele ogen naar me te staren. Ik staarde terug, terwijl jij naar de keuken in de nis liep om water op te zetten voor de thee. Toen de ketel begon te fluiten, hieven beide katten hun rechtervoorpoot en klauwden ze naar de lucht. Ze keken naar me om te zien wat ik zou doen. Ik knipperde met mijn ogen en wendde me af.

'Je katten zijn nogal eng.'

'Zeg dat wel. Die schele, Luther, die verstaat Portugees. Ben je allergisch?'

'Nee,' loog ik.

Het grootste deel van je appartement bestond uit bed, een reusachtig bed met een smeedijzeren hoofd- en voeteneinde. Een klein houten bureautje met daarop een blauwe keramische lamp en een ringblok stond gehurkt op zijn kromme pootjes in de hoek. Je appartement bevond zich op de negentiende verdieping, maar het enige wat je door het raam kon zien waren de appartementen op de negentiende verdieping aan de overkant van de straat.

'Hier,' zei je terwijl je me een kop thee gaf, 'ginseng.' We gingen op het reusachtige bed zitten en bliezen op onze thee. 'Dit bed is van Leonard geweest. Vroeger, bedoel ik. Ik heb het al jaren. Op zijn begrafenis heb ik allemaal vrouwen ontmoet, zijn vroegere minnaressen. En bij iedere vrouw die ik zag, dacht ik alleen maar: hebben ze het op mijn bed gedaan? Ik krijg de laatste tijd allemaal brieven van vrienden van Leonard, uit het hele land. Zelfs een van een man uit Australië.'

Ik nieste.

'Die brieven – niemand die mijn vader ontmoette, vergat hem. Ik krijg brieven van mensen die hem één keer hebben ontmoet; ik heb zelfs een brief gekregen van een vrouw die hem nooit heeft ontmoet, maar die een man heeft die het altijd over hem had. God, Frankie, je zou die brieven moeten lezen.' Je staarde naar je schele kat. 'Iedereen was dol op Leonard.' We zwegen even en toen zei je: 'Hier, ik zal je er een laten zien.' Je drukte me je theekopje in de hand en liep naar het bureautje met de kromme pootjes. 'Maar je moet beloven dat je niet zult vragen wie hem heeft geschreven, oké?'

'Prima.'

Je haalde een opgevouwen velletje uit het bureaulaatje en liep ermee naar me toe. 'Lees dit deel maar eens,' zei je toen je weer naast me zat, en je onderstreepte de regels met je vinger. De brief was getypt en niet ondertekend. Dit was het deel dat ik las.

Wanneer hij nuchter was, was hij de hoffelijkste man die je je kunt voorstellen, een echte heer. Hij dacht aan alle verjaardagen en trouwdagen en stuurde altijd bloemen, altijd chrysanten. Een ouderwetse heer, die het autoportier openhield voor een dame en iedereen op een drankje trakteerde wanneer hij genoeg geld had. Hij was een engel, je vader. Hij zou de muntjes van de oogleden van een overledene jatten, maar hij was een engel.

Je vouwde het velletje netjes op en legde het weer in het bureau-laatje. 'Je zou me niet geloven als ik je vertelde wie het heeft geschreven.'

'Natuurlijk wel.' Ik kneep mijn ogen samen en probeerde een nieuwe nies tegen te houden.

Je pakte een boek van het bureau en gaf het aan mij, in ruil voor de theekopjes, die je op een nachtkastje van riet neerzette. 'Dit had hij bij zich toen hij in het ziekenhuis lag. Elke dag las hij erin. Helemaal aan het eind, toen hij blind werd, las ik hem voor.'

Ik hield het gehavende boek met de harde blauwe kaft in mijn handen; de bladzijden waren versleten omdat ze te vaak waren omgeslagen, in de kantlijnen waren in het blauw opmerkingen in een onleesbaar handschrift neergekrabbeld en de belangrijk-ste passages waren met paperclips aangegeven.

'*Moby Dick*? Hij leek me meer een type voor *On the Road*.'

Je schudde heftig je hoofd. 'Hij vond Kerouac een oplichter. Maar *Moby Dick*, god, wat was hij dol op dat boek. Er was een stukje dat hij helemaal uit zijn hoofd kende ...' Je pakte het boek uit mijn handen en bladerde erdoorheen. 'Hier,' zei je, wijzend naar twee zinnen waar met blauwe inkt een kader omheen was getekend met drie blauwe sterretjes in de kantlijn.

Ik boog naar voren om de regels te lezen en glimlachte. 'Dat was ook het favoriete gedeelte van mijn docent.'

'Leonard zei het telkens bij zichzelf. Keer op keer herhaalde hij het. Op zijn zestiende is hij weggereden uit de Catskills en nooit meer teruggegaan, maar hij is altijd een jongen uit de bergen gebleven. En dat citaat,' zei je, terwijl je met een onge-lakte nagel op de gedrukte woorden tikte, 'dat was een soort mantra voor hem.'

'Het is prachtig,' zei ik. Ik nieste weer.

Je knikte en liet je vingers over het groefje van blauwe inkt gaan. Toen sloeg je het boek dicht en gaf je het aan me terug. 'Het is voor jou.'

'Wacht ...'

'Neem het mee, Frankie. Misschien zul je op een dag college geven over Melville, en dan kun je Leonards aantekeningen gebruiken.'

Ik wilde je vertellen dat ik me had gespecialiseerd in de literatuur van Engeland, zestiende en zeventiende eeuw, dat ik nooit college zou geven over *Moby Dick*, en belangrijker nog, dat ik zo'n groot geschenk niet had verdiend, maar je was alweer van het bed gestapt. Je knielde bij een blauw melkkrat met een stapel lp's erop.

'Hier is hij,' zei je, met je hand op een grote zwarte pot met een koperen deksel die op een stereoversterker stond.

Ik opende mijn mond en deed hem weer dicht. Ik keek naar de katten, en die zaten allebei naar me te staren; de schele Luther zwiepte met zijn staart. Ik keek weer naar jou en de zwarte pot en vroeg: 'Leonard?'

'Hm-hm. Het is eigenlijk geen officiële urn. Ik vond een echte urn er nogal morbide uitzien.'

Ik durf te wedden dat sommige mensen het morbide zouden vinden om papa in een zwarte pot boven op een versterker te bewaren, maar dat zei ik niet. In plaats daarvan vroeg ik: 'Was het niet de bedoeling dat je hem zou uitstrooien in dat reservoir?'

'De Neversink. Ja, maar Frankie, de staat vindt het niet zo leuk als mensen de as van hun pappie in het drinkwater uitstrooien. Leonard was de rebel, niet ik.'

Twee dagen later zei je dat ik je vriendje was, en om het te bewijzen vrijden we met elkaar. Leonards bed was bedekt met zwarte kattenharen en ik kreeg galbulten over mijn hele lichaam. Mijn ogen waren zo gezwollen dat ik nauwelijks iets kon zien. Beide neusgaten zaten verstopt; ik lag op mijn rug naar adem te happen terwijl Luther en de andere kat, waarvan ik de naam nooit te weten ben gekomen, op de vensterbank naar me zaten te staren.

'Misschien kunnen we beter naar jouw huis gaan,' stelde je voor.

'Als je dat wilt,' zei ik.

Het bleek dat je mijn appartement fantastisch vond, vanwege het uitzicht op de skyline van Manhattan. 'Wat is dit mooi. Ik kan niet wachten tot het een keer gaat regenen. Ik wil het Empire State Building in de regen zien. Of in de sneeuw! Ik kan niet wachten tot het een keer gaat sneeuwen.'

We namen een koffer vol kleren van jou mee naar mijn appartement, en een boodschappentas vol andere benodigdheden. Lievelingsalbums, onmisbare kruiden, toiletartikelen, koelkast-magneetjes, een ebbenhouten handspiegel die nog van je oma was geweest, een G.I. Joe-pop met maar één arm die Leonard als jongetje van vijf onder de kerstboom had aangetroffen.

'Om de paar dagen ga ik even naar huis,' zei je. 'Om te kijken hoe het met de katten gaat. Ik hoop dat ze het zonder mij redden.'

Ik knikte. 'Dat hoop ik ook echt.'

Op een nacht werd ik wakker van de dorst en reikte ik naar een glas water op het nachtkastje. Je was wakker en zat met je rug tegen het hoofdeinde door het raam te staren naar de glin-stering van Manhattan in de verte.

'Het is prachtig, Frankie.'

'Weet ik.'

Verder zei je niets. Ik dronk mijn water op en ging met opge-trokken benen weer liggen om verder te slapen. En toen vroeg je: 'Weet je wie die brief heeft geschreven?'

Ik opende mijn ogen. 'Welke brief?'

'Die brief waar je een stukje uit hebt gelezen, de brief over Leonard. Over de chrysanten die hij altijd stuurde en over het stelen van de muntjes.'

'Nee, wie dan?'

Zonder met je ogen te knipperen keek je naar de stad. 'Frank Sinatra.'

We zijn negen maanden samen geweest, en toen waren we niet meer samen. De ene dag was ik nog je 'schatje' en de volgende dag was ik 'nog steeds je beste vriend'; het duurde even voor het tot me doordrong dat een schatje boven een beste vriend staat, dat een schatje met je mag samenwonen en vrijen, terwijl een beste vriend het moet doen met meelevende kussen op de wang en lange, betekenisvolle omhelzingen.

Je pakte je koffer en verliet het uitzicht op Manhattan, keerde terug naar Luther en zijn naamloze broer, naar Leonards as en Leonards bed.

'Wil je *Moby Dick* terug?' vroeg ik terwijl jij je truien opvouw-de.

'Hou maar. Misschien geef je op een dag nog college over Melville.'

Ik hield de deur voor je open en jij bleef in de gang staan, met je koffer in de ene hand en je boodschappentas in de andere. 'Je weet toch dat ik van je hou, hè, Frankie?'

'Tuurlijk,' zei ik. 'Dat lijkt me duidelijk.'

Je schudde droevig je hoofd en kuste me op mijn wang. 'Sarcasme past niet bij je.'

'Sorry,' zei ik.

De dag nadat je voorgoed bij me was weggegaan, zat mijn gezicht opeens onder de puistjes; zo erg was het sinds de middelbare school niet meer geweest. 's Ochtends werd ik wakker met dat vertrouwde gevoel, een tinteling tussen mijn wenkbrauwen. In de badkamerspiegel zag ik mijn angstige vermoeden bevestigd. Een woeste, rode puist staarde me recht aan; zo begint het altijd bij mij.

De dag nadat je bij me wegging was een zondag. Ik had niets te doen, behalve op mijn rozegestreepte bank zitten en doen alsof ik las. Doen alsof ik lees is een van mijn grote talenten; ik ga er carrière in maken. Uiteindelijk zal ik mijn doctoraat behalen en lesgeven aan studenten die doen alsof ze lezen.

Om de paar uur legde ik zorgvuldig een boekenlegger tussen de bladzijden en ging ik naar de badkamer om in de spiegel te kijken, ziekelijk gefascineerd door de steeds erger wordende ravage die in mijn gezicht werd aangericht. Ik vroeg me af of mijn echte huid ooit nog terug zou komen. Of dat dit mijn echte huid was, dit vervuilde terrein, en dat mijn gezicht van de laatste tien jaar een droom van perfecte poriën was geweest.

In het medicijnkastje lag een tube medicinale zalf te wachten, maar ik besloot die niet te gebruiken. De behandeling hielp toch nooit, en bovendien vond ik dat deze straf waarschijnlijk gerechtvaardigd was, mijn eigen puistenplaag.

De dingen die je was vergeten in te pakken: een flesje vanillestokjes op rum op het schapje in de kast, een oranje tandenborstel op de rand van de wastafel, en de reservesleutels van je appartement.

Een hele tijd staarde ik naar de vanillestokjes. Ik vond ze de meest trieste dingen die ik ooit had gezien, de uitgeteerde lijken van een gezin dat was overvallen door een woningbrand, onherkenbaar geblakerd. De tandenborstel gooide ik het raam uit, en ik keek toe hoe hij tollend viel en tussen de bloeiende takken van een kornoelje bleef hangen. Hij hangt er nog steeds, die tandenborstel, als een oranje, opgestoken middelvinger die naar me wijst, telkens wanneer ik langs die boom loop.

Mijn hoofd zat vol met jouw verhalen. En vooral van Leonard. God, wat vond ik het heerlijk om naar je te luisteren. Vaak bleven we laat op, dicht tegen elkaar in ons koude bed, alsof we een slaapfeestje voor twee hadden, terwijl de reumatische radiator in de hoek van de kamer kreunde. En dan vertelde je me verhalen. Je familie was een bonte verzameling rouwdouwende dronkenlappen: vals spelende pokeraars, bigamisten, saxofonisten en leeuwentemmers. Allemaal gestoord en allemaal kleurrijk. Jij was de eerste vrouw die ik ooit had ontmoet die verhalen over haar familie vertelde waar ik naar wilde luisteren. Ik kon er niet genoeg van krijgen. En ik voelde me altijd een beetje schuldig omdat ik je zelf niet van die mooie verhalen kon vertellen. De dronkenlappen die ik ken zijn stille dronkenlappen, zwijgzaam en met korsten op hun knokkels. Die hebben me uit mijn geboorteplaats verjaagd.

Maar Leonard, Leonard, die kan ik maar niet van me afzetten. Hij was de held in je beste verhalen: half gek, een befaamd minnaar, wiens naam in sommige cafés in het centrum nog steeds vol eerbied wordt uitgesproken in verband met heldhaftige slemppartijen die drie dagen duurden. Ik heb die man nooit ontmoet, maar ik kan hem niet van me afzetten.

Toen maandagochtend aanbrak lag ik nog steeds op de bank, mijn keel en voorhoofd begrind met rode pukkels, het ongelezen boek in stille afwachting op mijn buik. Een lichtblauw Manhattan rees op aan de andere kant van de rivier, tot de zon achter me opkwam en de ramen op het oosten verlichtte. Daar, op dat overvolle eiland, lag jij in Leonards bed te slapen. Ik kneep mijn ogen samen en maakte al het beton en staal en glas onzichtbaar, liet de watertorens en televisieantennes verdwijnen, tot ik niets meer zag van de stad behalve zuil na zuil vol slapers, in pyjama, in boxershort, in nachtjapon, naakt. Miljoenen sluimerende New Yorkers, dromend over ontrouwe echtgenoten en minnaars zonder gezicht, een hemel waaruit het dikke meisjes regende, draken die in het schip van de Kathedraal van de Heilige Johannes nestelden. En jij, jij droomde met hen mee, over Joost mag weten wat, zwevend, negentien verdiepingen boven de avenue.

Uiteindelijk hees ik me van mijn rozegestreepte bank, wankelde naar de keuken en maalde bonen voor de koffie. Zodra er een pot stond te pruttelen, pakte ik de telefoon om Michael te bellen. Hij zit altijd al voor zes uur 's ochtends op zijn kantoor om de financiële katernen van kranten van over de hele wereld te lezen. Hij nam meteen op, en ik vertelde hem dat ik die avond zijn auto moest lenen, zodat ik naar een congres van de Modern Language Association op Binghamton University kon.

'Klinkt spannend,' zei hij. 'Wat is het onderwerp?'

Ik staarde naar de lege deur van mijn koelkast. Je had alle magneetjes mee naar huis genomen. 'Het is een literatuurcongres,' zei ik.

'Snap ik, maar het heeft toch wel een onderwerp? Poep-en-pieshumor bij de Bosjesmannen van de Kalahari – zoiets?'

'Was het maar waar. Verhalen over ontvoerde vrouwen in indiaanse gevangenschap uit het postkoloniale Amerika is het deze keer.'

Hij floot. 'Je gaat toch niet Pocahontas in de kofferbak mee naar huis smokkelen?'

'Dus je vindt het goed?'

'Wat is er gebeurd? Heb je vandaag pas over dat congres gehoord?'

'Ik zou eigenlijk met iemand meerijden. Ik heb overwogen met de bus te gaan, maar ...'

'Nogal raar dat ze het congres op een dinsdag organiseren, hè?'

'Ja,' zei ik. 'Dat is heel raar.'

'Wat ik niet snap ...' begon hij, maar ik viel hem in de rede.

'Moet je horen, Michael, je moet me nu gewoon even niet fokken.'

Ik kon voelen dat hij zat te grijnzen, met de ochtendkrant uit Frankfurt opengeslagen op zijn bureau. 'Goed dan,' zei hij. 'Ik zal de man van de garage laten weten dat je komt.'

Die avond belde ik je vanuit een telefooncel bij jou op de hoek; toen je opnam, hing ik op. Dit is er van me geworden, zei ik tegen mezelf: ik ben zo'n engerd die zijn ex belt en vervolgens ophangt. In de koffiezaak tegenover je flatgebouw wachtte ik, hopend dat je binnen niet al te lange tijd naar buiten zou komen. Niet al te lange tijd werd te lange tijd, en de mooie serveerster werd het beu om mijn bodemloze beker te vullen; ze ging bij de balie zitten en negeerde me verder. Ik staarde door het raam naar buiten en speelde met het zoutvaatje en bestudeerde mijn geteisterde gezicht in het holle deel van een lepel. Eindelijk zag ik je het gebouw uit komen. Je was alleen, en voor die kleine zegening bedankte ik je.

Ik stak de straat over, maakte de voordeur en de deur van de hal open met je reservesleutels, ging met de lift naar de negentiende verdieping en liep je appartement binnen. De twee zwarte katten lagen op het bed, niet verbaasd me te zien. 'Hallo, Luther,' zei ik tegen de schele kat. Naar de andere kat knikte ik. 'Hallo,' zei ik, een beetje beschaamd omdat ik zijn naam niet wist.

Ik tilde de zware, zwarte pot met Leonards as van de versterker en draaide me om om weg te gaan. De katten hielden me in de gaten. '*Ladrão*,' zei ik tegen Luther terwijl ik mezelf met mijn duim aanwees. Dat is het Portugese woord voor 'dief', maar Luther liet uit niets blijken dat het hem kon schelen. Met tranende ogen wuifde ik de katten gedag en verliet ik het appartement.

Het was een lange rit door het centrum naar Michaels garage. Ik zat achter in een stadsbus, half stoned van de dieseldampen, met de zwarte pot op schoot. Niemand sloeg acht op de urn die geen urn was. Ik wilde de oude man die naast me zat, een oude man die op een stompje potlood kauwde en de kruiswoordpuzzel bestudeerde in de opgevouwen krant die hij vlak voor zijn ogen hield, aanstoten met mijn elleboog. Ik wilde hem een por geven en zeggen: 'Dit is de as van de vader van mijn ex-vriendin. Dit is alles wat er nog over is van een unieke Amerikaan. Wilt u hem misschien de laatste eer bewijzen?'

We reden in oostelijke richting; de motor bromde onder mijn stoel, de stad werd geel verlicht door straatlantaarns, voetgangers sjokten met gebogen hoofd voort, de winkeliers stonden op de stoep om een sigaretje te roken en de stalen rolluiken te laten zakken. En Leonard was niets meer dan de buit van een puisterige dief.

In Michaels sportwagen reed ik terug naar Brooklyn. Om het uur keek ik door het raam naar buiten om te controleren of hij nog steeds op de plek stond waar ik hem had geparkeerd. De auto was te rood voor mijn straat, te glanzend.

Ik bestudeerde de kaarten en stippelde mijn route uit, en om zes uur 's ochtends, na een hazenslaapje van drie uur, liep ik naar de prachtige auto. Ik was bang dat de urn open zou springen als ik hem in de kofferbak zette, dus gespte ik hem vast in de passagiersstoel, naast het exemplaar van *Moby Dick* met de gebroken rug, en ik reed voorzichtig weg; de bochten nam ik langzaam. We staken de Brooklyn Bridge over naar Manhattan, reden over de West Side Highway, staken de George Washington Bridge over naar New Jersey en namen de Garden State Parkway naar het noorden, om uiteindelijk weer de staat New York binnen te rijden. Een rit van twee uur naar Sullivan County, de radio afgestemd op een gouwe-ouwenzender die ons serenades bracht van Carl Perkins en Elvis Presley, Jerry Lee Lewis en Bill Monroe, Zuidelijke stemmen doordrenkt met overdonderende seksualiteit, gebraden in spekvet. De zon kwam op boven de ongeziene Atlantische Oceaan, de snelwegen rechtten zich en uit de radio klonk muziek met het gekraak van een naald op vinyl. En die ochtend scheen het me toe dat de liefde een zanger was met een vetkuif en bakkebaarden, slechtgemanierd, die in de microfoon grauwt met een door sigaretten geteisterde stem, een stem beneveld door goedkope whisky. Maar hij raakt zowel de hoge als de lage noten, zowel de pieken als de dalen.

Leonard was een goede om als bijrijder te hebben. Niet dat we communiceerden, dat bedoel ik niet. Ik bedoel dat mijn hoofd vol zat met herinneringen aan Leonard. Jouw herinneringen aan Leonard. Hij weigerde op de foto te gaan, vertelde je me; hij was erg bijgelovig en geloofde net als de bedoeïenen dat je ziel gevangen raakte in de foto. Ik heb zijn gezicht nooit gezien. Maar ik stel me hem voor met felle ogen en een baardschaduw, met zware wenkbrauwen die samentrekken wanneer hij naar voren leunt om een grapje te maken. Ik stel me hem voor als een Napoleon met lange benen die langs de kustlijn van Elba paradeert, een keizer in ballingschap.

En ik stel me hem dronken voor. Jij vertelde me dat hij zijn eerste glas whisky 's ochtends al dronk, voordat hij zijn roereieren met bloedworst at. Maar afgezien van de enkele legendarische slemppartij dronk Leonard als een dokwerker, en hij kon verbijsterend veel hebben.

'Heb ik je ooit verteld over Leonard en Gloria Steinem?' vroeg je me op een avond toen we in bed lagen en ik je buik kuste. In 1973 besloot Leonard dat hij wilde begrijpen hoe het nou zat met het feminisme. Hij ging luisteren naar een toespraak van Gloria Steinem in een auditorium in Chicago. Tijdens de toespraak, over gelijkheid op de werkvloer, over voorstellen voor wettelijk vastgelegd zwangerschapsverlof, nam Leonard slokken uit zijn fles Old Grand-Dad-bourbon, zonder acht te slaan op de boze blikken van de vrouwen die naast hem zaten. Uiteindelijk kwam hij onvast overeind, waarbij hij zijn lege fles op de grond liet vallen. Luidruchtig rolde die door het gangpad. Overal keken mensen om.

'U bent een mooie vrouw,' verkondigde hij. Steinem trok haar beroemde wenkbrauwen op. 'U bent een mooie vrouw,' herhaalde hij, en het publiek begon te sissen. 'Ik hou van u,' zei hij boven het gesis uit. 'Ik hou van u, mevrouw Steinem.'

De rit verliep gesmeerd, en we kwamen nog voor acht uur in het stadje Liberty aan. Ik kocht een appel, een chocoladereep en een colaatje bij de enige winkel die open was, een stoffig buurtsupertje, en vroeg aan het meisje achter de kassa de weg naar het reservoir. Haar gezicht was bedekt met kleine rode puistjes, en ik glimlachte naar haar, wees naar mijn eigen onrustige huid en zei: 'De luchtvochtigheid, hè?' Maar ze fronste en wendde zich af.

Gezeten op de motorkap van Michaels auto at ik mijn ontbijt. Er blies een krachtige wind door het stadje; bekertjes van vetvrij papier en folders met kortingsbonnen en wikkels van aluminiumfolie paradeerden over de lege straat, springend en buitelend om mij te vermaken. In de auto bestudeerde ik mijn gezicht in het spiegeltje in de zonneklep; mijn lippen zaten onder de chocola. Dat zal echt wonderen doen voor mijn huid, dacht ik. Ik startte de motor, maar zette hem meteen weer uit. Ik liep terug naar de supermarkt en kocht de grootste chocoladereep die ik kon vinden. Ik kon merken dat het meisje dat een slecht idee vond; ze telde het wisselgeld boos uit en legde het met een klap in mijn hand. Ik liep terug naar de auto, haalde de wikkel van de reep en at het hele ding in vier happen op. 'Wat maakt het ook uit,' zei ik met een klopje op Leonards urn. 'Toch?'

De routebeschrijving van de caissière was heel precies; een kwartier later hobbelden we over een zandweg en zocht ik een countryzender op. Ik kromp ineen bij elk kiezeltje dat tegen de onderkant van de auto ketste. We reden over de top van een heuveltje, en ik zag vóór me een metalen hekwerk dat uit het gras omhoogrees, met op regelmatige afstand van elkaar zwart-rode borden met de tekst VERBODEN TOEGANG VOOR ONBE-VOEGDEN. Ik keek naar Leonards urn, half in de verwachting een reactie te krijgen, enig enthousiasme te bespeuren omdat hij weer thuis was.

Het is verontrustend gemakkelijk om bij een reservoir in te breken. Het hekwerk was maar tweeënhalve meter hoog, en er zat geen prikkeldraad bovenop. Er waren geen bewakers die met aangelijnde dobermanns langs de grenzen van het terrein patrouilleerden. Geen beveiligingscamera's. Geen bewegings-sensoren.

Ik stak *Moby Dick* achter mijn broekband, maakte de veilig-heidsriem los die om Leonards urn zat en liep met hem naar het hek. De gedachte kwam bij me op dat het grootste deel van de man al was bevrijd, dat er van de negentig kilo die hij bij leven en welzijn had gewogen nog maar een kilo of twee over was, en dat de rest als rook door de schoorsteen van het crematorium was ontsnapt. Ons lichaam bestaat voor het grootste deel uit water, herinnerde ik me. Dat was Leonards essentie in die pot, het onbrandbare, de kern van de man.

Daar stond ik, voor het hek, met de urn in mijn handen. Eroverheen klimmen was een makkie, maar niet terwijl ik die urn vasthield. Een atleet zou het kunnen, Michael zou het kunnen, maar ik niet. De urn over het hek heen gooien was geen optie. De bedoeling van deze reis was nu juist om Leonard met de waardigheid die hij verdiende naar zijn zelfgekozen laatste rustplaats te brengen. Stel dat de urn openvloog en de as over het gras verspreid raakte?

Ik liet het probleem een paar minuten door mijn hoofd spelen, waarna ik de urn zorgvuldig tegen het hek zette, terugliep naar de auto en de kofferbak openmaakte. Het geluk was aan mijn zijde: daar lagen twee zwarte bungeekoorden te wachten, die Michael gebruikte om grote voorwerpen op het dak vast te binden. Ik bond de urn op mijn rug door een van de koorden twee keer om mijn middel te slaan en stevig vast te haken. Ik was erg trots op mijn improvisatievermogen en bleef even met mijn handen in mijn zij staan. Toen klom ik langs het hek omhoog. Bovenaan, toen ik me omdraaide om aan de andere kant af te dalen, raakte de urn los en viel op de grond. Ik klom snel naar beneden en griste de urn van de grond, beschaamd om mijn onhandigheid, en keek of hij beschadigd was. Geen krasje zat erop, alleen een prijsstickertje op de onderkant. POT-TERY BARN, stond erop, $29,95.

Ik kon mijn ogen niet geloven toen ik zag dat je het prijsstickertje op Leonards urn had laten zitten. Maar toen berispte ik mezelf om die gemene gedachte: je had die urn een paar dagen na de dood van je vader gekocht. Dan kon ik toch niet van je verwachten dat je aan dergelijke details dacht? Ik peuterde het stickertje er met mijn duimnagel af en keek toe terwijl het door de wind werd meegevoerd naar het bos.

De Neversink zelf was een teleurstelling. Ik had een machtig door mensenhanden gemaakt meer verwacht waarvan de overkant in nevelen was gehuld, maar het eigenlijke reservoir was klein en maar half vol; de lagere terrassen van de betonnen bedijking, die tot voor kort onder water hadden gestaan, waren donkerder van kleur. Ik had de indruk dat als iedere inwoner van de vijf districten van New York tegelijkertijd de wc doortrok, de Neversink met een laatste, machtige zucht tot op de bodem zou leeglopen.

Elk terras van de bedijking liep schuin af naar een richel van anderhalve meter hoog; ik sprong van de ene naar de andere, zeven keer, en telkens was ik ervan overtuigd dat ik mijn enkel zou verbrijzelen. Maar mijn enkel hield het en ik bereikte het laatste terras, van waaruit het beton tien meter loodrecht naar beneden liep tot aan het water. Ik had de wind in mijn rug en besloot dat dit de juiste plek was.

Ik zette de urn op het richeltje boven dat van mij, haalde *Moby Dick* achter mijn broekriem vandaan en sloeg de met paperclips gemarkeerde bladzijden om, op zoek naar Leonards mantra. Daar was hij, aangegeven met drie blauwe sterretjes. Ik kuchte en begon voor te lezen. "'Er is een wijsheid die verdriet is; maar er is ook een verdriet dat waanzin is. En in sommige zielen leeft een Catskill-adelaar die net zo goed kan duiken in de donkerste kloven als er weer uit opvliegen om onzichtbaar te verdwijnen in zonnige sferen.'"

Ik staarde naar het blauwe water in de diepte. 'Je kent me niet, Leonard, maar ik heb veel over je gehoord. Ik wilde dat we elkaar één keer hadden kunnen ontmoeten; ik wilde dat ik je op een borrel had kunnen trakteren. En ik weet dat je me niet kunt horen, ik weet dat je dood bent en zo, maar ik wilde je vertellen dat ik van je dochter hou. Ik wilde dat je nog leefde, zodat ik je om je zegen kon vragen.'

Ik stak het boek weer achter mijn broekriem en probeerde de deksel van de urn te wrikken. Even vreesde ik dat hij hopeloos vastzat, maar met de autosleutel wist ik hem los te wippen. Ik sloot mijn ogen. Ik had gelezen dat menselijke as zelden alleen uit as bestond, dat er nog knokkels en splinters van de schedel en zwartgeblakerde krullen van het dijbeen in zaten, als schelpjes in een emmer zand. Wat ik in mijn handen hield, was een pot vol verbrande man. De enige geluiden die ik kon horen, waren de wind die tegen mijn lichaam en over het water van de Neversink blies en ergens in de verte het zachte gebrom van een grote machine. Ik stak mijn hand in de urn en voelde papier. Ik opende mijn ogen. Ik keek in de pot – een gele papieren zak. Ik zette de pot weer op de richel boven de mijne en trok de zak eruit. *Gold Medal-bloem*, vermeldde de tekst op het gele papier. *Het beste broodmeel van Amerika*. Een hele tijd bleef ik in de wind staan staren naar die woorden. Misschien zit hij er toch in, dacht ik. Misschien is Leonard daarin gestopt, om te voorkomen dat hij wordt gemorst. Ik vouwde de bovenkant van de zak open en haalde er een handvol uit. In mijn hand had ik witte bloem.

Het gebrom werd luider. Hoog boven me ritste een propellervliegtuigje de ochtendhemel open. Ik liep naar de rand van de richel, stak mijn hand uit boven het reservoir en liet de bloem tussen mijn vingers door glijden. De wind maakte er een snel vliegende wolk van. Ik leegde de hele zak Gold Medal en keek toe terwijl de bloem steeds verder werd verspreid, tot hij tegen de tijd dat hij het water raakte niet meer substantie had dan paardenbloempluis.

De volgende avond belde ik je op. 'Hallo,' zei ik. 'Met Frankie.'

'Hallo, Frankie. God, wat klink je formeel.'

'Ik heb het boek van Hunter Thompson gelezen,' zei ik. '*Hell's Angels*.'

'O ja? Wacht even.' Ik stelde me voor dat je met je hand op de hoorn de stemmen dempte die ik hoorde, het gelach. 'Ben ik weer.'

'Hoi.'

'En, vond je het goed?' vroeg je.

'Ja. Maar Leonard komt er niet in voor.'

'De bovenste plank.'

Ik kneep mijn ogen samen. 'De bovenste plank? Wat betekent dat?'

'Nee, ik had het niet tegen jou.'

'Ik heb het boek gelezen omdat je zei dat Leonard erin voorkwam.'

'Hij komt er ook in voor.'

'Nee,' zei ik. 'Ik heb het hele boek gelezen. Hij komt er niet in voor.'

'Ja, hij gebruikte natuurlijk ook niet zijn echte naam toen hij nog bij de bende zat. Wat dacht je nou, dat iedereen hem Leonard noemde? Hij had een of andere alias.'

'O. En, is het je al opgevallen dat hij niet meer in je woonkamer staat?'

'Hè?' Ik stelde me voor dat je naar de versterker keek en nu pas besefte dat de nepurn er niet meer stond. 'Waar is hij dan? Ben je hier binnen geweest?'

'Ja.'

'Heb je ingebroken in mijn appartement?' Je lachte. 'Wauw, Frankie, dat is een beetje griezelig.'

'Ik heb Leonard gestolen. Weet je waarom? Ik heb Leonard gestolen en ben met hem naar de Catskills gegaan.'

Even bleef het stil aan de andere kant van de lijn. Op de achtergrond hoorde ik iemand een spijker in de muur slaan. Toen zei je: 'Frankie ...'

'Ik ben met hem naar de Neversink gegaan, en ik heb zijn favoriete passage uit Melville voorgelezen, en daarna heb ik de urn opengemaakt.'

'Niet te geloven.'

'Waarom heb je me dat aangedaan?' vroeg ik.

'Niet te geloven dat je mij beschuldigt. Jij komt hier binnen en rooft mijn appartement leeg, en dan waag je het mij te beschuldigen? Ik vertrouw jou mijn sleutel toe en je berooft me, en nu, nu beschuldig je míj?'

'Ik wil gewoon weten ...'

'Oké, wil je het weten? Mijn vader woont in Pasadena. Ik heb hem al negen jaar niet meer gezien. Nu weet je het. Tevreden? Verder nog iets? Wil je weten hoe hij heet?'

'Pasadena?'

'Pasadena. Hij is fiscaal jurist. Oké? Is het nou goed?'

'Bestaat Leonard niet?' vroeg ik.

'Frankie bestaat niet,' antwoordde je, en je hing op.

Telkens wanneer ik door het raam naar buiten kijk, zie ik de stad waar je woont, en dan vraag ik me af waar je bent, en wat je doet, verborgen achter die stapels hoge gebouwen. Niet zoiets alledaags als wassen of boodschappen doen – nee, de wetten van de ellendige realiteit gelden voor jou niet, jij baart dode vaders.

Ergens in de stad leeft Leonard voort, speelt hij door het hoofd van een volgende overgelukkige minnaar. Ik rouw om een man die nooit heeft bestaan, dat is waar, maar nog steeds verwacht ik Leonard een keer tegen te komen, dobbelend in het achterkamertje van een cafeetje met zaagsel op de grond, met een primitieve tatoeage van een zeemeermin op zijn onderarm en een gehavend exemplaar van *Moby Dick* in de zak van zijn leren jack. Dan trakteer ik hem op een glas whisky en luister ik naar zijn verhalen.

Wens me *merde*

1

De vrouw op de stoel bij het raam is de eerste die de stank opmerkt. Ze begint te fronsen, nog voordat ze opkijkt van haar paperback. Ze spert haar neusvleugels open en knijpt haar ogen samen; dan, wanneer ze beseft dat de stank niet wegtrekt, slaat ze haar boek dicht en draait ze zich naar mij om. Ze wil weten of ik het ook ruik. Dat genoegen gun ik haar niet. Ik staar naar het kale hoofd voor me.

De andere passagiers in de buurt worden zich ervan bewust dat er iets mis is. Ze draaien zich om in hun stoel en kijken om zich heen naar de cabine; ze grimassen naar elkaar; ze wapperen met kranten en tijdschriften. Een stewardess met haar haar in een onberispelijke chignon loopt langzaam door het gangpad, snuffelend met haar neus in de lucht, als een jachthond die fazanten opjaagt. Twee rijen voor me blijft ze staan en buigt ze zich naar een jonge moeder toe die een slapende baby in haar armen houdt. De stewardess stelt fluisterend een vraag, en de moeder schudt glimlachend haar hoofd.

'Verschoon dat kind,' snauwt een oude vrouw die achter me zit. 'Als ze een baby mee aan boord willen nemen,' zegt ze op luide toon tegen haar echtgenoot, 'dan moeten ze ook het fatsoen hebben om hem op tijd te verschonen.'

'Het is de baby niet,' zegt de stewardess, die haar rug recht en doorloopt in de richting van de staart van het vliegtuig. Wanneer ze mijn rij bereikt, blijft ze staan, kijkt eerst naar links en dan naar rechts, en laat vervolgens haar blik op mij rusten. De donkere vlek verspreidt zich onder me over de zitting van de stoel, buiten het zicht, maar de stewardess hoeft het bewijs niet te zien – ze ruikt het aan me, ze ruikt dat ik schuldig ben. Ze loopt een paar rijen verder om zichzelf ervan te vergewissen dat ik de bron van het probleem ben. De vrouw op de stoel bij het raam weet het al. Ze drukt zich zo dicht mogelijk tegen de wand van de cabine aan en staart me verward en vol afkeer aan.

De stewardess keert terug en gaat op haar hurken zitten. 'Meneer,' vraagt ze, 'bent u ziek?'

'Nee,' antwoord ik.

Ze houdt haar stem gedempt om me niet in verlegenheid te brengen, om de rust te bewaren. 'Hebt u een ongelukje gehad?' vraagt ze.

Ik kijk haar niet aan. De kale man voor me heeft zich omgedraaid om te zien wat er gebeurt. Hij lijkt op mijn opa met die witte snor boven zijn vriendelijke mond en zijn oren, die uitstaan als de vleugels van een zwaan die opvliegt van een meer.

'Meneer,' zegt de stewardess, 'als u zich niet lekker voelt, kan ik u helpen. Dit gebeurt soms, het is niets om u zorgen om te maken.'

Ik zeg niets.

'We kunnen u schone kleren geven, en iets om uw buik tot rust te brengen. Wilt u met me meekomen?'

'Nee.'

De man die niet mijn grootvader is kijkt de stewardess hoofdschuddend aan. De blik die hij haar toewerpt spreekt boekdelen: we hebben met een gek te maken.

De stewardess probeert het nog één keer. 'Gaat u toch met me mee naar achteren, meneer. Ik denk echt dat u zich dan beter zult voelen.' Wanneer ik geen antwoord geef, zucht ze en staat ze op, strijkt de kreukels in haar blauwe plooirok glad en loopt snel naar het voorste deel van de cabine.

Sommige passagiers hebben hun plaats verlaten; ze staan in kleine groepjes op veilige afstand te fluisteren en te giebelen en naar me te staren. Ik kijk niet naar ze. Ik doe geen moeite om te horen wat ze zeggen. Ik blijf in mijn eigen stront zitten en wacht af.

De stewardess keert terug met een ander lid van het boordpersoneel, een knappe jongen met een kuiltje in zijn kin en een zorgvuldig gestylede voorlok. 'Kunnen we iets voor u doen, meneer?' vraagt hij.

'Nee.'

'Goed,' zegt hij, en hij laat snel zijn smekende houding varen. 'Ik moet u verzoeken met ons mee te komen. Laten we dit alstublieft niet moeilijker maken dan het is, meneer.'

Ik doe mijn veiligheidsriem om en trek de riem strak aan.

De steward en de stewardess wisselen een blik. Waarom? Waarom nu? Ik hou ze vanuit mijn ooghoeken in de gaten, klaar om me te verzetten als ze me vastpakken. Maar dat stadium hebben we nog niet bereikt. Ze hebben geen zin om geweld te gebruiken. Ze hebben niet om dit probleem gevraagd; ze wilden niet dat dit zou gebeuren. Dat begrijp ik. Ik wilde ook niet dat het zou gebeuren. Ik heb nog nooit voor opschudding gezorgd. Tot nu toe. Deze mensen moeten worden opgeschud.

'Ik moet u waarschuwen, meneer,' zegt de steward, 'het verstoren van de orde op een binnenlandse vlucht is een misdrijf.'

Hij wacht op een reactie. Er komt geen reactie.

'Ik zeg het nogmaals,' zegt de steward. 'Ik zeg het nog één keer. We willen dat u met ons meegaat naar achteren. Anders bellen we het vliegveld en zorgen we ervoor dat de politie klaarstaat zodra we landen. Oké? Meneer, begrijpt u wat ik zeg?'

'Hij is ziek,' fluistert de stewardess. Ze legt haar hand op mijn schouder. 'Meneer, toe. Dan knappen we u een beetje op en krijgt u schone kleren.'

'Ik moet hier weg,' zegt de vrouw op de stoel bij het raam. 'Dit is te gek voor woorden. Nog even en ik word misselijk.'

'Ga Jimmy halen,' zegt de steward tegen de stewardess. 'We moeten die vent verplaatsen.'

Ik wil dat ze het begrijpen. Ik wil hun laten zien wat er is gebeurd. Als ik zijn foto uit mijn portemonnee zou halen en hun zou laten zien hoe hij lachte, met zijn hoofd in zijn nek, zou dat dan werken? Zouden ze knikken en op hun lip bijten, in een gebaar van solidariteit mijn schouder omklemmen? Of zouden ze afkeurend sissen?

2

Hij heette geen Hector, maar zo zal ik hem noemen. Ik ontmoette hem in een penthouse ver boven de straten van de stad. De man van wie de woning was, een beroemd fotograaf wiens foto's van mooie jongens en meisjes op Times Square billboards van zeven verdiepingen hoog sierden, had me die middag gebeld om me voor het feestje uit te nodigen. Waarschijnlijk verving ik een beroemdere gast die op het laatste moment had afgezegd.

'Neem een scheermes mee,' zei de fotograaf. 'Ik zorg voor de rest.'

Een bediende die voor die avond was ingehuurd ving me bij de deur op en hielp me uit mijn regenjas. Dat heb ik ook weleens gedaan: eten serveren op feestjes van rijke mensen, hun glazen voor hen volschenken en hun vuile borden afruimen. Bijna zei ik daar iets over, maar ik besefte dat het meelevend bedoelde gebaar op hem alleen maar neerbuigend zou overkomen – ik heb vroeger ook met mijn handen gewerkt. En moet je me nu zien!

De woonkamer was leeg. Even raakte ik in paniek, overviel me de oude middelbareschoolangst, dacht ik dat het hele feestje een list was. Lok Alexander met beloften hiernaartoe, laat hem in de waan dat hij met de populaire jongens mag gaan spelen, terwijl het echte feest zich kilometers verderop afspeelt en de feestgangers moeten lachen wanneer ze zich mijn verwarring inbeelden. Maar een meisje met een bleek gezicht en een smoking stond achter een tafel met een wit kleed, waarop de flessen sterkedrank in rijen waren opgesteld. Ik nam een glas wodka aan en keek om me heen. De beroemde modellen van de fotograaf hingen aan de muren, ingelijst en met glas ervoor, en lachten hun beroemde lach. Ik nam een slokje van mijn wodka en bestudeerde hun poses. Sterren, stuk voor stuk, maar ze konden niet op tegen het uitzicht, vaag en spookachtig door de regen, de kop- en achterlampen die over de avenue stroomden en de verre bruggen die glansden als parels voor Godzilla – mijn nachtelijke stad.

Ik dacht dat ik liever door het door regen geteisterde glas naar buiten keek dan naar iets anders, maar dat was een vergissing.

'Ben jij Alexander?'

Ik draaide me om. Een naakte man, nat van de douche en met een opgerolde handdoek in zijn hand, stond op het zilverkleurige tapijt. Ik keek naar het meisje achter de bar, maar ze deed alsof ze met een kurkentrekker stond te klungelen.

'Ja,' zei ik. Ik keek naar mijn regenlaarzen, mijn olijfgroene corduroy broek, mijn zwarte coltrui van kasjmier. 'Ik heb het gevoel dat ik te chic gekleed ben.'

Hij knikte, half glimlachend. Hij had het volmaaktste lichaam dat ik ooit had gezien. Het water wilde niet van zijn lichaam lopen – het parelde op zijn huid als druppels op de motorkap van een pas in de was gezette auto.

'We zaten al op je te wachten. Kom maar mee.'

Dit is waarvoor ik naar de stad ben gekomen, dacht ik. Zodat mooie, naakte mannen tegen me konden zeggen: we zaten al op je te wachten. Kom maar mee. Naar het eind van de wereld, meneer, dacht ik bij mezelf terwijl ik mijn glas leegdronk.

Het vertrek dat we betraden moet de studio van de fotograaf zijn geweest. De radiatoren stonden helemaal open en het was tropisch warm. Midden op de vloer was een reusachtig wit zeildoek neergelegd. Op dat zeildoek stonden blauwe emmers vol dampend water; op het water dreven gele sponzen. Twaalf mannen stonden naakt op het zeil met een drankje in de hand te babbelen en te lachen en in elkaars oor te fluisteren. Dertien mannen stonden naakt op het zeil zodra mijn gids zich bij hen had gevoegd. Het was 1991, voordat tatoeages en piercings in zwang kwamen; iedereen had nog een onbezoedelde huid. Ik herkende zes of zeven gezichten, bekende kunstenaars en schrijvers over kunst.

'Alexander!' riep de fotograaf uit. 'Eindelijk! Een feestje met dertien gasten is een heel naar voorteken. Dan hadden we iemand moeten vermoorden. Alexander, dit is iedereen. Iedereen, dit is Alexander.'

'Hallo, Alexander,' zeiden de vriendelijkere types in koor. De anderen wierpen me een vluchtige blik toe en zetten hun gesprek voort.

'Alexander is een zeer talentvolle jonge beeldhouwer,' ging de fotograaf, die nu al zijn belangstelling voor me verloor, verder.

'Schilder,' zei ik.

'Goed,' zei de fotograaf. 'Wie eerst?'

'Ik,' zei mijn gids. 'Ik heb het ijskoud.'

'Niemand heeft gezegd dat je onder de douche moest gaan staan,' zei een lange, slungelachtige man met een bril met een vierkant, zwart montuur, recensent bij een van de glossy tijdschriften in de stad. 'Je wilde ons gewoon de loef afsteken met je natte, wilde look.'

'Prima,' zei de fotograaf, 'prima. Hector gaat als eerste. Kies een man, Hector, kies een man! Wie zal het zijn?'

Hector staarde me recht aan, zijn bruine ogen omlijst door lange wimpers. Een huivering van verlangen deed me trillen in mijn laarzen.

'Hij. Alexander.'

De fotograaf trok zijn wenkbrauwen op. 'De laatkomer krijgt de buit. Je boft, Alexander. Welkom op het feestje. Kom erbij. *Sans* de kleren.'

Ik zette mijn glas op de grond en kleedde me nerveus uit, me pijnlijk bewust van alle starende ogen, huppend op één voet toen ik moeizaam mijn laarzen uittrok. Ik zie er niet slecht uit – dat jaar heb ik de marathon gelopen – maar Hector, tja, Hectors lichaam was een geschenk, een wonder. Zo mooi horen mensen er niet uit te zien. Dat is niet goed voor de samenleving.

Ik stapte het zeil op, me bewust van de stilte. Mijn hoofd gonsde van nieuwsgierigheid, en verlegenheid, en bovenal begeerte.

'Je scheermes,' fluisterde de fotograaf. 'Waar is je scheermes?'

Ik draafde terug naar mijn kleren en haalde het leren tasje uit mijn broekzak. Op het zeil ritste ik het open, haalde het scheermes met het in allerlei tinten bruin gevlekte handvat eruit en klapte het stalen blad open.

'O, o,' zei iemand. Er steeg een zacht, nerveus gelach op.

'Weet je wel hoe je daarmee moet omgaan?' vroeg de recensent.

'Ja,' antwoordde ik. En dat was ook zo. Mijn vader zwoer bij het rechte mes en hield bij hoog en bij laag vol dat veiligheidsmesjes voor watjes en tienermeisjes waren. Hij bracht me de techniek bij nog voordat ik zelf een baard kreeg.

Hector glimlachte. Ik verwachtte al dat zijn tanden volmaakt zouden zijn, en dat waren ze ook, zo wit dat zijn gezicht daarbij nog donkerder leek. 'Toe maar,' zei hij. 'Ik vertrouw je.'

Ik kende de regels van het spelletje. Hij stond op me te wachten, zijn voeten een eindje uit elkaar, zijn handen op zijn heupen. Nu al werd hij opgewonden, en ik wist dat het niet door mij kwam. Hij had bekijks. Alle ogen waren op hem gericht; iedereen in dat vertrek verlangde naar hem.

Ik liep met een blauwe emmer naar hem toe, doopte mijn hand met de gele spons tot aan mijn pols in het zeepwater en liep toen een keer om Hector heen, zoals ik in het museum om een marmeren standbeeld heen zou lopen, om hem van voren, van achteren en van opzij te inspecteren. Achter hem bleef ik staan, met het handvat van het scheermes tussen mijn tanden alsof ik een piraat was, en wrong de spons uit, toekijkend terwijl het water over zijn rug stroomde, door het diepe kanaal van zijn ruggengraat, door de naad tussen zijn billen en over zijn benen, om tot slot aan zijn voeten een plasje te vormen. Hector wiegde zachtjes heen en weer, drukte zich in een sluwe, plagerige beweging tegen me aan en trok zich weer terug.

Ik moest denken aan de eerste jongen die ik had geneukt, een stille punkrocker met oranje stekeltjes. Het leek ons wel grappig om elkaar te neuken in de endzone van het footballveld bij ons op school, en dat was het ook, we lachten hysterisch terwijl we elkaar de kleren van het lijf rukten. Maar toen werd hij opeens stil, keerde zich op handen en voeten van me af en bood zichzelf aan me aan. Het was zaterdagavond, de verlichting in de school was uit, de krekels gingen tekeer, de wind schudde de dennentakken heen en weer. Overal waren sterren: boven de toppen van de heuvels, boven de klokkentoren van de school, boven onze eigen dampende huid.

Maar dit maakte deel uit van Hectors spelletje. Hij wilde dat ik buiten zinnen zou raken, dat ik het scheermes zou laten vallen en hem ter plekke op dat natte zeil zou nemen. Ik geloof niet dat ons publiek zou hebben geklaagd; iedereen zat koortsachtig en vol verwachting naar ons te kijken.

Ik liet me op mijn knieën zakken en zeepte Hectors dubbel geaderde, diamantvormige kuiten in. Hij stond op de bal van zijn voeten, om de spier te spannen, en het trof me hoe vertrouwd Hector was met zijn eigen lichaam, veel meer dan ik met het mijne. Hij wist precies hoe hij moest gaan staan, hoe hij zich moest bewegen, waar hij zijn handen moest laten. Hij wist wat er bewoog wanneer hij zijn armen uitstrekte. Hector, zo begreep ik, had een levenslange verhouding met de spiegel.

'Ben je niet bang?' vroeg hij op licht spottende toon terwijl hij met zijn kin op zijn schouder op me neerkeek. 'Moet je geen handschoenen aantrekken?'

'Ik snij je toch niet.'

Ik legde de spons op het zeil en begon hem te scheren. Korte, snelle halen, met de haargroei mee. Ik was vergeten een scheerriem mee te nemen, maar Hector liet zijn lichaamshaar nooit lang staan – deze scheerbeurt was ongeveer net zo noodzakelijk als bij een klein meisje. Maar dit was dan ook een voorstelling. Het mes bleef scherp, en ik werkte langzaam langs zijn benen omhoog, schoor voorzichtig en geduldig de lastige hoeken van zijn knieën. Ik wilde hem vragen hoe hij dat lichaam had gecreëerd, maar dat paste niet bij mijn rol; ik had geen tekst. Ik liet het scheermes over de gespierde ronding van zijn bovenbenen glijden, luisterend naar het zachte geschraap van staal over huid, en bedankte vanuit de grond van mijn hart de man die verhinderd was voor dit feestje.

Ik schoor hem van de scherpe V van zijn onderbuik tot aan de huid rond zijn hazelnootbruine tepels; van de platte, harde wand van zijn buik tot aan de gewelfde bogen van zijn oksels. Ik zou willen dat iemand zwellingssensoren om de pik bond van iedere man van de nationale conventie van de Republikeinse partij en vervolgens Hector naakt over het podium liet paraderen. De conservatieve partijleden zouden hun ogen er met hun duimen uit drukken – Hector was onweerstaanbaar. 'Draai hem eens om!' riep de fotograaf. 'We willen niet de hele dag tegen zijn gezicht aan kijken. Kom, laat hem eens van zijn beste kant zien.'

Ik legde mijn handen lichtjes op Hectors heupen; hij volgde mijn beweging en draaide zich met een flauw glimlachje een halve slag om. Een van de twaalf toeschouwers kreunde luid. Iemand anders mompelde: 'Je haalt me de woorden uit de mond', en ze moesten allemaal lachen. Ik schrobde Hectors hooghartige achterwerk met zeepwater, en hij drukte zich flirtend met zijn heupen tegen me aan.

'De grote vraag is,' zei de recensent, 'wie gaat er in vredesnaam als tweede?'

Hector welfde zijn rug en keek me over zijn schouder strak aan met die eeuwige flauwe glimlach van hem. Er schuilt een zekere valsheid in koketterie, de wreedheid van een kat die een spelletje speelt met een hulpeloos wezen dat hij volledig in zijn macht heeft. Maar zelfs zijn wreedheid wond me op.

Eindelijk was ik aan zijn gezicht toe. Ik drukte mijn borst tegen de zijne en sloeg mijn arm om zijn middel, zodat hij zich niet zou bewegen. Niet dat dat nodig was; Hector kon een pose urenlang volhouden. Maar ik wilde mijn vrije hand daar beneden hebben, zodat ik zijn nog glibberige heupen kon strelen. Ik schoor zijn keel, waarbij ik zijn kin optilde met de duim van de hand waarmee ik het mes vasthield om de huid strak te trekken; ik schoor zijn kaak, de holletjes onder zijn jukbeenderen. Toen ik klaar was liet ik mijn handen over zijn gezicht en lichaam glijden, op zoek naar stoppeltjes die ik had overgeslagen. Uiteindelijk klapte ik het scheermes dicht en deed ik een stap achteruit om mijn werk te bewonderen. Van zijn voetwortelbeentjes tot de randen van zijn lange bakkebaarden was Hector volmaakt onbehaard.

Hector maakte op één voet een pirouette, met zijn andere voet tegen zijn bovenbeen. Vervolgens bleef hij op zijn rechtervoet staan, boog vanuit de heupen naar voren, strekte zijn rechter-arm naar voren uit en zijn linkerarm en -been naar achteren, parallel aan de grond – een volmaakte, kaarsrechte arabesk. Het drong tot me door dat Hector danser was en dat ik dat eerder had moeten beseffen: dit waren de benen van een danser, elegant maar vol brute kracht; de armen van een danser, gebeeldhouwd na al die jaren ballerina's optillen, sierlijk van het eindeloos oefenen van *port de bras*.

Toen ik pas in de stad was komen wonen, zei een van mijn nieuwe vrienden dat ik nooit iets met een danser moest beginnen. 'Hooghartige krengen zijn het,' zei hij. 'Allemaal. Je wordt verliefd op hun perfecte kont en vervolgens schijten ze over je heen.'

De toeschouwers klapten, en Hector maakte een diepe buiging, waarna hij mijn hand vastpakte en we samen bogen.

Het feestje ging door tot vroeg in de ochtend, en de andere mannen vormden koppels en schoren elkaar. Watergevechten, speelse worstelpartijen, tikken tegen billen – de gebruikelijke kleedkamercapriolen. Maar de spanning was eraf. Niemand anders had een ouderwets recht scheermes. Niemand anders had Hector. Iedere man in die kamer wilde hem neuken, maar hij bleef bij mij zitten, op satijnen kussens die in een schemerig hoekje waren opgestapeld. We praatten zachtjes met elkaar en de andere mannen staarden naar ons. Met name de recensent leek hoogst geamuseerd; op een gegeven moment riep hij ons toe: 'Wees voorzichtig, jonge vrienden. Relaties tussen dansers en schilders zijn gedoemd te mislukken. Denk aan Isadora Duncan.'

We dachten niet aan Isadora Duncan. Urenlang praatten we; nu en dan liepen we naar de woonkamer om iets te drinken te halen en naar de regenachtige stad te staren. Ik voelde me een beetje belachelijk wanneer ik met een halve erectie wodka bestelde bij het bleke meisje, maar ze keek me geen moment aan, wierp alleen snelle, zijdelingse blikken op Hector wanneer die de andere kant uit keek.

'Kom een keer naar een dansvoorstelling van me,' beval hij, terwijl hij een slokje nam van zijn mineraalwater.

'Graag.'

'De première is komend weekend. *De rite van de lente*. Wat vind je van Strawinsky? Het is een heel moeilijke dans, heel bruut, erg zwaar voor de danser.'

'Nou, succes dan maar.'

Quasiontzet sperde Hector zijn ogen open. 'Nee, nee. Nooit "succes" zeggen tegen een danser.'

'*Hals- und Beinbruch?*'

Hij sloeg een kruisje. 'God verhoede. Nee, nee. Nooit. Zeg "merde".'

'Merde? Echt waar?'

'Merde.'

Hector vertelde me dat hij acteur wilde worden; hij vond het danswereldje te klein, voelde zich erdoor beperkt. Eerste solist zijn in de grootste producties van zijn gezelschap, Romeo in *Romeo en Julia*, de prins in *De schone slaapster*, was voor hem niet genoeg. Hij wilde een miljoenenpubliek. Hij wilde in films meespelen.

Ik luisterde naar hem en smeedde in gedachten al plannen. Ik zou de verf links laten liggen en de camera bedienen; Hector mocht de ster zijn. Ik zou inzoomen voor een close-up, en dan kon hij zijn beroemde glimlach vertonen, zijn stralende tanden aan heel Amerika showen, met een knipoog waar de hele wereld bij kon wegzwijmelen.

Op een gegeven moment, het was al middernacht geweest, gebaarde hij weer dat ik hem moest volgen. Hij leidde me door donkere gangen naar een reusachtige slaapkamer. De gekreukte lakens van een onopgemaakt bed; de paisleypyjama die aan het voeteneind over een bankje lag; het in leer gebonden, openge- slagen fotoalbum, plastic hoesjes vol foto's van Hector – alle- maal gehuld in het blauwe schijnsel van de nog altijd felver- lichte stad aan de andere kant van de ramen, die van de vloer tot aan het plafond reikten. Hector, met een blauw waas over zijn huid, die zijn vlakke handen op het glas legde en naar de omrin- gende gebouwen keek.

'Denk je dat ze ons hier kunnen zien?' vroeg hij.

'Misschien,' zei ik. Hij zweeg, en ik voegde eraan toe: 'Iedereen in deze stad is een voyeur. Op dit moment zijn er honderden telescopen op ons gericht.'

'Dat hoop ik,' zei hij, wiebelend met zijn heupen en lachend. 'Vind je me leuk, Alexander?'

'God, ja.'

'Verlang je naar me?'

Ik zei niets. Ik streek met de rug van mijn handen over zijn bovenbenen en begon hem te kussen, overal op die hectaren bruine, zijdezachte huid. Hij zette zijn voeten ver uit elkaar en leunde tegen het raam, en ik dacht: als we veertig verdiepingen naar beneden storten, kunnen ze mijn glimlach van de stoep schrapen.

3

Na het scheerfeestje huurde hij me in om zijn portret te schilderen. Ik had al sinds mijn opleiding geen portretten meer gedaan; de laatste drie jaar had ik besteed aan mijn watertorenserie: 'Watertorens: 1-59', en ik betwijfelde of ik Hectors lichaam recht kon doen.

Ik had gelijk; elke studie waar ik aan begon was een oefening in weglating. De complete Hector wilde maar niet op papier verschijnen. Hij stond naakt op de betonnen vloer van mijn studio in Red Hook, Brooklyn, een verbouwde slagerij die ik huurde samen met Tulip, een vrouw uit Manitoba die dan weer wel, dan weer niet lesbisch was.

'Als ze dan weer wel, dan weer niet lesbisch is,' vroeg Hector nadat ik uitleg had gegeven over mijn huiselijke situatie, 'waarom noemt ze zichzelf dan niet biseksueel?'

'Ze vindt biseksualiteit laf.'

Hector trok zijn wenkbrauwen op. 'En mannen neuken niet?'

'Gewoon je mond houden en poseren.'

'Dan moet ze alleen met homoseksuele mannen neuken,' zei hij met zijn hand achter zijn rug en een bedeesde glimlach die de kuiltjes in zijn wangen goed deed uitkomen. 'Als ze zich zo druk maakt om definities.'

Ik keek op van mijn schetsblok. 'Tulip is jouw type niet,' zei ik, en Hector haalde zijn schouders op.

'Je gaat toch niet met vrouwen naar bed?' vroeg ik. 'Of wel?'
'Alleen als ik daar zin in heb.'

Ik ging verder met mijn werk. 'Niets aanspannen, oké? Gewoon stilstaan.'

Hij stak zijn tong naar me uit. 'Wanneer komt het manwijf eigenlijk thuis?'

'Elk moment. Waar je nu staat, stond vroeger de gehaktmolen. Het eerste halfjaar dat we hier woonden stonk het hele huis naar rundvlees.'

'Kijk mij nou,' zei hij, starend naar zijn verschrompelde pik. 'Moet je dat arme, kleine ding nou zien.'

'Heb je het koud?'

'Nee,' zei hij, 'ik ben eenzaam.'

Ik liet het schetsblok vallen en liep op hem af.

Het moeilijkste aan Hector om op schildersdoek vast te leggen waren zijn voeten. De rest van zijn lichaam was klassiek geproportioneerd en had de marmeren hoeken en rondingen van een Griekse sculptuur, maar zijn voeten waren lelijk. Hij had de voeten van een danser, bobbelig van de knobbels en kneuzingen, met hamertenen en dikke, gele eeltplekken. Maar Hector was er trots op; hij liep altijd op blote voeten, zelfs als hij kleren aanhad, wat binnenshuis een zeldzaamheid was. Zijn voeten hielpen me hem te begrijpen. Hector was een Porto Ricaan uit de Bronx. Hoe flirterig hij ook rondparadeerde, hoe vaak hij ook voor de spiegel stond te tutten, Hector was een taaie, niet alleen een artiest maar ook een atleet.

Op een avond waren we uitgenodigd voor een kostuumfeestje in Scarsdale dat door een tijdschriftredacteur werd georganiseerd (Hector was uitgenodigd; ik ging mee als zijn introducé). Ik haalde hem op bij zijn appartement en hapte naar adem toen hij de deur opendeed. Hij droeg een bodysuit van zwarte stretchstof die zo strak zat dat ik de aderen in zijn biceps kon onderscheiden, en kon zien dat hij geen onderbroek droeg.

'Dat trek je toch niet aan?' vroeg ik. Ik ben opgegroeid in een stadje in Pennsylvania dat ooit bekendstond om zijn staalindustrie en nu als kweekvijver voor professionele linebackers; ik vond altijd dat trots zijn op je geaardheid en zelfmoord dicht bij elkaar lagen.

'Natuurlijk wel,' zei hij nadat hij me een kus op mijn mond had gegeven. 'Ik ben Catman!'

'Catman? Catman bestaat niet. Bedoel je Catwoman?'

'De pot op met Catwoman. Catman!'

Ik kon hem niet op andere gedachten brengen. Zelf was ik verkleed als investeringsbankier: ik droeg een pak met krijtstreep, een rode stropdas en rode bretels, en ik had er een penis van anderhalve meter bij, maar die was opblaasbaar en ik hoefde hem pas op te blazen als we op het feestje waren.

In de metro naar Grand Central Station zat ik blozend op het bankje, terwijl Hector naast me stond en weigerde zich ergens aan vast te houden; hij wiegde heen en weer op het ritme van de treinbewegingen en neuriede keer op keer dezelfde drie maten van Prokofiev. Achter hem zat een rij oudere dames, die hun boodschappentassen stevig omklemden. Ze konden hun ogen niet van hem afhouden. Even fantaseerde ik dat ze als één vrouw overeind zouden springen om hem met hun tandeloze monden te verslinden.

In de hal van Grand Central, onder de geschilderde sterrenbeelden, maakte Hector ook nog eens drie radslagen – radslagen! – en hij lachte toen hij me op mijn lip zag bijten. Hij zwaaide naar een fronsende agent die bij de informatiekiosk zijn gummiknuppel liet ronddraaien.

'Kom mee,' zei ik; ik gaf Hector een duwtje. 'Hij vertrekt over twee minuten.'

'Het probleem met stretchstof,' zei Hector terwijl hij aan de stof tussen zijn benen plukte, 'is dat het schuurt.'

We stapten in onze trein en kozen een leeg rijtuig. Hector zuchtte, gefrustreerd omdat hij veertig minuten lang geen kant op kon. Een groep middelbare scholieren met sportjasjes aan rende joelend het rijtuig binnen, vlak voordat de trein wegreed. De aanblik van die jongens met hun geschoren koppen en klassenringen deed bij mij alle alarmbellen rinkelen, maar Hector leek hen niet eens op te merken. Hij legde zijn hoofd op mijn schouder en viel in slaap.

De jongens zagen ons. Het begon met meesmuilend gegrijns en gefluisterde grappen. Een van hen aapte Hector na en legde zijn hoofd op de schouder van zijn kameraad; de jongen duwde hem vol gemaakte afkeer van zich af. De conducteur kwam langs en ik kocht kaartjes voor ons. Ik keek zijn in een blauw overhemd gehulde rug na toen hij door de schuifdeur verdween.

Ze begonnen dingen naar ons te gooien. Eerst zweefde er een papieren vliegtuigje over ons heen. Vervolgens balletjes van krantenpapier. Ik stootte Hector met mijn schouder aan; ik wilde weg, naar een rijtuig waar nog meer mensen zaten. Hector opende zijn ogen, precies op het moment dat er een in elkaar gedrukt frisdrankblikje op mijn schoot belandde. Hij pakte het blikje, ging overeind zitten en smeet het naar de grootste jongen van de groep, een potige krachtpatser met blauwe ogen. Het blikje raakte de jongen midden op zijn neus en schoot weg. Voordat de jongen kon besluiten wat hij moest doen, stond Hector op en boog hij naar voren, met zijn gespierde onderarmen over de stoel voor zich.

'Wanneer ben je voor het laatst in elkaar geslagen door een man in een catsuit?'

Daar had de jongen geen antwoord op. Bij het volgende station kwam er een groot gezin ons rijtuig binnen en werd de stilte tot mijn grote opluchting verbroken door het gekrijs van peuters, en we bereikten Scarsdale zonder verdere incidenten.

'Terug gaan we met de taxi,' zei ik tegen Hector toen we het station uit liepen. 'Ik betaal wel.'

'Dat mag ik hopen,' zei hij. 'Of denk je soms dat ik ruimte heb voor een portemonnee?'

4

Toen we op een avond een wandeling maakten door Chinatown, waar we de zwermen gehaaste mensen ontweken, wezen naar de hangende eenden, de speenvarkens die aan het spit hingen te roosteren, de krabben die uit hun glazen aquariums gluurden met blauwe elastiekjes om hun scharen, deed Hector zijn mond open om iets te zeggen, maar hij begon te hoesten, en hij bleef maar hoesten; midden op de stoep bleef hij met zijn handen op zijn knieën staan terwijl zijn lichaam schokte van het droge gehoest. Een volle minuut lang hield ik zijn schouders vast, terwijl de voetgangers met een boog om ons heen liepen, zonder ook maar een seconde hun pas in te houden.

'Ik moet weg uit deze stad,' zei hij toen hij eindelijk weer iets kon zeggen; zijn ogen waren rood. 'Ik zweer het je, ik ben allergisch voor New Yorkers.'

Het was een dappere grap. We lieten ons bloed testen en de diagnose werd geveld. Dus leerden we een nieuwe taal. We lazen alle artikelen die we konden vinden over nieuwe behandelingen. Ik belde vrienden die ik in jaren niet had gesproken, zieke vrienden die zich stilletjes hadden teruggetrokken uit de wanhopige carrousel van feestjes, dansclubs en openingen. Die mannen had ik uit mijn dagelijkse gedachten gebannen, en daar schaamde ik me voor, ik schaamde me ervoor dat ik gespitst was op elk spoortje van voldoening in hun stem wanneer ik hun het nieuws meedeelde.

Sommigen snauwden me af en gaven me een uitbrander omdat ik nooit op bezoek kwam, en ik begreep en aanvaardde hun boosheid. Wanneer de tuinman je uitkaffert omdat je zijn gras vertrapt, heeft hij het niet alleen tegen jou. Hij heeft het tegen iedere klootzak die de laatste tien jaar een stukje wilde afsnijden, iedere jongen die met ontbloot bovenlijf door de azalea's heen denderde, elke blonde labrador die de pas aangeplante bloembedden weer opgroef. Je bent de laatste in een lange reeks overtreders, en je moet de schuld op je nemen voor iedere overtreder die je is voorgegaan.

Ik ondervroeg al mijn besmette vrienden, vroeg hun om namen van goede artsen en ziekenhuizen. Ik luisterde naar wat ze zeiden, maakte aantekeningen en besefte hoe dankbaar ze waren voor die kans om hun hart te luchten. Ze gingen tekeer tegen de regering, tegen hun verzekering, tegen de mannen die hen hadden besmet en de minnaars die hen hadden verlaten, tegen de mooie jongens die hen niet recht durfden aan te kijken, tegen een land dat gewoon wilde dat ze zouden doodgaan, dan was het maar achter de rug.

Zo zal ik niet worden, hield ik mezelf voor. Ik schoot me nog liever voor mijn kop dan dat ik in een vat vol opgekropte haat en angst zou veranderen. Niet alle mannen waren echter vervallen in zo'n eindeloze tirade van beschuldigingen. Sommigen waren hoopvoller. Ze spraken gepassioneerd over experimentele nieuwe medicijnen, krachtige medicijnen waarvan het gerucht ging dat ze werkten. Niets was nog officieel goedgekeurd; alleen proefpersonen hadden er toegang toe.

Hector knikte toen ik hem dat nieuws vertelde. Hij wist het al, had zijn machtige vrienden ('Kunstmecenassen,' zei hij met een knipoog) al gebeld en voor ons allebei een afspraak geregeld met een befaamde arts die op dat moment in een ziekenhuis vlak bij het centrum met een onderzoek bezig was.

'Wat we proberen te doen,' zei dr. Kislyany, gezeten achter de keurige stapels papieren en medische tijdschriften op zijn stofvrije bureau, 'is de slechteriken neutraliseren. Als we het hebben over virale belasting, weet je dan wat dat inhoudt?'

'Ik denk het wel,' zei ik. Hector keek me aan en rolde met zijn ogen. 'Maar niet helemaal,' voegde ik eraan toe.

Dr. Kislyany glimlachte. Hij was een verrassend jonge man, donker en verzorgd en elegant. Hij droeg een bril met een metalen montuur; tere vlinders fladderden over het gele vlak van zijn stropdas. 'Kort gezegd: het virus kloont zichzelf. Het vermenigvuldigt zich, maakt kopieën. Het aantal kopieën per milliliter bloed is de virale belasting. Goed, de therapie die we uittesten is gloednieuw, begrijp je? Dit is een volkomen nieuwe klasse van medicijnen. We weten nog niet wat de langetermijneffecten zijn. En we weten niet of ze werken. De eerste resultaten zijn tamelijk veelbelovend, maar het is nog te vroeg voor definitieve conclusies. Het is riskant, dat wil ik maar zeggen. Als jullie besluiten dit te doen, als jullie je als vrijwilliger melden, dan worden jullie menselijke proefkonijnen.'

Hector zat door het raam naar buiten te staren. Ik keek naar hem en vervolgens naar de arts. 'Als u ons was,' vroeg ik, 'als u in onze schoenen stond, zou u dan denken dat het de beste optie was?'

'Ik ben er vrij zeker van dat het de enige optie is.'

Hij overhandigde ons lijvige contracten waarin het ziekenhuis, de medicijnproducenten en de rest van de wereld werden gevrijwaard van aansprakelijkheid. We lazen de clausules snel door en zetten onze handtekening, zonder vragen te stellen.

'Nu gaan we jullie bloed controleren. Als de virale belasting onder de vijfduizend ligt, wachten we af. Ligt hij erboven, dan beginnen we. En heren,' zei hij terwijl hij zijn bril afzette, 'dit is een agressieve behandeling. Het is niet zo van: twee aspirientjes innemen en bel morgen nog maar een keer. Deze pillen hakken er flink in.'

We knikten, popelend om te beginnen. Ik kon voelen hoe het virus zich verspreidde door mijn lichaam en honderd nazaten per seconde produceerde, die er stuk voor stuk op waren gebrand om me van binnenuit te laten wegrotten.

Een verpleegkundige met lange rubberen handschoenen en een gezichtsmasker nam bloed bij ons af. De volgende ochtend werden we gebeld door dr. Kislyany. Hectors waarde was 18.000; de mijne was 25.000. Toen we het ziekenhuis uit liepen, de kille winterse zonneschijn in, vroeg Hector me of ik bij hem wilde intrekken.

'Ik wil je bij me in de buurt hebben,' zei hij. 'Ik kan nooit onthouden wat ik wanneer moet innemen. En bovendien kun je beter koken dan ik.' Dat ik beter kon koken dan Hector was een loos compliment, aangezien hij alleen maar proteïneshakes en rauwe groenten at. Maar hij wilde niet dat ik in de keuken stond te sloven; hij wilde dat ik hem in de gaten zou houden. Zolang ik er was om te getuigen van zijn aanwezigheid, kon hij niet verdwijnen.

Dus trok ik bij hem in, ruilde ik Tulip en de slagerij en Red Hook in voor Hector en zijn driekamerappartement in TriBeCa. Het was de eerste keer dat ik in Manhattan woonde. Ik had me altijd voorgesteld dat ik het gemaakt zou hebben als ik eindelijk in de stad zou gaan wonen, met een solo-expositie in een galerie in Soho en een juichende recensie in *Art Forum*. Maar Hector was degene met een plakboek vol recensies, met foto's uit kranten van zichzelf op het podium, met een stapel fanmail van echte fans (al was die voor het grootste deel, zo gaf hij tegenover mij toe, van zijn moeder afkomstig).

We begonnen aan de eerste van vele medicijnencycli. 'Het cocktailuurtje,' zei Hector altijd terwijl hij de oranje potjes pillen op de keukentafel in verschillende groepjes verdeelde: *Hector – ochtend; Alexander – ochtend. Hector – avond; Alexander – avond.*

Die eerste paar dagen dat we samenwoonden beschouwden we de pillen als onze kleine helden, frisse Amerikaanse soldaatjes die door Parijs marcheerden, zwaaiend naar de juichende mensenmassa. Nucleoside analogen, nonnucleoside reverse transcriptaseremmers, proteaseremmers – we spraken de namen eerbiedig, liefdevol uit. Ze waren gekomen om ons het leven te redden.

Onze genegenheid voor de pillen was geen lang leven beschoren. We moesten onze dagen plannen rond de medicatie en eraan denken dat didanosine moest worden ingenomen op een lege maag, saquinavir met een vette maaltijd, indinavir met een magere maaltijd; dat ritonavir naar accuzuur smaakte en het beste met chocolademelk kon worden ingenomen; dat delavirdine moest worden opgelost in 250 milliliter water en snel moest worden opgedronken, alsof je een student was die een biertje achteroversloeg. Ik ontdekte dat amivudine hoofdpijn, slapeloosheid en vermoeidheid veroorzaakte; dat nevirapine leidde tot overgeven, diarree, koorts en felle paarse vlekken op de huid – dezelfde symptomen als bij nelfinavir, maar wanneer je nelfinavir samen met saquinavir innam, was het alsof je ribben met messen werden bewerkt. Zalcitabine vrat een gat in de wand van mijn slokdarm. 'Een klein zweertje,' zei dr. Kislyany, starend naar een echo van mijn keel. 'Pijnlijk, maar niet gevaarlijk.' Idovudine remde de aanmaak van nieuw beenmerg, wat me niets zei, totdat ik pernicieuze anemie opliep, een kilo of twintig afviel, lijkbleek werd en zoveel aan kracht inboette dat ik twee weken lang alleen met behulp van een stok kon lopen. Telkens als ik te snel opstond, wervelde er een zwerm vuurvliegjes voor mijn ogen. Pijnlijk en gevaarlijk, maar ik kwam erbovenop.

Het eerste ongelukje gebeurde negen maanden na het begin van de therapie, toen ik op de hoek van een straat stond te wachten tot het stoplicht op groen zou springen. Ik voelde een trilling in mijn darmen, gevolgd door een afschuwelijke nattigheid die langs mijn bovenbenen naar beneden stroomde. Er kwam een herinnering boven aan mezelf als vierjarig kind, krijsend op het overwoekerde grasveld terwijl mijn moeder me een uitbrander gaf. Het stoplicht sprong op groen en ik stak over.

Schaamte is zwarte stront die in je broekspijpen en sokken trekt terwijl je via de achtertrap het appartementencomplex binnen gaat waar je geliefde woont. Schaamte is je bevuilde kleren in een vuilniszak stoppen en die in de vuilverbrandingskoker laten vallen. Schaamte is onder de douche staan, het water zo heet als je kunt verdragen, en je lichaam schrobben met puimsteen tot je huid rauw is, tot sterretjes van bloed je benen bedekken, en dan nog niet ophouden, omdat je jezelf wilt villen, deze huid van je wilt afwerpen, uit dat bezoedelde lijf weg wilt glibberen.

Kislyany schreef pillen voor tegen de diarree, en die hielpen te goed: zes dagen lang had ik geen stoelgang. Ik stopte met de antidiarreepillen. Twee maanden later had ik weer een ongelukje. Ik ging luiers voor volwassenen dragen. Kislyany gaf me andere pillen, die me hielpen een natuurlijk ritme terug te vinden, en na een paar maanden durfde ik me weer zonder luier op straat te begeven.

Hector bleef onverstoorbaar onder elke nieuwe medicijncyclus. Dan lag ik in de verduisterde slaapkamer tot duizend te tellen en mezelf te beloven dat de migraine zou verdwijnen als ik bij dat getal was aangekomen, en hoorde ik aan de andere kant van de deur de tv en Hectors zachte gelach. Hij had geen last van de misselijkheid die mij kwelde. Als ik over de open muil van de wc gebogen zat en de keramische pot onder de oranje spetters braaksel zat, veegde Hector mijn lippen af met een natte handdoek en kneep hij geruststellend in mijn nek. Ik spuugde in de pot en keek naar hem op, naar Hector, die nog net zo mooi was als altijd, naar Hector, die zichzelf in de badkamerspiegel bekeek terwijl hij me verpleegde.

Er gebeurde iets merkwaardigs. Elke drie maanden werd onze virale belasting nagekeken, en ondanks de vreselijke bijwerkingen begon de therapie bij mij aan te slaan. Mijn waarde liep terug tot 5.000 en bleef daaromheen schommelen. Het virus was voorlopig nog niet weg, maar het vermenigvuldigde zich ook niet meer. Mijn lichaam en de ziekte hadden een impasse bereikt. Maar Hectors waarde bleef stijgen, van 18.000 naar 24.000, van 24.000 naar 40.000, van 40.000 naar 52.000, van 52.000 naar 54.000, van 54.000 naar 90.000. Hij danste nog steeds en zijn lichaam was nog altijd gespierd en soepel, maar de monsters plantten zich voort.

Anderhalf jaar nadat ik bij Hector was ingetrokken, op een zonnige zondag in juni, riep hij me bij zich. Ik rende de badkamer binnen en zag hem met zijn mond open voor de spiegel staan. Op zijn tong lag een melkachtig laagje. Spruw.

Ik belde Kislyany op zijn privéadres in Westchester. Op de achtergrond hoorde ik het geschreeuw van jonge kinderen en het gieren van een blender, en dwars daardoorheen Bachs fantastische fuga voor orgel. Ik vertelde hem wat er was gebeurd.

'Goed,' zei hij, en ik dacht: zeg dat soort dingen nou niet, dokter. 'Hier konden we eigenlijk op wachten. Hoe voel jij je?'

'Ik? Dokter, moet ik met hem naar het ziekenhuis?'

'Hoe gaat het met zijn ademhaling?'

'Met zijn ademhaling is niets mis. Is dit ... Betekent spruw dat het zeker is?'

'Leg dat eens weg, Julia,' zei hij. 'Dank je, liefje. Sorry, Alexander. Wat zei je?'

'Betekent spruw dat het zeker is?'

Hij zuchtte in de telefoon, en ik zag voor me hoe hij zijn brilletje met het metalen montuur afzette en met de rug van zijn hand in zijn vermoeide ogen wreef. 'Ik zou kunnen zeggen dat ik dat pas met zekerheid kan zeggen op basis van een paar onderzoeken. Maar ja, het is zeker. Hij heeft aids. Breng hem morgenochtend naar het ziekenhuis, dan geven we hem een antischimmelmiddel tegen de spruw. Dan trekt het snel weg.'

'Morgenochtend?'

'Tenzij je naar de Eerste Hulp wilt gaan. Maar als je morgen komt, maken we een röntgenfoto van zijn borstkas om te zien of daar iets zit.'

De volgende ochtend werd Hector door artsen en verpleegkundigen met rubberen handschoenen en gezichtsmaskers aan een hele batterij onderzoeken onderworpen. Een buigzame buis, een bronchoscoop, werd in zijn luchtpijp gevoerd, waar een klein weefselmonster werd afgenomen voor microscopisch onderzoek. Ze legden hem naakt op een stalen onderzoekstafel en dekten zijn kruis af met een loden lap, waarna ze röntgenfoto's maakten van verschillende delen van zijn lichaam. Drie verschillende verpleegkundigen staken drie verschillende naalden in zijn arm voor drie verschillende bloedonderzoeken.

Naderhand zaten we naast elkaar in Kislyany's kantoor. Ik wilde Hectors hand vasthouden, maar dat wilde hij niet; hij staarde door het raam naar de gebouwen aan de overkant van de straat.

'We houden je vannacht hier, Hector,' zei Kislyany. 'En daarna ook nog een tijdje. Je hebt longontsteking.'

Langzaam draaide Hector zijn hoofd om de dokter te kunnen aankijken. 'Longontsteking?'

'Parasitaire pneumonie. *Pneumocystis carinii.* Daar gaan we je pentamidine voor geven, maar ik moet je wel hier houden. Het is – ik vind het onvoorstelbaar dat je nog zo monter rondloopt. In de meeste gevallen kunnen patiënten niet eens zonder hulp naar de andere kant van de kamer lopen. Dat is een goed teken. Maar er is ook een slecht teken: je T4-lymfocyten zitten op honderdtwintig. Dat is laag; dat wordt zo langzamerhand veel te laag. We gaan overschakelen op een nieuwe reeks medicijnen ...'

'Wie zijn "we"? U en ik?'

'Nee ...'

'Alexander en ik?'

'Ik bedoelde het bij wijze van spreken,' zei Kislyany. 'Alexanders pillen helpen, dus hij blijft ze gewoon gebruiken. Jij krijgt antibiotica tegen de longontsteking, antischimmelmiddelen tegen de spruw, een heel nieuwe kuur. Ik heb een kamer voor je gereserveerd op de zevende verdieping, mooie kamer, veel zonlicht.'

Hector overwon de longontsteking in drie dagen, tot Kislyany's grote verbijstering. Hij werd ontslagen uit het ziekenhuis en ging weer repeteren, verzwakt maar met veel enthousiasme. Langzaam maar zeker werd hij sterker. In augustus werd hij opnieuw tot eerste solist benoemd, een nobel maar niet realistisch gebaar van het gezelschap. Toen Hector een paar weken later in de studio met rekoefeningen bezig was, gleed zijn hak van de barre en viel hij hard op zijn rug. Die avond kwamen drie ballerina's naar ons appartement; ze plaagden Hector met zijn onhandigheid en we moesten allemaal lachen, maar ik kon zien dat de ballerina's bang waren. Hector viel nooit.

De maandag daarop kwam ik met een papieren zak vol boodschappen thuis en trof ik Hector aan de keukentafel aan, waar hij naar zijn handen zat te staren.

'Is de repetitie afgelast?' vroeg ik terwijl ik de melk in de koelkast zette.

'Ik neem een tijdje verlof,' antwoordde hij met droge, donkere, onpeilbare ogen.

Ik snapte er niets van dat Hectors lichaam het begaf en dat dat van mij maar bleef vechten en stand hield. Ik vond het stom. Ik vond het misdadig.

Het werd steeds erger. Soms stond hij in de woonkamer en vroeg ik hem wat hij zocht. Dan keek hij me niet-begrijpend aan, waarna hij met zijn ogen knipperde, flauwtjes glimlachte en zijn schouders ophaalde. Op een keer, toen ik in de logeerkamer aan het schilderen was, hoorde ik een bons in de badkamer. Ik rende naar binnen en zag dat hij naakt op zijn knieën onder de douche zat, gegeseld door het water, met een rode plek op zijn voorhoofd die snel blauw werd.

'Wat is er gebeurd? Gaat het wel?'

Hij haalde een pluk haar van mij uit het afvoerputje en hield die voor me omhoog. 'Je wordt kaal, Alexander,' zei hij bedroefd.

Wanneer hij naar een sitcom op tv zat te kijken, lachte hij niet meer; hij staarde naar de tv alsof hij verwachtte dat er iemand door het glas naar buiten zou stappen. Als ik het toestel uitzette, leek hij het niet te merken; minutenlang bleef hij dan nog naar het lege scherm zitten staren.

Op een regenachtige dag in oktober werd ik wakker van een merkwaardig gekreun; toen ik me in bed omdraaide, zag ik dat Hector op zijn buik lag en dat zijn rechterarm krampachtig schokte. Ik dacht dat hij een nachtmerrie had en gaf hem een por in zijn zij. Hij werd niet wakker. Ik draaide hem op zijn rug en zag dat zijn ogen open waren; twee sliertjes kwijl hingen aan zijn mondhoeken.

Ik belde een ambulance en de ziekenbroeders tilden hem uit bed, gespten hem op een brancard en brachten ons naar het ziekenhuis. Dr. Kislyany kwam me ophalen uit de wachtkamer, met een dossiermap in zijn hand en een potlood achter zijn oor. Hij nam me mee naar zijn kantoor en deed de deur dicht.

'Het is niet best, Alexander.' Hij haalde een stapel sheets uit de map. 'Hij heeft lymfomen in de hersenen. We hebben een paar CAT-scans gemaakt.'

Ik keek naar de zwart-witafbeeldingen van Hectors hersenen. Met het gummetje aan het uiteinde van zijn potlood wees Kislyany naar een vage witte vlek. 'Zie je die massa?' Hij wees er nog een aan. 'En die? Ze zitten overal. Laesies.' Hij zuchtte luid en tikte met zijn potlood op het bureau.

'Wat doen we nu?' vroeg ik. Het getik van het potlood klonk zo luid als een reeks bominslagen.

'Morgen beginnen we met bestraling. Ik heb dezelfde kamer voor hem geregeld, die op de zevende verdieping. Maar hoor eens, Alexander, hoe voel jij je?'

Ik begreep niet wat hij wilde.

'Je virale belasting was de laatste keer heel laag,' zei hij met een goedkeurend knikje. 'Onder de 4.000. Het gaat de goede kant uit.'

De volgende dag begonnen de ziekenhuistechnici Hectors hersenen te bestoken met röntgenstralen. Naarmate de weken verstreken, teerde zijn lichaam weg; de spieren smolten van de botten, de botten drukten tegen de huid, de huid verslapte en verbleekte tot die eruitzag als goedkoop papier dat slordig om een haastig aangeschaft cadeautje was gewikkeld.

In november leek het er twee weken lang op dat hij vooruitging. Hij was vaak een paar uur achter elkaar wakker, knikte naar me terwijl ik hem vanillevla en appelmoes voerde en glimlachte flauwtjes wanneer ik zijn lippen afveegde.

Bij zo'n gelegenheid vroeg hij me zijn portret mee te nemen naar het ziekenhuis.

'Ik heb het nooit afgemaakt,' zei ik. 'Het is nooit zo mooi geworden als jij.'

'Neem het toch maar mee,' zei hij. 'Ik wil het zien.'

De volgende dag nam ik het schilderij voor hem mee, tussen twee vellen golfkarton. Ik had Hector naakt geschilderd en ik wilde niet dat mensen op straat en in de metro naar zijn ongeklede lijf staarden. Hector knikte toen ik hem het schilderij liet zien en droeg me op het op de vensterbank te zetten.

'Wil je soms dat iedereen het ziet?' vroeg ik, kijkend naar het schilderij. De gespierde, gezonde Hector staarde me aan. Maar dat was een stomme vraag. Ik zette het schilderij op de vensterbank en deed een stap achteruit.

'Nee,' zei hij, en hij sloot zijn ogen. 'Ik vind de lijst niet mooi. Geen zwart. Haal er een van hout, een lichte houtsoort.'

Later die week, toen het schilderij opnieuw was ingelijst, knikte hij. 'Zo is het mooi. Ik zie er goed uit.'

'Jazeker,' zei ik. 'Je ziet er goed uit.'

'Wat is er niet af aan?'

'Je voeten,' zei ik. Ik wees naar zijn geschilderde benen, die bij de enkels ophielden. Op het schilderij zweefde Hector, was er niets dan lege ruimte tussen de betonnen vloer van de slagerij en waar hij begon.

Hector glimlachte en sloot zijn ogen. 'Voeten zijn moeilijk.'

Op oudejaarsavond smokkelde ik een fles champagne mee naar Hectors kamer op de zevende verdieping. Een week daarvoor was hij in coma geraakt. Ik schonk voor ons allebei een plastic bekertje vol, ging naast hem zitten en keek naar de tv, keek naar de bal die viel, keek naar duizenden kleine gloeilampjes die samen het reusachtige jaartal 1994 vormden, keek naar het vuurwerk dat op het kleine schermpje ontplofte. Er kwam een verpleegkundige de kamer binnen om Hectors ademhaling en hartslag te controleren; ze hief een bestraffend vingertje naar me, maar nam toen een bekertje champagne aan. Ze bleef tien minuten bij ons en zong het refrein van *Auld Lang Syne* met me mee.

'Gelukkig nieuwjaar,' zei ze toen ze de kamer uit liep. 'Ik kom over twee uur terug.'

Zodra ze weg was, schoof ik mijn stoel dichter naar Hectors bed en boog ik naar voren om hem op zijn voorhoofd te kussen. Zijn huid voelde warm en klam aan. Daar was ik aan gewend; de koorts kwam al maanden met tussenpozen terug. Zijn lichaam werd van binnenuit verteerd. Als ik mijn hand op zijn borstbeen legde en stevig duwde, zou hij als as verkruimelen. Zijn gele gezicht rustte op een witte kussensloop, zijn droge, blauwe lippen waren iets vaneengeweken. Op zijn kaak groeide een plukkerige baard. Zijn onderlip puilde uit als die van een honkballer met een pluk pruimtabak; ik trok de lip weg van zijn tanden en zag de wijndruiven van het kaposisarcoom die uit zijn tandvlees staken.

Vermoeid stond ik op en liep naar de badkamer, waar ik het warme water liet lopen tot het dampend uit de kraan stroomde. Ik maakte een washandje nat, deed er vloeibare zeep op, liep terug naar Hector en depte zijn gezicht voorzichtig met het katoenen doekje. Ik haalde het scheermes met het handvat in allerlei tinten bruin uit mijn zak en klapte het open. Terwijl op de televisie nog steeds vuurwerk werd afgestoken, schoor ik de ruwe baardharen van Hectors gezicht. Toen ik klaar was, toen ik de zeepresten had weggewassen en zijn gezicht droog had gedept met een schone handdoek, bleef ik met het open scheermes in mijn hand naast hem staan. Ik bedacht hoe makkelijk het zou zijn om hem de keel door te snijden, hoe goed dat voor hem zou zijn; genadig, in zekere zin. Maar ik kon het niet; ik kon mijn hand niet opheffen tegen Hector, hoe genadig het ook zou zijn.

Die avond begreep ik voor het eerst het oude verhaal, dat het houten paard de liefde is, die tegen alle waarschuwingen in door de poort wordt gelaten, met in zijn binnenste een vracht moordenaars, mannen met lange messen die uit de donkere buik kruipen en de stad in de as leggen.

Een week later was hij dood en samen met de winterdoden begraven.

De nieuwe antivirale therapie werd natuurlijk als een groot succes beschouwd. Stralende artsen sierden met reageerbuisjes in hun hand omslagen van tijdschriften, begeleid door jubelende teksten: HOOP VOOR DE HOPELOZEN, DE VIRUSJAGERS, MAN VAN HET JAAR, EINDELIJK EEN GENEESMIDDEL? Ik las het ene artikel na het andere waarin de loftrompet werd gestoken over het vernuft van de wetenschappers, hun uitputtende research en proefnemingen, hoe ze van elke nederlaag herstelden en weer vol in de aanval gingen.

Ik keek naar diagrammen van de moleculaire samenstelling van de medicijnen; ik las de data waarop ze waren goedgekeurd door de FDA, het verantwoordelijke agentschap van de federale overheid. Ik bekeek tabellen waarin percentuele scores voor de medicijnen waren opgenomen: hun effectiviteit bij het verlagen van de virale belasting of het verhogen van het aantal T4-cellen, wat de specifieke toxiciteiten waren en hoe vaak ze voorkwamen. De getallen waren geordend in twee kolommen, waarin statistieken van mensen die de medicijnen hadden gekregen werden vergeleken met die van mensen die placebo's hadden gekregen. Ik las dat nevirapine bij zevenenveertig procent van de patiënten misselijkheid veroorzaakte, tegen drie procent in de controlegroep. Moeizaam ademend las ik die ene kolom cursieve tekst met twee jaar symptomen als gevolg van medicijngebruik, bijwerkingen die ik had gekregen en nog veel meer waaraan ik was ontkomen: nierstenen, bilirubine, buikpijn, vermoeidheid, pijn in de zij, diarree, overgeven, brandend maagzuur, verminderde eetlust, droge mond, rugpijn, hoofdpijn, slapeloosheid, duizeligheid, smaakveranderingen, uitslag, luchtweginfecties, bloedarmoede, perifere neuropathie, leverbeschadiging, ontstekingen van de

alvleesklier, maagzweren, droge huid, keelpijn, koorts, spijsverte-
ringsproblemen, spierpijn, angsten, depressie, jeuk, pijnlijke irri-
tatie, galblaasontsteking, levercirrose. Ik meende een rijmschema
te ontdekken in de opeenvolging van woorden, een zeker ritme,
en ik dacht: deze woorden betekenen niets voor degene die ze
heeft getypt, het zijn slechts gegroepeerde letters, die niets met
pijn te maken hebben. Ik dacht: dit zijn de kwaaltjes van de
gelukkigen, van de overlevenden. Ik las de percentages voor de
placebogebruikers: twee procent, twee procent, nul procent, één
procent – en opeens vielen de puzzelstukjes op hun plaats. Ik
liet het tijdschrift op de grond vallen en sloot mijn ogen.
    De volgende ochtend bonkte ik op de deur van Kislyany's
kantoor. Een verpleegkundige met een klembord in de ene hand
en een kop koffie in de andere liep voorbij en glimlachte.
    'Hoe voel je je, Alexander?'
    Ik beukte nog een keer op de deur, en Kislyany deed open.
Voor zijn bureau zaten twee jongemannen, de ene zwart, de
andere blank, met hun hoofden dicht bij elkaar zachtjes en in-
gespannen te praten. Ze hadden allebei een contract in hun
hand.
    'Alexander,' zei Kislyany. 'Is er iets? Voel je je wel goed?'
    Hij was een van de helden van de grote medische overwin-
ning, en het succes had hem goedgedaan. Hij leunde tegen de
deurpost, knap en wellevend, met één hand in de zak van zijn
vest van grijze wol. Aanvankelijk keek hij vriendelijk en bezorgd.
Mijn gezichtsuitdrukking deed hem echter van gedachten veranderen; hij hief zijn handen al, terwijl ik nog niet eens iets had
gezegd.
    'U hebt hem laten doodgaan,' zei ik. 'U wist wat er aan de
hand was en u hebt hem gewoon laten doodgaan.'
    Zelf vond ik niet dat ik erg hard praatte, maar de twee jonge-
mannen draaiden zich om en staarden me aan. Kislyany stapte
naar buiten en knikte naar hen.
    'Excuseer me even, heren.' Hij deed de deur achter zich
dicht.
    'Hij heeft nooit echte pillen gekregen, hè?'
    'Laten we een eindje gaan lopen, Alexander.' Kislyany wilde

zijn hand op mijn elleboog leggen, maar ik duwde hem weg.
'Alexander ...'

'Of wel soms?'

'Nee. Hij maakte deel uit van de controlegroep.' Kislyany zag
mijn gezicht betrekken en voegde er snel aan toe: 'Zo werkt dat
bij medisch onderzoek. Het kan niet anders.'

'U hebt hem laten doodgaan. Twee jaar lang bent u zijn arts
geweest, en u hebt hem alleen maar suikerpilletjes gegeven. U
hebt hem laten doodgaan.'

Hij pakte mijn schouders beet en trok me naar zich toe; er lag
een boze blik in zijn samengeknepen ogen. 'Denk je echt dat ik
zo hard werk omdat ik wil dat mensen doodgaan? Luister naar
me. We wisten niet of de pillen zouden werken toen we ermee
begonnen. Dat wist niemand. Het was een gloednieuw onderzoek; voor hetzelfde geld waren er meer mensen aan de pillen
doodgegaan dan aan het virus. Oké? Het moet op deze manier
worden aangepakt. De medicijnen moeten worden getest. Er
moet altijd een controlegroep zijn.'

Het woord 'controlegroep' bleef even hangen in het tl-licht,
kil, precies en meedogenloos.

'Maar waarom moest hij daarbij? Anders zou hij nog hebben
geleefd, dokter. Waarom hebt u mij gekozen? Wie heeft gezegd
dat u mij moest kiezen?'

Hij liet mijn schouders los en schudde zijn hoofd. 'Ik heb je
niet gekozen. Dat gebeurt willekeurig. Een computer selecteert
willekeurig namen. Het was een kwestie van geluk, Alexander.'

Mijn benen voelden slap aan; ik was bang dat ik op de lino-
leum vloer in elkaar zou zakken. Maar ik wilde nu niet zwak
zijn; ik bad om kracht.

'Hij zou het hebben overwonnen,' zei ik zachtjes. 'Als u hem
de medicijnen had gegeven, zou hij het hebben overwonnen.'

'Het was een dubbelblind onderzoek. Hij wist het niet en ik
wist het niet. Zo worden alle onderzoeken uitgevoerd. Zo moet
het nu eenmaal. Ik ben hier niet de slechterik, Alexander. Ik
weet dat je op zoek bent naar een zondebok, maar die is er niet.
Ik niet, de FDA niet, niemand. Dit is mijn leven, dit is wat ik doe:
zoeken naar een geneesmiddel voor die vervloekte ziekte. Twee

jaar geleden wisten we niet of de pillen zouden werken. Nu weten we het. Die mannen daar binnen,' zei hij met een knikje naar de gesloten deur, 'die hebben een kans op een lang leven.'

Ik legde mijn gezicht tegen de beige muur; mijn wang drukte tegen de koude verf. Ik hoorde het gegorgel van water in de leidingen, en gehamer ergens onder ons. Ik voelde de elektriciteit die door de koperen draden stroomde.

'Ik hoef geen zondebok, dokter. Ik wil Hector.'

Hij knikte. 'Het spijt me, Alexander. Ik heb hem een keer zien dansen. *De schone slaapster*. Ik weet niets van ballet, maar ...' Hij haalde zijn schouders op en glimlachte. 'Hij wond het hele publiek om zijn vinger. Hoor eens, ik denk dat we die twee jongens daar binnen een beetje in paniek hebben gebracht. Geef me even de tijd om het gesprek met hen af te ronden, dan gaan we daarna samen iets eten.' Hij pakte even mijn arm beet en reikte toen naar de deurknop.

'Dokter,' zei ik, en hij bleef staan, afwachtend. 'U wist het. U wist dat mijn pillen werkten, dat wist u al heel lang. Even niets zeggen, oké? Toe, even niets zeggen. Toen u zag wat er gebeurde, had u hem de echte medicijnen kunnen geven. Misschien was het al te laat, dat weet ik niet. Maar u had het kunnen proberen. Dan was Hector misschien ...'

Kislyany's gezicht kreeg een afstandelijke uitdrukking. Hij ging zijn kantoor binnen en deed de deur achter zich dicht. In die paar tellen dat de deur een stukje openstond, zag ik de twee jonge geliefden een kleine meter uit elkaar zitten, hand in hand om de afstand te overbruggen. Een van hen keek me met angstige, nieuwsgierige ogen recht aan. De ander staarde door het raam naar buiten.

5

De stewardess komt terug met de copiloot, een man met een brede kaak die zijn mouwen tot aan de ellebogen heeft opgerold. Hij trekt een vies gezicht als hij vlakbij is en wappert met zijn hand door de lucht.

'Hoe lang zit hij daar al zo?' vraagt hij zachtjes maar op boze toon aan de stewardess.

'Een kwartier, misschien. Ik denk dat hij ziek is, Jimmy.'

'Je dénkt dat hij ziek is? Dat weet ik wel zeker.' De copiloot buigt naar me toe tot zijn gezicht maar een paar centimeter bij het mijne vandaan is. 'Kijk eens naar me, vriend,' fluistert hij. Hij trekt zijn neus op. 'Kijk eens naar me.'

Ik kijk naar hem. Een paar tellen lang staren we elkaar aan.

'Laatste kans,' zegt hij. 'Kom met ons mee of we dragen je naar achteren.'

Hij wacht tot ik antwoord geef. Als hij beseft dat ik dat niet ga doen, steekt hij zijn hand uit om mijn veiligheidsriem los te maken. Ik hou hem niet tegen; dit heeft lang genoeg geduurd. Ik wil hier niet meer zijn, te midden van deze mensen.

De copiloot gebaart naar de steward en laat zich dan op zijn knieën zakken om mijn enkels vast te pakken. De steward pakt me onder mijn oksels vast en samen tillen ze me uit de stoel, kreunend van inspanning. De meeste passagiers zijn inmiddels gaan staan. Zwijgend kijken ze toe, in gedachten al oefenend op de verhalen die ze zullen vertellen als ze weer vaste grond onder hun voeten hebben, over de gek in hun vliegtuig.

Ik laat me slap hangen in de armen van de beide mannen en laat me naar het achterste deel van het vliegtuig dragen. Ze duwen me het toilet binnen. 'Ik blijf hier staan,' zegt de steward voordat hij de deur dichtdoet. 'Je gaat nergens meer naartoe tot we zijn geland.'

Hier trek ik eindelijk mijn bevuilde kleren uit. Ik maak het ene na het andere papieren handdoekje nat en veeg de viezigheid van mijn lichaam. Ik pomp vloeibare zeep in mijn handen en was mezelf zo goed en zo kwaad als het kan.

Er zijn dagen geweest dat ik Kislyany's dochter uit haar ogen wilde zien bloeden. Ik wilde dat hij wanhopig huilend naar me toe zou komen, smekend om hulp. Dan zou ik hem een handvol suikerklontjes geven en zeggen: geef haar deze maar. Ze maakt deel uit van de controlegroep. Zo werkt het nu eenmaal.

Dat is nu verleden tijd. Ik wens het meisje een lang en gelukkig leven toe. Maar ik wil dat ze weet dat het gras waar ze overheen loopt zo welig tiert dankzij de rottende lichamen van mooie mannen. En wat jou betreft, lijk, ik denk dat je goede mest zult zijn. Wat er groeit uit de mest is wat ons voedt; we grazen van de graven. Ik wil dat Kislyany's dochter dat weet. Ik wil dat het hele land dat weet.

Als ik het allemaal opnieuw mocht doen, zou ik ervoor zorgen dat het lukte. Dan zou Hector een filmster worden en zou ik al zijn bewegingen op film vastleggen, vierentwintig plaatjes van Hector per seconde. Vierentwintig stillevens. Overal zou hij schitteren op het witte doek, en daarna op video, Hector in de woonkamer van elk gezin. Op podia verspreid over het land zou hij de prins spelen; hij zou Doornroosje kussen en haar wekken uit haar honderd jaar lange sluimering, terugspoelen en hij kust haar weer wakker, terugspoelen en hij kust haar weer wakker.

Naakt ga ik op de dichte klep van de wc zitten, en ik val in slaap bij het gestage gebrom van de motoren. We vliegen in westelijke richting, dertigduizend voet boven nachtelijk Amerika.

Dankwoord

Sherwin B. Nulands schitterende boek *How We Die: Reflections on Life's Final Chapter* is van grote waarde geweest bij het schrijven van 'Wens me merde'. Ik bedank mijn fantastische docenten: Ernest Hebert, Geoffrey Wolff en Michelle Latiolais. Bedankt, Molly Stern; ik zou willen dat je de rest van mijn leven voor me kon redigeren. Ook dank aan mijn medestudenten aan U.C. Irvine, aan mijn agenten Owen Laster, Alicia Gordon en Jennifer Rudolph Walsh, en aan D.B. Weiss, wiens wijze raad en e-mails laat op de avond me ervoor hebben behoed dat ik nog slechtere zinnen ging schrijven dan de zinnen die u al hebt gelezen.